異世界管理人 久藤幸太郎

イセカイカンリニン クドウコウタロウ

The landlord of another world Koutarou Kudou

2

SECOND

鈴木 鈴

イラスト とよた瑣織

序　少女が見た異世界

久藤幸太郎《くどうこうたろう》とはどんな人間か。

まさかそんな話題が出てくるとは夢にも思っていなかったから、長宮小宵《ながみやこよい》は目をぱちくりとさせて、ネイルのチェックに余念のないリコのことを見つめた。

「なに。リコ、ああいうのがタイプだったの？　うわー意外ー」

リコの向かいに座るミナがくすくすと笑い、からかうような目でリコのことを見た。リコは腕をぐっと伸ばし、光の角度を変えてネイルを観察しながら、「へっ」と笑う。

「ちっげーし。タイプとかそういうんじゃなくて、ただホラ、あいつぼっちじゃん？　クラスでいちばん浮いてんじゃねーのって」

「ああ、そういうハナシ？」

「そういうハナシ」

リコとミナは目を合わせ、同時ににやりと笑った。魔女《まじょ》みたいな笑い方だ、と小宵は思い、呆《あき》れ顔で肩をすくめた。ミナがそれを目ざとく見つける。

「ヨイはどう思う？　久藤《くどう》のこと」

「別に、どうにも思わないけど。まあ浮いてるってのは同感かなあ」

「でしょ？　オタクの田山《たやま》にすらダチはいるじゃん？　なのに久藤ってばいっつもひとりぼっちだからさー、クラスメイトとしては心配で心配で」

「うわーリコってばヤッサシー」

けらけら笑いながらミナが言う。まったくの棒読みである。小宵《こよい》とてリコの言葉が真実であるなどとは思っていない。彼女の言葉をわかりやすく翻訳《ほんやく》すると、次のようになる——ヒマだから久藤の悪口言って楽しもうぜ。

放課後を告げるチャイムは三十分前に鳴り終えて、阿佐ヶ谷《あさがや》高校1年3組の教室に残っているのは自分たち三人だけだ。廊下にはまだまだ人の気配が残っているから大声で騒《さわ》ぎ立てることはNGだろうが、ここそこ悪口を言うのなら絶好のシチュエーションだ。

リコとミナは基本的に、悪口は悪いことであるとの認識がない——もっともそれは、小宵も同じだ。彼女たちと違うのは、積極的に言おうとはしないことだけ。当人に伝わらないのなら悪口はエンタテイメントだと思っているし、リコとミナの容赦のない指摘に腹を抱えて笑うことだってある。

「それじゃあ優しいアタシたちが、なんで久藤に友達ができないか考えてあげましょう」

「誰《だれ》とも喋《しゃべ》んないからじゃない？」

「それな」

「いきなり核心突くなよ……」

「だってそうでしょ。誰《だれ》か久藤と話したことあるヤツいるの？　この三人で」

「……」

「黙《だま》るなよ！」

リコが突っ込み、ミナと小宵はけたけたと笑う。身をそらして笑っていたミナが机に身を乗り出し、にやりと笑って口を開く。

「いやでも、マジなハナシさ、久藤って体育の時間とかどうしてんの？」

「どうって？」

「ほら、あるじゃん。ペア作って練習ー、とかさ、二人組になれー、とかさ」

「ああ……」

「どうしてんのかな？　もしかしてずっと先生と組んでるのかな！」

「なんでそんな嬉《うれ》しそうなんだよオマエ」

「いやなんか、そのときのこと想像したら……ねえ？」

「ねえ？　じゃねえよ」

「『なんだ久藤、また先生とか。おまえひょっとして友達いないのか』」

「やめろっつーの！」

ミナはくつくつ笑っている。リコにもミナにも小宵《こよい》にも、それはありえない光景だ。この高校に入学してからの三ヶ月で、垢抜《あか》けたファッションと気さくな性格を持つ彼女たち三人は、クラスの中心的存在に収まっていた。自然と引き合うように友人になった彼女たちは、『友達がいない』という状況を想像することのほうが難しいのだ。

「いくらあいつでも、ずっと先生とばっかなわけないっしょ」

「じゃあどうすんのよ。誰《だれ》も友達いないのに」

「そりゃあんた、ほら。余り物同士で組むとか、いろいろあるじゃん」

「余り物て！　もう少し言い方あるでしょ！」

「ほかの二人組に混ぜてもらうんじゃないの？　ほら……田山《たやま》と中島《なかじま》とか」

「うぎゃ――――ッ、サイアク！　アタシだったら体育休むし！」

大げさに身をのけぞらしたリコは、「この世の終わり」というような表情を作る。ミナと小宵は腹を抱えて爆笑《ばくしょう》する。三人の女子高生の、悪意のない笑いが教室中に響《ひび》き――

がらっ、と音を立てて、教室の扉が開いた。

久藤幸太郎《くどうこうたろう》だった。

「…………」

メガネの奥の目が、小宵たちのことを一瞥《いちべつ》する。その冷たく淀《よど》んだ眼差《まなざ》しに、小宵は喉の奥がぎゅっと鳴るのを自覚した。

　リコもミナも、さすがに凍り付いたように停止している。悪口は本人に聞こえないからエンタテイメントなのだ。本人に聞かれてしまってはさすがに笑えない——そこまで性格が悪くはない。

「あ、……あー、よう。久藤」

　リコは引きつる笑顔で久藤に挨拶した。久藤は彼女のことを見、口を開く。

「よう」

　それきり、久藤は教室を横切って、自分の席を漁《あさ》りはじめた。どうやら忘れ物をしたらしい。机から取りだしたノートをカバンにしまうと、すぐに踵《きびす》を返して、教室から出て行った。

　小宵たちを振り返ることはしなかった。

　久藤が教室を出て行ってから、たっぷり三秒を数えて、リコとミナがかすれた声で、

「……び」

「びっくりしたあ……」

　小宵も胸を押さえる。まだどきどき言っている。彼女はちょっと気まずそうな顔で、左右の友人二人に尋ねた。

「い、今の、聞かれたかな？」

「だ、だいじょうぶだよ！　聞かれてねーって……きっと。たぶん」

リコの言葉はふわふわしていて、それはこの場にいる全員の感想と同じものだった。聞かれてはいない、と思う。あるいは、そう期待する。

「まあ、どっちでもいいんじゃない？」

どことなく脳天気に、ある意味で冷たいことを口にしたのは、ミナだった。

確かに、それは正しい。たとえ聞かれていたところで、小宵《こよい》たちにはなんの影響《えいきょう》も及ぼさない。相手がクラスの女子グループに属する誰《だれ》かならともかく、久藤幸太郎《くどうこうたろう》なのだ。根暗のぼっち。彼が傷ついたとしても、恨んだとしても——クラスのパワーバランスにはなんの影響もない。ただちょっと気まずいだけだ。

そのことを思い出したのか、ミナもあっけらかんと言う。

「そうね。——てかさ、このあとどうする？　どっか寄ってく？」

小宵はそこまで迅速に立ち直ることはできなかった。気遣わしげな眼差《まなざ》しを、久藤の椅子へと向ける。リコとミナが、困ったような声をあげた。

「ヨイ？　おーい、どした？」

「まさか気にしてんの？　だいじょうぶだって、絶対聞かれてないから！」

「……あ、うん。そだよね」

二人の友人がどこか不安そうに自分を見つめている。小宵の態度が招いたものだ。そのことがわかっているからこそ、小宵は『空気』を払拭するために明るく笑った。

「んじゃ、カラオケ行こっか？　ハナとかにも声かけよーよ！」

そう言うと、ようやくリコとミナの不安が払拭された。伝染したように二人も笑顔になり、「だな！」「じゃ、ラインするね！」と言い合う。

貼り付けたような笑みを浮かべて、教室の外に出ながら、小宵の胸の奥底にわだかまっていたものは、おそらく罪悪感と呼ばれる感情だったのだろう。

◆

三日後。

「はあッ⁉　なんであたしが⁉」

担任から「久藤の家にプリントを届けてくれ」と頼《たの》まれたとき、小宵が思わずそう叫んでしまったことの裏には、以上のような経緯《けいい》が隠されていた。

もちろん担任はそんな事情は知らないから、ぽかんと呆気《あっけ》に取られたように口を開き、まじまじと小宵のことを見つめた。

——あ、やば。

小宵はすぐさま自分を取り戻した。彼女は薄《うす》く化粧を載せた顔に笑みを浮かべる。

「あー、いや……ごめんなさい。ちょっとびっくりしちゃって」

「お、おう。そうか。先生もびっくりしたぞ。長宮《ながみや》がそんな大声出すなんて」

「あはは……」

ぽりぽりと頭を掻《か》くと、担任の驚《おどろ》きも苦笑に変わった。

「なにか予定があったならすまんが、まあ近所だからな。すぐに済むだろう。ほれ」

担任はクリップでまとめたプリント類の一番上に、ある住所を書き付けた。確かに、それを見る限り、小宵《こよい》の家とごく近いところにあるらしい。『あけぼの荘』というアパートらしき名前はいいとして、その横の『管理人室』というのが気になった。

「久藤《くどう》の家って、アパート経営してるんですか？」

「いや、久藤はひとり暮らしで、バイトでアパートの管理人をやっているらしいな。一応届け出があるから校則違反ではないが、いろいろ事情があるんだろう。詮索はしないようにな」

「はーい」

やる気なさげに返事をして、小宵はプリントを受け取った。担任の言うとおり、久藤の家に届けるだけならそんなに時間はかからないだろう。三日前のことがなければ、小宵もなにも思わず用事を済ませていたはずだ。

教員室から出た小宵は、ため息をひとつついた。肩に提げた学校カバンからスマホを取り出し、リコとミナに連絡をする。

『ごめーん！　ちょっと用ができちゃったから、先行っててー。あとから合流する』

既読がつく前にスマホをしまい、小宵は昇降口へと向かった。

夏の日差しに目を細めながら、小宵は中杉《なかすぎ》通りを阿佐ヶ谷《あさがや》駅に向かって歩いて行く。

阿佐ヶ谷を南北に貫く中杉通りは、青梅《おうめ》街道と早稲田《わせだ》通りを結ぶ動脈のような車道だ。青々と生い茂るケヤキが両側に立ち並び、木漏れ日が天使の梯子《はしご》のように差し込む景観は、ちょっと目を見はるほど美しい。もっとも、何十回となくこの道路を行き来している小宵は、特に感動を起こすことはなかったが。

あるいはそれは、頭にぐるぐると渦巻いている思考のせいかもしれない。

思うのは、久藤幸太郎《こうたろう》のこと――

正確には、彼の悪口を楽しんでいた、自分のことだ。

三日前の件があって、その次の日は久藤は普通に登校してきた。表情にも態度にも、特に変化は見当たらなかった。そのことに、小宵は少し安堵《あんど》していたのだ。やっぱり聞かれていたわけではなかったのだ、と。

それなのに、昨日と今日、彼は学校に来なかった。

二日越しにダメージを受けるほど、ひどいことを言ったわけではない――と、小宵は思う。けれど、小宵の意見は久藤の意見ではない。本当はものすごく傷つけてしまったのかもしれない。それを確認する手立てがない。だから、小宵はぐるぐると考え事をしている。

長宮小宵《ながみやこよい》は、昔からグループの中心にいやすい少女だった。

なんとなく読めるのだ。空気というか、流れというか——たぶんこの日本で学生生活を送るに当たっていちばん大切なもの、場の雰囲気を読んでそれに相応《ふさわ》しい行動を取るということが、昔から得意だった。だからいつも友達に囲まれていたし、多くの人に頼《たよ》られてきた。そういうのが苦ではない性分なのだ。

自分は人に好かれるし、自分も人のことが好きだ。

だからといって、自分が好きではない人のことを貶《おとし》めていいということにはならない。

おそらく引っかかっているのはそこなのだ。バレていないのならば悪口はエンタテイメント。けれど、バレたのなら笑えない悪行だ。そのことが小宵はわかっている。わかっていて、なのになにもしていないから、ぐじぐじと迷っているのだろう。

阿佐ヶ谷《あさがや》駅南口のロータリーに差し掛かったあたりで、小宵は「よし」と決意した。

「謝ろう！」

会えるかどうかはわからないし、その前に悪口が伝わっているかどうかもわからない。だが、両方の可能性が重なったときは、きちんと謝ろう。許してもらえなくてもいい——久藤幸太郎《くどうこうたろう》が小宵のグループに影響《えいきょう》を及ぼす可能性はほぼゼロだ——、ただ謝るだけでいい。たぶん、それだけですっきりする。

久藤のためではなく、自分のために。

謝っておこう、と小宵は心に決めた。

そうと決まれば悩まないのが長宮小宵という少女だ。地図アプリでときどき目的地を確認しながら、小宵は見知った近所の道をすいすいと進んでいき、やがてたどり着いた。

古ぼけた看板に、『あけぼの荘』と記されている。なかなか年季の入った建物だ。かつては白かったであろう壁《かべ》は、排気ガスと経年劣化によって灰色に染まっている。

小宵は、あけぼの荘に近づこうとして――

少し離《はな》れたところで、立ち止まった。

なぜならば、久藤幸太郎の姿を目にしたからだ。

いつもの髪型にいつものメガネ。白いシャツにジーンズというざっかけないスタイルながら、なぜかその上からエプロンを身につけている。腰元には鍵束《かぎたば》とハタキ――なんというか、お母さんのような格好だ。

小宵が久藤に声をかけられなかったのは、その格好のためではない。

彼が、二人の美少女を脇にはべらせていたからだ。

ひとりはオレンジ色の髪を持つ快活そうな少女であり、もうひとりは薄桃色《うすももいろ》の髪をした静かな雰囲気の少女だった。二人とも久藤に親しげな笑みを向けているが、久藤はいつもの仏頂面を崩していない。

三人は、なにかの会話を交わしながら、アパートの奥へと消えていった。

そこで、小宵《こよい》はようやく我に返った。

「……なに。今の」

呆然《ぼうぜん》と独り言をつぶやいても、言葉を返してくれるものはいない。

夏の陽光に照りつけられて、汗が一筋、小宵の頬《ほお》を流れていった。

クラスでもぱっとしない男子と、モデルも霞《かす》むほど美しい少女たちが、アパートの中に入っていった。

その中で、なにが起きているのか。

「…………」

薄闇《うすやみ》が幕のように覆《おお》い被《かぶ》さり、その向こうを隠している。そこで行われていることも、あの美しい少女たちの正体も、今まで自分がスクールカーストの底辺だと思い込んでいた男子の秘密も、なにもかも。

「…………」

なぜ、小宵の足が、その薄闇に踏《ふ》み込もうとしたのか。

その理由は、小宵自身にもうまく説明できない。

薄闇の向こうには階段があった。二つに折れて上階へと向かう階段を、小宵はのしのしと上っていく。

曲がり角の向こうには、一階と同じように部屋が六つ並んでいる。そのうちの、ひとつだけ、扉が半開きになっていた。

聞き耳を立てる。なにも聞こえない。表札を見ると、『203号室　トッカノール』と記されていた。確かにオレンジ髪も薄桃髪も、日本人離《ばな》れした顔立ちをしていた。

その扉の前に立ち尽くし、小宵は憮然《ぶぜん》とした表情でプレートを見上げた。

鍵《かぎ》は開いているが——さすがに、入るのはまずい。そもそも入る理由がない。自分はここにプリントを届けに来ただけなのだ。久藤が不在であったとしても、管理人室のポストに突っ込めばいいだけの話だ。それなのに、なぜこんなところまで追ってきたのか。

自分でも、その理由は説明がつかない。

「…………」

帰ろうかな、と思いはじめたそのとき、隣室《りんしつ》の扉が開いた。

ぎくりとする。小宵は反射的にそちらを向き、関係者でもないのにここにいる理由を編み出そうとして、唇を半開きにしたまま凍り付いた。

トカゲが立っていた。

2メートル近い長身の、二足歩行をするトカゲが、扉からゆっくりと出てきていた。深緑色のマントのようなものを頭からすっぽりかぶっているが、銀色のウロコに覆われた顔も、突き出た口元も、どう見ても爬虫類《はちゅうるい》だ。

トカゲがこちらに気づき、ふいっと小宵のことを見た。

このようなシチュエーションにおいて、たいていの女子高生がそうするように、小宵《こよい》は即座に逃げ出した。

不幸なことに、逃げ道は目の前の半開きの扉しか存在しなかった。

その中に身体《からだ》を滑り込ませ、音を立てて扉を閉める。鉄製のドアの冷たさを背中に感じながら、小宵はどくどくと心臓が鳴る音だけをしばらく耳にしていた。

一分が過ぎ、二分が経《た》ち、三分を数える頃、ようやく小宵は平静さを取り戻した。

「……なによあれ。仮装？　ハロウィンでもあるまいし」

まさか、本物のトカゲ人間などいるわけがない。冷静に考えればすぐわかることだ。それなのにあそこまで取り乱してしまった自分が恥ずかしくもあり、そもそもあんな格好で外に出てきたトカゲ男が腹立たしくもあり、小宵は唇をとがらせて周囲を見渡した。

暗くてほとんどなにも見えない。手探りで壁《かべ》を伝っていこうとしたが、手を伸ばしてもなんにも触れられなかった。おかしいな、と思いながらどんどんと左へ寄っていく。5メートル。10メートル。さすがに気づく。

なにかが——おかしい。致命的に、おかしい。

やがて、闇《やみ》に目が慣れて、小宵は自分がどこにいるかを把握した。

神殿だ。

「――――――――――――――――――――――――――――――」

しばし、意識が飛んだ。

え。だって。なんで。どうして。

そんな言葉が脳みそをいっぱいに埋め尽くし、思考を麻痺《まひ》させていた。

左右をぐるりと見渡す。何度見ても神殿だ。

広大なホールは、静かな冷たさに満ちていた。巨大な石像が等間隔に並んでいる。それらのモチーフはすべて同じ、天秤《てんびん》の形を模しているようだった。頭上を見上げると、ドーム状の天井に絵画が描かれているのがわかる。巨大な天秤。それに絡みつく白い鎖《くさり》。その前で穏《おだ》やかな笑みを浮かべながら両腕を広げるエプロン姿の人物と、彼にひれ伏す大勢の人々――その荘厳な様子を、小宵はぽかんと口を開けて見上げる。

この空間だけで、アパートよりも広い。

そのことをようやく理解して、小宵はぽつりと言った。

「……ここ、どこ？」

呆然《ぼうぜん》としたつぶやきを、聞きつけたかのように――

前方から、怒鳴り声が聞こえた。

「エナ・トゥ・ユクフ！」

「エク・トゥ・シエノ⁉」

「へっ⁉」

びくんと身をすくませて、小宵《こよい》はそちらを見た。

金属の鎧《よろい》を身につけた男が二人、足早にこちらに近づいてくる。ファンタジー映画でああいう人たちを見たことがある。だとすればこれは映画のセットかなにかだろうか、もしかしたら久藤《くどう》と一緒にいた女の子たちは海外の女優かなにかで、久藤は単にここをセットとして貸し出しているだけなのかも――

そう考えているあいだに、男たちはがしりと小宵の両腕を摑《つか》んでいた。

「え、ええっ⁉」

「コル・アービ・アデン」

「いや、ちがっ……あ、あたしは…………、アイム、アイム……ノー……ええっと……！」

抵抗しようと身をよじるが、振りほどけるはずもない。その反動で手にしていたカバンが地面に落ち、中身が散乱した。小宵は反射的に拾おうとしたが、身をかがめることさえできなかった。男たちが、小宵を引きずって歩き出したからだ。

「う、嘘《うそ》でしょ⁉　なんであたしが――あのっ！　あの、えっと、アイム……フリー！　の、ノット……犯罪者？　あああああもう、なんなのよーっ！」

小宵の叫びは、空《むな》しく神殿の闇《やみ》へと吸い込まれていった。

1　レリジョン・コリジョン

その日、久藤幸太郎《くどうこうたろう》は、貿易摩擦《まさつ》問題の最終調整段階に入っていた。

当事国は、『沼の国』ウーラドルクと『海の都』スフィーデルコットの二国だ。

そもそもの発端は、『沼の国』に自生する植物を、『海の都』の交易商人たちが乱獲《らんかく》していたところから始まる。その植物は茶葉にも薬草にも使える万能の植物であり、『海の都』は『沼の国』から得た植物を各国に転売することで、大きな利益を得ていた。

そこまでは別にいい。ごく普通の貿易活動だ。

問題なのは、乱獲の結果、『沼の国』内で医療《いりょうよう》用に消費される分までもがなくなってしまったというところにある。

『沼の国』は素朴な生活を営む部族社会だ。そんな彼らであるから、ここに至って初めて「なぜ『海の都』はこんなにもあの植物を欲しがるのか？」という疑問を抱いた。調査の結果、『海の都』は『沼の国』からの買い取り価格の十倍でその植物を売りさばき、莫大《ばくだい》な利益を得ていたことが判明。当然ながら『沼の国』は怒り、『海の都』に釈明を求めた。『海の都』は生き馬の目を抜く商業国家である。自身もまたやり手の交易商である『海の都』外交特使は、自分たちを騙《だま》したと騒《さわ》ぐ『沼の国』外交特使に向かって、次のように述べた。

「それはですね、騙されるほうが悪いんですよ」

その言いぐさに『沼の国』はキレた。他国人、特に『海の都』の商人による植物の収穫《しゅうかく》を禁止してしまったのだ。それを受けて『海の都』は『沼の国』に経済制裁を実施。輸出入の大部分を『海の都』に頼《たよ》っていた『沼の国』は困窮《こんきゅう》し、ついには戦争の準備をはじめた――というところに、ようやく幸太郎《こうたろう》への調停依頼《いらい》が入ったのだ。

調停は、困難と紆余《うよ》曲折《きょくせつ》を極めた。

二日前の最終調整段階に入ってから今に至るまで、幸太郎が二国に出入りした回数は五十を超え、話を交わした人物は百をくだらないだろう。説得と提案と折衝《せっしょう》と妥協と恫喝《どうかつ》と脅迫をあますところなく使い尽くし、幸太郎は、ようやく両国の外交特使を調停の場に引きずり出すことに成功したのだ。

この時点で幸太郎は、五十時間ほど眠っていなかった。

「……では、二人とも、書類の最終確認を頼《たの》む」

粘つくような幸太郎の声が、『管理人室』に響《ひび》く。

幸太郎の目つきは普段の数倍ほど悪くなっている。寝ていないからだ。思考は不思議なほどクリアなのに、ふとしたときに意識を失ったりしている。今はまだ数秒くらいだが、そのうち数分になるだろう。意識がないのに起きているというのは非常に恐ろしい事態だ。そのあいだなにをしたか責任が取れないのだから。

「わかった」と、『沼の国』外交特使・ザンニエーラが答えた。

「かしこまりました」と、『海の都』外交特使・アラバルカが答えた。

ザンニエーラの外見は直立歩行するトカゲだ。なめらかな銀色のウロコと、縦に割れた金色の瞳《ひとみ》を持つ。しゅるしゅると音を立てながら舌を出し入れするのは無意識にやっているらしい。最初見たときは度肝を抜かれたが、今ではすっかり慣れてしまった——『沼の国』住人の九割は、ザンニエーラと同じ外見だからだ。

アラバルカはごく普通の人間だが、『海の都』交易商の常として、青くゆったりとした長衣《ながぎぬ》を身にまとっている。表情は鍔広《つばひろ》帽子に押し隠されているが、ひげをたくわえた口元には常に微笑が浮かんでいる。ザンニエーラほどではないが、日本の風景には馴染《なじ》まない格好である。

そんな二人が、四畳間の座布団にあぐらを組み、ちゃぶ台を挟んで向かい合っている。

その光景を「シュールだ」と思えるだけの余裕は、今の幸太郎にはない。とにかく、眠い。

一刻も早くこの件を終わらせようと、幸太郎は口を開いた。

「異存がないなら、それで——」

「お待ちください、オー・ヤサン」

幸太郎《こうたろう》の言葉を遮って、アラバルカが挙手をした。

またか、と幸太郎はうんざりする。

アラバルカは根が商人であるため、どんな状況でも交渉をしようとする。おかげで会談が長引いて仕方がない。こいつがもう少し聞き分けの良い相手だったら、この話し合いは二十時間前に終わっていたはずである。

そんな恨み節などどこ吹く風、アラバルカは書類の一文を指さした。

「ここの数字ですが、やはり一割は少しばかり我が国に不利なのではないかと存じます。ここはせめて、一割五分と——」

「いい加減にしろ。『海』」

しゅーっ、と威嚇音《いかくおん》を響《ひび》かせて、ザンニエーラがアラバルカをにらみつけた。

「もはや、そのようなときではない。オレはこれを受け入れる。オマエもそうしろ」

アラバルカは微笑《ほほえ》みを絶やさない表情をザンニエーラに向け、

「あなたも変わりませんね、ザンニエーラさん。自分もそうするから相手もそうする、では交渉になりませんよ。ここはもう一度、お互いの妥協点を——」

「この文書は」

強く、幸太郎は言う。

二人の外交特使が、同時に幸太郎を見た。

「両国の関係各位五十七名に精査してもらい、その方々の了承を得て作成したものだ。どの段落のどの文章にも、五十七名の方々の——、利益が関わっている。あなたはそれに異論を唱えると、そう言うんだな。アラバルカさん」

利益、という言葉に、アラバルカの長いまつげがぴくりと動いた。その瞳《ひとみ》に『動揺』が生まれていることを見て取って、幸太郎はさらに言葉を重ねた。

「ではその旨を俺から関係各位に伝えるから、実際の説得にはあなたが当たってくれ。五十七名のうち、三十二名は『海の都』のスフィード交易商会の重鎮《じゅうちん》だが、あなたからじきじきに説明してもらおう」

目を覗《のぞ》き込むことにより、相手の感情の流れを読み取る。

それが、幸太郎の特技だ。生まれつきなのか育ちによるものなのかはわからない。確かに言えるのは、この特技によって彼は家族から迫害されたということ。そして——この特技が、彼を優れた調停者に仕立て上げている、ということだ。

『海の都』に所属する、大勢の人々の目を覗き込んできた幸太郎は、『海の都』内のパワーバランスを把握するまでに至っていた。

アラバルカは一年後に控えている『海の都』執政官選挙に出馬する腹づもりであり、そのため『海の都』最大の商会であるスフィード交易商会とのパイプを強化しておきたいという思惑がある。この調停からスフィード交易商会の利益を最大限に引き出すことができれば、彼の評価は揺るがぬものとなるだろう。

アラバルカを黙《だま》らせるには、それが逆効果であると教えてやるしかない。

「ここに記されている文字を、一割から一割五分に修正する必要がどうしてもあるのだと、全員説得してくださるのならそれで構わない。補給担当長官のガランデアさんは一割ですら多すぎると言っていたから、どうぞ念入りに――」

「撤回《てっかい》します、オー・ヤサン。我が国は、この文書内容を承諾《しょうだく》いたします」

にこやかな笑みを浮かべて言ったアラバルカに、苛立《いらだ》ちを覚えることはなかった。さっさと終わらせたいという気持ちでいっぱいだったからだ。

「では、調印を」

まず先に、ザンニエーラが動いた。幸太郎《こうたろう》が用意していたボールペンを手に取り、不器用な手つきで自身の名前を書き付け、そのすぐ横に判子を突いた。アラバルカと幸太郎が、同じことをする。それを三回繰《く》り返す。

かくして、三枚の調印書が作成され、『調停の儀《ぎ》』は成功を収めた。

オー・ヤサンの前で交わされる約束事には、実行力が発生する。『古《いにしえ》の盟約』、第三条四項にそう定められている。これに違反するものは、管理人が持つ神器のひとつ、『裁定の錫杖《しゃくじょう》』によって退去させられてしまう。二人の外交特使は、自らの安全にかけてこの調印を遵守《じゅんしゅ》しなければならないわけだ。

　ザンニエーラとアラバルカは、両手を腹の上で重ね、幸太郎に深々と礼をした。アラシュ・カラドにおける、敬礼の姿だ。

「オー・ヤサン。『調停の儀』、取り持ってくれたこと、『沼の国』、感謝する」

「『海の都』も同様です。あなたのおかげで我が国の悩みのタネがひとつ排除されました。『海の都』執政官に成り代わりまして、感謝いたします」

　幸太郎は仏頂面を崩さなかった。『調停の神衣』の前で腕を組み、小さく頷《うなず》く。

「俺は、自分の仕事をしただけだ。礼には及ばない」

「ご謙遜《けんそん》をなさらないでください――、ああ、そうだ。このたびの問題解決を祝して、我が国にてささやかな宴《うたげ》を開く予定となっております。オー・ヤサンにご出席いただければ、国のものたちもさぞ喜ぶだろうと思うのですが――」

「『海』。勝手に決めるな。我々が先だ。『沼の国』、薬師が薬を作ることができるようになったこと、すべてオー・ヤサンのおかげ。感謝を捧げたいもの、たくさんいる」

　幸太郎は、ため息をつきたくなる衝動《しょうどう》を抑え、首を振った。

「……ありがたいけど、管理人は中立公平。管理人は中立公平でなければならないから」

　オー・ヤサンは中立公平。だからこそ、アラシュ・カラドの住人たちはオー・ヤサンの権威を信じ、そこに力があることを認めている。もしも彼が、どこか決まった一国とだけ親しく付き合うようになってしまったら、その瞬間《しゅんかん》、権威と信頼《しんらい》のすべてを失ってしまう。

だから、幸太郎《こうたろう》は安易に歓待《かんたい》を受けるわけにはいかない。

そして、だからこそ、幸太郎はこう付け加えなければならなかった。

「ただ、あなたがた外交特使がこの部屋に来たいというのであれば、それを止めることはしない。いつでもとは言わないが、歓迎できるときは歓迎するよ」

その言葉に、ザンニエーラとアラバルカは、疑問符を浮かべた。

用もないのに、外交特使が管理人の部屋を訪れる？　そんなことをしてなんの意味があるのか、と彼らが思ったであろうことを、幸太郎は瞳《ひとみ》を見るまでもなく理解している。

が、幸太郎はそう言わなければならなかった。

なぜなら、そんな無意味なことを繰《く》り返している外交特使が、ひとりいるからだ。

「それでは、今回の『調停の儀《ぎ》』は、解散ということでよろしいか。実を言うと、そろそろ俺も限界で」

幸太郎が昼夜を問わず奔走していたことを、二人の外交特使は誰《だれ》よりも知っている。さすがに同情の色を瞳に浮かべ、アラバルカとザンニエーラは口々に言った。

「かしこまりました。ではまた、折りが良いときに」

「またいずれ、礼に伺う。ゆっくり休め、オー・ヤサン」

そう言って、彼らは踵《きびす》を返し、管理人室から出て行った。

　幸太郎は深々と息をついた。喉が渇いていたが、それを潤《うるお》そうという気も起きなかった。彼は調停書を文机《ふづくえ》の上に置くと、ちゃぶ台を立てかけて、押し入れを開き、渾身《こんしん》の力を込めて布団を引きずり出した。

　枕を置き、その上に身を投げ出す。

　メガネもエプロンも外すことを忘れ、幸太郎は、泥のような眠りに落ち込んでいった。

◆

　その少女は背筋をぴんと伸ばし、きらきらと光る眼差《まなざ》しで『管理人室』と書かれたプレートを見上げていた。

　美しい、というよりは愛らしい少女である。オレンジ色の髪に小さな王冠を載せ、ルビーレッドの大きな瞳には、人好きする子猫のような好奇心の光が宿っている。その目を一度だけ瞬《まばた》かせて、少女は唇を開いた。

「チワッスです。オー・ヤサン、いらっしゃいますか？」

　スフレの頭上には、夏の青葉が生い茂っている。枝葉の隙間から差し込む木漏れ日も、頬《ほお》を撫《な》でる風も、アラシュ・カラドのそれと大きな違いはない。ただ——みんみんと鳴き騒《さわ》ぐ声がスフレの耳を圧している。『セーミ』という名の、ニポーンの昆虫であるらしい。それを聞いたとき、スフレは目を輝《かがや》かせてセーミを捕まえようとして、オー・ヤサンに呆《あき》れられたことがある。

それにしても、返事がない。セーミの声に掻《か》き消されてしまったのだろうか。もう一度呼びかけても、扉はなにも答えてはくれなかった。

「……留守、でしょうか？」

小さく首をかしげてから、スフレはきょろきょろと周囲を見渡し、試しに、というつもりで、ドアノブを回してみた。

呆れるほどあっさりと扉が開いた。

室内から涼しげな空気が漂ってくる。部屋の温度を低く保つニポーンの魔法《まほう》、『クラー』だ。汗ばんだ肌が心地よく冷えるのを感じながら、スフレは靴を脱ぎ（ニポーンの作法だ）、室内に脚を踏《ふ》み入れた。

「オー・ヤサン？　いらっしゃいますか？　チワッス、です――」

さらに呼びかけようとして、スフレは口を噤《つぐ》んだ。

いる。

『調停の間』は、世界の管理人たるオー・ヤサンの住まう部屋。その割には質素な作りである。広さでいえばスフレの寝室の十分の一に満たないだろう。けれどこの部屋は、アラシュ・カラドに存在するどのように豪華な王宮よりも尊貴な場所なのだ。

そして、その尊貴を一身にまとう少年、オー・ヤサンは——

静かな寝息を立てて、眠り込んでいた。

「——」

スフレは思わず、口元を押さえてしまう。

そろそろと近づき、ニポーン製のクッション——ザブートンという——を下に敷《し》いて、ちょこんと膝《ひざ》を揃《そろ》える。すぐ枕元から、スフレは彼の寝顔をまじまじと覗《のぞ》き込んだ。

不思議な感じがした。

スフレにとってオー・ヤサンとは、頭が良くて、頼《たよ》りになって、ときどきいじわるだけれど本当はとても優しい、そんな人だ。どんな相手に対しても堂々と胸を張り、間違いは徹底的《てっていてき》に糾弾し、自らが正しいと考えることを迷うことなく遂行する、立派な人だった。

でも、今スフレの膝下で寝息を立てているのは、ほんの十五歳の少年でしかない。

いや。

たぶん、こっちが本当なのだ。オー・ヤサンではないニポーン人としての、クド・コータロの素顔なのだ。

彼のことを深く知るまで、スフレはオー・ヤサンのことを、神様のように考えていた。スフレだけではない。アラシュ・カラドの住民は、世界の管理人たるオー・ヤサンを天が遣わした導き手であると考え、ひとつの宗教として彼のことを信仰している。だからこそ、国の代表でさえオー・ヤサンの意見を無視できないのだ。

でも、違う。

違うということを、スフレは知った。クド・コータロは、スフレたちと同じ、泣きもすれば笑いもする、当たり前の感情を持つ人間に過ぎない。神様でも導き手でもない。彼が、自らの家族にどういう感情を持っているのか、どういう仕打ちを受けたのか――たぶん、スフレだけが知っている。

そのことが、ちょっとだけ誇らしい。

「……オー・ヤサン?」

眠りの奥には届かないほどの、小さな声。胸に生まれたひとつの欲求が、スフレの腕を動かした。

「それとも、クド・コータロさま?」

オー・ヤサンの目元を覆《おお》う装飾品、メガーネを優しく取り払う。彼の素顔は意外と優しげなことも、スフレは知っていた。自分をかばって矢を受けたオー・ヤサンを、三日間にわたって看病したことがあるからだ。

「どちらでお呼びすれば、よいのでしょう――」

独り言はうわずるような響《ひび》きを帯び、スフレはオー・ヤサンの顔にかかった前髪を、優しく掻《か》き上げた。少年の白い頬《ほお》を覗《のぞ》き込みながら、彼女は一ヶ月前のことを思い出していた。

一ヶ月前――『草の国』を揺るがす事件を解決したあと、スフレはオー・ヤサンから、愛の告白を受けた。

それを思い出すだけで、顔が熱くなる。

だが、愛の告白を受けただけで、それ以上はなにひとつとして進展していなかった。スフレが返事をしていないからだし、オー・ヤサンもまるでそんなものはなかったかのように振る舞《ま》っているからだ。スフレはそれを思いやりだと理解している。告げた以上、あとは待つだけという、男らしくも心憎い思いやりだ。

スフレは、『草の国』の第一王女である。

王族に恋愛は許されない。それくらいの常識は、彼女も持ち合わせていた。いずれ相応《ふさわ》しいアミアの王族と婚姻を結び、女王としてササラノール王家の血脈を繋《つな》いでいくのだろうと、漠然と考えていた。

それなのに、オー・ヤサンに愛を告げられてしまった。

頭に手を載せて、ご飯を食べさせることを誓う――、これは『草の国』において、正式な求婚の儀式《ぎしき》を意味する。オー・ヤサンは、それをスフレに行ったのだ。

スフレは一晩中悩み抜いた挙げ句、そのことを頭の奥底に封じ込め、考えないようにしてしまった。もともと頭よりも身体《からだ》を動かすことのほうが得意なスフレである。思考を凍結させることによって、ようやく普段と同じように彼と接することができるようになった。

けれど、凍り付かせたはずの思考は、ふとした隙間にスフレの脳裏に溶け出してくることがあるのだ。

ちょうど、今のように。

「……クドさま……」

溶けた思考がスフレの声を潤《うる》ませる。こくり、と可憐《かれん》な喉を上下させて、スフレは顔を赤くしたまま、指先でそっとオー・ヤサンの頰《ほお》をなぞり、
不意に持ち上がったオー・ヤサンの手が、スフレの手首をがしっと摑《つか》んだ。

「ひゃっ⁉」

「人が、気持ちよく、寝てんのに……」

軋《きし》るような声を喉奥から絞り出し、ぎらりと光る眼差《まなざ》しがスフレのことを射貫《いぬ》いた。

「なにしてんだ。スフレ。隙を突いて息の根を止めにきたのか？」

スフレはあえぐような呼吸をしてから、ぶんぶんと首を振った。

「とっ、とんでもありません！　そのようなことは！　決して！」

「じゃあ、何の用だ」

オー・ヤサンはだいたいいつも不機嫌な面つきをしているのだが、今日の彼は不機嫌を通り越して手負いの獣《けもの》のようであった。スフレは怯《おび》え、つい先ほどまで胸に灯《とも》っていたはずの恋情のきらめきが跡形もなく消え去るのを自覚した。

「いえっ、それが、その、ですね、えと、あのう——」

スフレは涙目になり、焦りのあまり自分がなにをしに来たのかをさっぱり忘れてしまった。

オー・ヤサンはじっとりとした目でそんなスフレをにらみつけたあと、ふっと力を抜いて、スフレの手首から手を離《はな》した。

「……メガネ返せ」

短く要求されて、ようやくスフレは自分がメガーネを握りしめていることに気づいた。慌てて返す。オー・ヤサンはごしごしと目元を揉《も》んでから、メガーネで目元を覆《おお》う。ああ——、と、声にならない嘆息が、スフレの口から漏れた。素顔のほうがいいのに……。

「それで。用件は」

「う、ううっ……」

「別に怒ってないから、落ち着いて話せ。それとも用件はないのか？　いつものお茶会か」

オー・ヤサンの声から苛立《いらだ》ちが薄《うす》らいだ。スフレに向けられた眼差《まなざ》しは、デキの悪い妹を見守る兄のようである。そのことに勇気を得て、スフレは大きく深呼吸をした。

「いえ、違います。お茶会ではありません」

「……なら、仕事だな」

オー・ヤサンは隠すことなく顔をしかめた。イヤそうだ。それもそのはずで、彼はここ数日ほど『沼の国』と『海の都』の外交問題を解決するために奔走していたのだ。

そのことを知っているスフレは弱気になり、おずおずと申し出た。

「ほ、他のお仕事があるようでしたら、後日でも……」

「それはもう終わっている。だからやっと寝られてたんだ」

メガーネも『調停の神衣』も外さずに、オー・ヤサンが眠り込んでいた理由を知って、スフレは狼狽《ろうばい》した。腰を浮かしかける。

「ごっ、ごめんなさい！　お疲れとは知らず――あの、わたし、やっぱり出直して――」

「いいから」

そんなスフレの肩を、オー・ヤサンは強引に摑《つか》んで、また座らせた。メガーネの奥の淀《よど》んだ瞳《ひとみ》には、有無を言わせぬ迫力がある。

「話をしろ。疲れていようといまいと、俺は世界の管理人だ。世界を管理する義務がある」

気負うことなく、淡々とつぶやいたオー・ヤサンの姿に――

スフレは、胸の奥に、うずくような感情を抱いていた。

◆

『草の国』国王テルダリオスは、不愉快を隠そうともせずに、その一行のことをにらみ下ろしていた。

玉座の間には静かな敵意が満ちている。この間に入ることができるのは、伯爵《はくしゃく》以上の地位を持つ貴族だけ——すなわち、この王国の『有権者』たちである。彼らの敵意は、とりもなおさず『草の国』というひとつの国家の敵意に等しい。

それなのに、一行の代表を務める男は、にこやかな笑みを崩そうともせず、両腕を広げた。

「このたびの教皇猊下《げいか》の布告は、全ヤクタ信徒にとっての福音となりましょう。テルダリオス陛下におかれましては、なにとぞ賢明《けんめい》なご判断を下していただけるよう、切にお願いいたします。なによりも、我らが天秤《てんびん》のために」

でっぷりと肥《ふと》った男である。大柄な身体《からだ》を金色の長衣《ながぎぬ》によって包み、長衣のあちこちには黒糸によって天秤模様の刺繍《ししゅう》が施されている。禿頭《とくとう》に載せられた三角帽にも、同じ意匠——天秤印が浮かんでいた。

世界宗教、ヤクタ教の紋章だ。

金はヤクタ教にとって、もっとも高貴とされている色である。ヤクタに仕える聖職者で、金の天秤印を使用することができるのは、最高位階の教皇を除けば枢機卿《すうききょう》でしかあり得ない。そしてこの男は、まさにその権威を肥った身体に巻き付けている。

『山の国』トッカノール枢機卿、ゴンデル・アミア・エ・バラッダ・アネス。

それが、この男の有する立場であった。

「天秤のために、か」

テルダリオスの口調は吐き捨てるようだ。玉座の間にひやりとした空気が流れる。赤髪の国王は、思慮《しりょ》深くはあるが、決して温厚とは言いがたい性格である。ゴンデルが突きつけてきた要求の無礼さを思えば、国王の内心が怒りに満ちているであろうことは、誰《だれ》にでも予想がついた。

「それは結構なことだが、ゴンデル枢機卿。先代と当代の教皇猊下で、あまりにも言うことが食い違っているのはいかがなものか」

それでも、テルダリオスの言葉は礼儀《れいぎ》を失っていなかった。彼は思慮深い。ヤクタの名と、天秤の印が持つ重みが、このアラシュ・カラドにおいてどれだけの影響力《えいきょうりょく》を持つのか、彼は熟知している。怒りにまかせて天秤をないがしろにする為政者が、どのような末路を迎えるのかも。

「確かに、確かに。陛下の仰《おっしゃ》ることもごもっともです。私も、そのことについて皆様に理解していただくにはどうすればいいか、旅の途中で頭を悩ませていましたよ、ホホホホホ」

なにがおかしいのか、ゴンデルは女のような笑い声を立てた。顎《あご》についたぜい肉がぶるぶると震《ふる》える。質実剛健を旨とするテルダリオス王の目には、それもまた不愉快に映った。

「こう考えていただくことはできませんか。――これは、『改革』であるのだと」

「……改革？」

「そのとおりでございます。ご存じのとおり、我らヤクタの家に住まうものたちは、今まで決してひとつではありませんでした。同じ天秤《てんびん》の下に集うものたちでありながら、その心が、その魂がバラバラであったのです。シャルフィニア猊下《げいか》は、このことにひどくお心を痛めておいででした」

ゴンデルは、民衆の前で説教をするときのように、大きく両腕を広げながらそう演説した。細い目に哀切な光を浮かべ、玉座の間に集う貴族たちを見回す。

「ヤクタ教典、第八章十二節に次のような言葉がございます。『ヤクタの家に住まうものたちは、寝屋が違えど見る夢は同じである。入りなさい。あなたは私と同じ夢を見るものである。ならば寝屋を違える必要がどこにあろうか』。――まさしくこれは、今の我々のことではありませんか。住まう国は違えど、魂の寝屋をひとつにしなくてはなりません」

背後に控えるヤクタの高僧たちは、ゴンデルの言葉に打たれたかのように頭《こうべ》を垂れ、中には目元を拭うものさえいた。馬鹿馬鹿しい茶番だ。

だが、テルダリオスがそう断じることができないのは――玉座の間、居並ぶ貴族の顔にさえ、感動に近いものが浮かんでいるからだ。

「これはその寝屋を建てるためには必要なことなのです。失礼ながら、魂の寝屋に身分は関わりがございません。陛下はご自身の寝屋を建てるために、必要なものを出されようとしているのです。その姿勢に、教皇猊下はきっとお喜びになることでしょう――」

「待っていただきたい」

口を挟んだのは、四人いる侯爵《こうしゃく》のひとりであるワルドネルドだ。彼はまた、この『草の国』の財務大臣でもある。彫りの深い顔立ちに疑心を浮かべ、ワルドネルドは言う。

「だからと言って、なぜ我が国が、八百万枚もの金貨を供出せねばならんのだ」

そう。

それこそが、今、玉座の間を冷え込ませている事実だ。

八百万枚の金貨の供出。ゴンデル枢機卿《すうききょう》は、そんな要求を突きつけてきた。

『草の国』というひとつの国家が一年間運営していくために、必要とされる金貨はおおよそ三千万枚とされている。そのうちの約三割を出せと言われたところで、はいそうですかと渡せるわけがない。それは国家にとっての死活問題に繋《つな》がるからだ。

だが、ゴンデルの態度に動揺はない。慈悲深い笑みを肉厚の唇に浮かべて、彼はまた両腕を広げる。

「問題となっておるのは『贖宥状《しょくゆうじょう》』によって得た利益の配分なのでございます。ワルドネルド侯爵閣下。本来ならば司教区を通じて『山の国』に送られるはずだった『贖宥状』の売り上げに、『草の国』は長年にわたって、税をかけてきたのだとか。天秤のものに国家が手を出すとは、褒《ほ》められたことではありませんなあ」

「それはっ――、先代の教皇猊下の許可を得てのことだ！」

「ですから申し上げました。これは『改革』であると」

「一度決めたことを覆《くつがえ》すのが『改革』だというのか!?」

「左様でございます」

ゴンデルはあっさりと答え、ワルドネルドは喉を詰まらせた。

枢機卿《すうききょう》はまだ笑みを浮かべている。しかし、細い目は決して笑ってはいない。それを見て、テルダリオスは己が間違っていたことを知った。

この肥《ふと》った男は、ただの使いではない。

「シャルフィニア教皇猊下《げいか》は、正すべきものは正し、前に進んでいくことこそが『改革』であるとのご認識を示されております。ヤクタ教典、第二章四節——『秤《はかり》に載せるものの軽重を過てば、秤の意味は失われる。そうなったときは、まず秤からすべてのものを取り払いなさい』。我々は、この言葉に忠実であろうとしております」

「……一度徴収したものを、また元に戻せというのか」

「まさしく。国家のものは国家のものに、天秤《てんびん》のものは天秤のものに。正しく計り直すことこそが、我らの務めでございますれば」

テルダリオスは目を細め、沈黙《ちんもく》した。

普段は振れることのない視線が、束《つか》の間、ひとりの男を捜して左右した。今、この場にいない男のことを。仮にその男がいたとして、口を挟むことはなかっただろう。門外のことであるし、物事を軽々しく決めることが嫌いな男だったからだ。

だが、彼がいれば、自分は安心しただろう。

そんな内心を自覚して、テルダリオスは軽く奥歯を嚙《か》みしめた。

「簡単に決められることではない」

かろうじてテルダリオスが口にできたのは、苦々しげなそんな言葉だけだった。今はまだ決められない。こんなものは、誰《だれ》にだって口にできる言葉だ。

その言葉に、ゴンデルは深く頷《うなず》いてみせた。

「もちろんでございます。我々とて、八百万枚もの金貨をすぐさま供出せよとは申しておりません。十分にお考えください。いつまででもとは申せませんが、待てる限りはお待ちいたしております」

それからゴンデルは、肥《ふと》った顔に憂《うれ》いの色を浮かべ、「ただ――」と付け加えた。

「シャルフィニア教皇猊下は、純粋なお方でしてな。『草の国』国王テルダリオス陛下が敬虔《けいけん》なヤクタ信徒であるというお話をしたときの、きらきらとした目の輝《かがや》きを、私はいまだに忘れることはできませせぬ」

「…………」

なにが言いたい。そんな内心の疑問に、ゴンデルは答えた。

「もしも国王陛下のご決断が、猊下の意に沿わぬものでしたら――そのときは、猊下の落胆は、非常に大きなものになるでしょうなあ。いやはや、なにが起こるのか、私には見当もつきませぬ」

玉座の間が、息を呑《の》んだ。

紛れもない、これは、脅迫だろう。

ヤクタ教の権威は、ときとして国王をも凌《しの》ぐ。なぜならばテルダリオスからして、ヤクタ教の信徒であるからだ。ゴンデルが言うような敬虔《けいけん》な信仰心からではなく、あくまでも政治的にそういう立場を取っているというだけだが——それゆえに、教皇は国王に対して、宗教的な制裁を下すことができる。

金貨か、さもなくば、ヤクタからの破門か。

ゴンデルは、そう言っているのだ。

「……肝に銘じておこう」

押し殺したようなテルダリオスの返事に、ゴンデルは満足げな笑みを浮かべた。でっぷりとした腹に手を当てて、深々と禿頭《とくとう》を下げる。

「色よいお返事を期待しておりますぞ、国王陛下。では、これにて失礼いたします。他にも回らなければならぬ国々がありますのでな、ホホホホ……」

ぜい肉を揺らしながら笑い、ゴンデルは退出した。

しばしのあいだ、沈黙《ちんもく》が玉座の間に漂った。

発言をするものはいない。ワルドネルドはすがるような眼差《まなざ》しをテルダリオスに向けている。

他の諸侯たちも同様。その視線を一身に感じながら、テルダリオスは瞑目《めいもく》する。

やがて、目を開いたとき、彼は苦い屈辱と共に、こう言った。

「……スフリャーレを呼べ」

それは、この国がまた、あの管理人に頼《たよ》るということを意味していた。

◆

「というわけです」

「というわけなのですっ！」

パルメーニャに追従するように、スフレが拳を握りしめて叫んだ。

幸太郎《こうたろう》は、唇をへの字に曲げながら、エプロンの前で腕を組む。

ここは『草の国』外交特使執務室。この部屋の名目上の主はスフレであるが、実質の主はパルメーニャである。

パルメーニャ・エ・アギン・カラ。金の髪と鋭《するど》い目、そして犬耳と尻尾を持つ、スフレ付きの外交官だ。政治や外交についてからっきしのスフレを補佐する、有能な人物である。

「……金貨八百万枚、ね。よくわからないが、途方もない金額なんだろうな」

「ええ。なにしろ年間国家予算の約三割ですからね。それだけの額を供与してしまったら、

『草の国』は破産します。我が国の発行していた国債は紙くずと化し、『海の都』の投機商たちは今後十年間『草の国』の経済位置を『ボロ小屋以下』と評するようになるでしょう。これは、国家の危機です」

「そうです！　これは国家の危機なのです、オー・ヤサン！」

幸太郎《こうたろう》は冷ややかに、拳を握りしめたスフレのことを見た。

「なら突っぱねればいいだろう。俺に頼《たよ》るまでもないんじゃないか」

「えっ――」

言葉に詰まったスフレのあとを継いで、パルメーニャが発言する。

「それができればやっています。ですが、『山の国』使節の枢機《すうき》卿《きょう》猊下《げいか》は、言外にテルダリオス陛下の破門をちらつかせました。そんなことになれば、我が国の名誉は地に落ちます。国王陛下は権威と名誉をもって国を統べているわけですから、名誉を失うことは金銭を失うこととほぼ同義なのです」

「なんだかめんどくせえな……」

幸太郎は思ったままを口にする。パルメーニャは目を細めて同意する。

「外交なんてめんどくさいことばかりですよ。宗教ほどではありませんが」

そうだ――と、幸太郎はそれまで抱いていた疑問を口にする。

「そもそも、ヤクタ教ってどんな宗教なんだ？」

パルメーニャとスフレは顔を見合わせた。二人の顔には、同じ驚《おどろ》きが浮かんでいる。

「……そうでした。オー・ヤサンは異世界人なのでしたね。ときどき忘れてしまいます」

そう前置きをしてから、パルメーニャは話し出した。

「ヤクタ教というのは、このアラシュ・カラドのほぼ全国家に普及している宗教です。十二国のうちヤクタ教を国教としている国家は十国におよび、高位の聖職者は政治的・外交的・経済的に強い発言権を持ちます。――もちろん、私も王女さまも、ヤクタの信徒です」

「です！」

スフレは力強く頷《うなず》いた。幸太郎は我慢できなくなり、ついに突っ込んだ。

「おまえ、さっきからパルメーニャの言葉を繰《く》り返してるだけだぞ」

「そっ、そんなことありませんよ！　わたしだって、ヤクタ教のことはよく知っています！」

スフレは立ち上がり、執務室の棚の上に飾られていた彫像を指し示した。それを見て、幸太郎は首をかしげる。

「天秤《てんびん》、か？」

「はい！　こういう『天秤像』は、ヤクタ教の象徴なのです」

「これらはすべて、『山の国』によって造られたものです」

パルメーニャはそう言って、テーブルに広げられている地図に視線を落とした。

「『山の国』トッカノール。私たち『草の国』北東部で国境を接する宗教国家であり、ヤクタ教の中心地、教皇猊下《げいか》が住まう国なのです」

パルメーニャが指さした地図上には、国境線に囲まれた山の図柄が描かれている。教皇を指導者とする宗教国家であり、全世界に普及している。ということは、幸太郎《こうたろう》の世界におけるバチカンとキリスト教と同じようなものだと考えていいのだろう。

「なるほど」

「国土面積は全国家の中で最小であり、国民も決して多いとは言えませんが、その影響力《えいきょうりょく》は絶大なものがあります。なにしろ——宗教的には、教皇猊下は我らが国王陛下よりも尊い、ということになるのですからね」

「なるほど」

「加えて言うのなら、宗教的には、オー・ヤサンは教皇猊下よりも尊い、ということになりますね」

「なるほど——、うん？」

聞き捨てならないセリフが聞こえた。

幸太郎は地図から顔を上げ、パルメーニャを見る。パルメーニャとスフレは一瞬《いっしゅん》視線を見交わして、まったく同時に幸太郎の胸を指さした。

幸太郎は自分の胸を見下ろす。

そこには『調停の神衣』こと、翻訳《ほんやく》機能つきのエプロンがある。エプロンの中央に記されているのは──『天秤《てんびん》』のマーク。

「ヤクタ教の『ヤクタ』とは、天秤の意です。そして天秤は、中立公平の調停者たる世界管理人、オー・ヤサンの象徴──ヤクタ教における信仰の対象とは、あなたなのですよ、オー・ヤサン」

幸太郎は、目を瞬《しばた》かせた。

こいつの言っていることを日本語に訳すとしたら、すなわちこういうことになる。

あなたはイエス・キリストです。

冗談としてもタチが悪い。が、パルメーニャの表情に冗談の気配はない──そもそもこの犬耳女は、冗談を言うような性格ではない。

幸太郎は、じっとスフレとパルメーニャの顔を見つめ、それから、静かに答えた。

「俺は神さまじゃない」

パルメーニャは、はっ、と鼻で笑った。

「そんなことはわかっています。あなたのように性格の悪い神さまがいるわけがありません」

かちんと来た。言い返す。

「おまえに性格のことを言われるとは思わなかったな、パルメーニャ」

「言うまでもないことですから言わなかっただけです。まさか自覚してなかったのですか？」

「相対的にはいいほうだよ。おまえの螺旋《らせん》階段みたいにねじくれた性根に比べりゃな」

パルメーニャの目つきが、びきりと暴力的なものになった。

「どういう意味だ、コラ?」

「言わなきゃわかんねえのか? 自覚がなかったのか?」

幸太郎《こうたろう》も初めてパルメーニャに出会ったときの彼ではない。パルメーニャの豹変《ひょうへん》ぶりはこ一ヶ月のあいだで何度か目にする機会があり、そうするうちに慣れてしまった。

至近距離《きょり》から火花が出るほどににらみ合う幸太郎とパルメーニャのあいだに、強引にスフレが割って入った。

「お、お二人とも! 喧嘩《けんか》を、なさらないで、くださいっ!」

スフレは右腕を幸太郎の胸に、左腕をパルメーニャの胸に当てて、強引に引き離《はな》した。二人は視線を外さないまま、スフレの腕には逆らわなかった。この王女は、『草の国』に伝わる王室拳術『オン・ハッゾ』の使い手である。十人の武装兵を素手で打ち倒すだけの実力を持っている相手に、逆らっても無駄であるということは知っている。

どうどう、と二人をなだめてから、スフレは幸太郎に向き直った。

「確かに、オー・ヤサンは神さまではありません。わたしもオー・ヤサンときちんとお話をするまで、そう信じ込んでいましたが——今は違うということを知っています」

「……まあ、な」

幸太郎は仏頂面でそうつぶやいた。スフレの目の前で、いろいろさらけ出してしまったことを、今更ながらに思い出したのだ。

　そのことを知ってか知らずか、スフレははにかみながら言う。

「たぶん貴族階級の方々は、そのことを知っているはずです。オー・ヤサンは世界の管理人であり、国家の争いを調停してくださるとても尊い存在です。神さまそのものではないにしても、それに等しいくらい偉い方なのだと理解してます。けれど——」

「ヤクタ教会と民衆には、それは当てはまりません」

　引き継いだのはパルメーニャだ。彼女はスフレが口にできない厳しい現実を、まったく躊《ちゅう》躇《ちょ》することなく口にする。

「民衆には、信じるものが必要ですからね。この世界は正しく管理され、運営され、事故や災害はあるけれど、それでもまっとうに生きれば必ず報われる——そう信じなくては、彼らにとってこの世は暗闇《くらやみ》になってしまいます。ですから宗教は絶対に必要なものですし、この世界を管理しているあなたがその対象となるのは、むしろ当然のことです」

　幸太郎は眉間にしわを寄せた。現代日本人は基本的に無宗教だ。幸太郎もその多分に漏れず、宗教についての知識はあるが実感はない。うなるように言う。

「わかったような、わからないような話だな。管理人が代替わりしていることについて、民衆はどう受け止めているんだ？」

「姿形は変わっても、魂は同一ということで受け止められています。『新しいオー・ヤサン』

というのはそういう意味ですね」

「……じゃあ、教会のほうはどうなんだ。管理人を信仰しているらしいが、実際のところはどう思っているんだ？」

スフレとパルメーニャ、二人の異世界人の反応は対照的だった。

「もちろん、みなさんがオー・ヤサンのことを、神さまだと信じております！」

「というのは建前で、実際のところは貴族と同じ、信じているものも信じていないものも半々というくらいでしょうね。敬虔《けいけん》な信徒もおりますが、そうでなく仕事でやっているという人も、当然おります」

むっと唇をとがらせて、スフレはパルメーニャのことを見た。パルメーニャはスフレのことなど見ていない。冷たい眼差《まなざ》しをついとそらし、部屋の隅のほうに向けている。

「あなたはどうしていつもそうなのですか、パルメーニャ！　そのように冷ややかなことを言っていると、あとが怖いですよ！」

「事実を言っているまでです」

「事実ではありません！　聖職者の方々は、もちろんオー・ヤサンが神さまであると信じています！　そうでなくては、民を正しい方向に導くことなどできないではありませんか！」

「まあ確かに、自分が信じていないことを他人に信じさせる話術は並々ならぬものがありますけどね。それはそれで特殊技術だと思いますよ」

「ですからっ、そこが違うのです!!」

スフレは地団駄を踏《ふ》むように悔しがるが、パルメーニャはどこ吹く風だ。この二人は、お互いに別々のベクトルに特化している。スフレはそれが『理想』であり、パルメーニャはそれが『現実』だ。幸太郎《こうたろう》も『現実』寄りの人間だが、だからといってパルメーニャほど冷徹《れいてつ》なものの見方は持てない。

「ただ――」

と、『現実』主義者であるパルメーニャが、ふと思い出したように、

「『山の国』の新しい教皇となったシャルフィニア猊下《げいか》は、本当に敬虔な方だと聞き及んでおります。一日に三度教典を読み返し、朝晩に唱える聖句を欠かしたことはないのだと。確か、教皇に就任する前から外交特使を務めていらっしゃったらしいですから、オー・ヤサンはお会いしたことがあるのではありませんか？」

「ああ。十二国の外交特使とは、ひととおり面識がある」

パルメーニャの目がきらりと光り、幸太郎のことを見据えた。

「そこでオー・ヤサンの出番です。敬虔な教皇猊下を、なにとぞオー・ヤサンの権威を持って説き伏せていただきたく」

「……なんで俺が『山の国』を説得する前提で話が進んでるんだ？」

ヤクタ教の主神がオー・ヤサンであるというのなら、敬虔な信徒はその威光に逆らえまい。

それはわかるが、幸太郎《こうたろう》は苦虫を噛《か》み潰《つぶ》したような顔で言った。

「俺は管理人だ。立場は中立公平。おまえらとは付き合いがあるが、だからといっておまえらに贔屓《ひいき》することはしない。『草の国』同様、『山の国』の言い分を聞いてから、判断する」

「そのことは、重々、承知しております」

こくりと頷《うなず》いたスフレの表情は、さすがに引き締《し》まっていた。幸太郎を頼《たよ》りはするが、甘えることはしない――そういう『決意』の色が、彼女の瞳《ひとみ》に宿っている。

ふん、と鼻を鳴らして、幸太郎は立ち上がった。

「わかってるなら、いい。行くぞ」

「はいっ！」

元気よく返事をして、スフレもバネのように立ち上がる。幸太郎はそのまま、執務室から出て行こうとして――

つんのめって止まった。

「………？」

不審《ふしん》に思って後ろを振り返ると、スフレの手が伸びて幸太郎のシャツを掴《つか》んでいた。

パルメーニャが、冷たい表情で口を開いた。

「スフリャーレさま。なにをなさっているのですか？」

「えっ、いえっ、その……あのう。オー・ヤサン。なにか、気づきませんか？」

「なに？」

「スフリャーレさま」

「ですからっ！　なにか、こう、この部屋の中にですね、決定的に違うところが——」

「オイ。王女」

ドスの効いた声が響《ひび》き、スフレはびくんと身を跳ねさせた。パルメーニャは立ち上がり、ヤクザのような目つきでスフレの後頭部をがしりと摑んだ。

「そりゃ規約違反だろ？　テメェも一国の外交を預かる身なら約束は死んでも守れや」

「はうぅっ……」

「なんの話だ？」

パルメーニャの凶暴性がスフレに牙を剝《む》くことはままあるのだが、因果関係がよくわからない。幸太郎が困惑していると、パルメーニャはそこだけは慇懃《いんぎん》になり、

「オー・ヤサンはお気になさらず、早くこのバ——、こほん、王女殿下を連れて『山の国』との交渉に入ってください」

「バカって言った！　今バカって言いましたね、パルメーニャ⁉」

「言ってません。言いかけただけです」

「やっぱりバカって思ってるんじゃないですか！」

「落ち着け。おまえがバカなのは俺も否定しないが、さっきからなんの話かわからないぞ」

「否定してくださいっ！」

スフレは悔しげに床を踏《ふ》みしめる。パルメーニャは幸太郎《こうたろう》を見て、軽く首を振った。からかうのはこの辺にしましょう、ということだろう。

そこで、幸太郎は気づいた。

パルメーニャの官僚風の制服には、『草の国』の役人であることを示す紋章がついている。それまでは空白だった箇所に、一本、太い線が引かれているのだ。

「それ」

幸太郎が指さすと、スフレがぱっと顔を輝《かがや》かせ、パルメーニャは露骨《ろこつ》にイヤな顔で舌打ちをした。なんでそんな顔されなくちゃいけないんだ、と理不尽を覚えつつ、最後まで言う。

「前に見たときと模様が違うな。なにか意味があるのか？」

「よくぞ聞いてくれました‼」

なぜかスフレが元気いっぱいに答える。頭を振ってパルメーニャの拘束から逃れると、今度は逆に自分から彼女の腕に抱きつき、その紋章を紅潮した顔で指し示した。

「これは、この制服の持ち主が貴族であることを示す模様なのですよ！　このあいだ、パルメーニャは晴れて貴族階級になることができたのですっ！」

それからスフレは、その笑顔をパルメーニャに向けた。

「ほら！　やっぱりオー・ヤサンは気づいてくれました！」

「今のはスフリャーレさまが気づかせたのでしょう。ナシですからね」

「もう、パルメーニャは細かいですね。ちゃんと気づいてくれたのですから、素直に喜びましょうよ」

「別に。嬉《うれ》しくないですから」

「……ああ、なるほど」

じっと考えていた幸太郎は、ようやく納得がいって頷《うなず》いた。

「一ヶ月前の事件を解決した恩賞か。確かに、あの件はおまえの力がなかったら解決できなかった。それを考えれば、当然の人事だな」

幸太郎が素直に褒《ほ》めるとは思っていなかったのだろう。パルメーニャの瞳《ひとみ》に『驚《おどろ》き』が浮かぶ。彼女は気まずそうに顔をそむけ、ぼそぼそと、

「……爵位《しゃくい》もない、下級貴族ですよ。たいしたことではありません」

「たいしたことですよ！　平民から貴族になれる人は、ごく一握りしかいないのですから！」

パルメーニャとは対照的に、スフレは我がことのように喜んでいる。あるいはこれこそが、彼女の最大の長所であるのかもしれない。他人の痛みと喜びを、自分のことのように受け止められる力。それは、幸太郎もパルメーニャも持たない力だ。

ふと、幸太郎は、パルメーニャの腰から生えている尻尾を見た。

ぶんぶんと振られている。

「……っ」

幸太郎《こうたろう》は思わず口元を抑えた。笑うのを堪《こら》えたのだ。その仕草は、ばっちりパルメーニャに見られてしまった。

「なんですか。なにか言いたいことがあるのですか」

「いや、別に。今度から、パルメーニャ卿《オー・パルメーニャ》と呼んでやろうかと思ってな」

褐色の肌に朱を差しながら、パルメーニャはうなるような声で言った。

「ンなことしやがったら、噛《か》みつくからな」

◆

「まったくもう。パルメーニャは素直ではないのですから」

『草の国』の扉を通って、日本へと足を踏《ふ》み入れながら、スフレはぷりぷりとそんな不満を口にしていた。

「このあいだも、わたしが大々的にお祝いの宴《うたげ》をしましょうと言ったら、そんなことしてるヒマがあるなら勉強してくださいなどと言って――本当は嬉《うれ》しいくせに、どうしてちゃんとそれを表に出さないのでしょう?」

幸太郎はスフレを伴って管理人室に入る。『山の国』に向かう前に、なにか手土産を用意し

ようと思ったのだ。キッチンに備え付けてある冷蔵庫を探りながら、幸太郎《こうたろう》は言う。

「パルメーニャは、テナミア族とかいう種族だったよな。もとから『草の国』にいたわけじゃないんだろ？」

「ええ。本当は『砂の国』に住んでいたらしいのですが、いろいろな事情があって一族で国を出ることになったのだと言っていました。それも、もう十年以上も前のことらしいですが」

「なら、『草の国』では新入りというわけだ」

冷蔵庫の中にはロクなものが入っていない。新鮮《しんせん》な卵のほかには、昨日幸太郎が夕食に作ったジャガイモの煮付けくらいだ。少し思案したあと、幸太郎はジャガイモの煮付けをタッパーに詰めはじめた。そうしながら、彼は淡々と意見を述べる。

「『草の国』はどちらかといえば保守的な国柄だろう。その国で、よそ者が新しく貴族になるというのは、風当たりの強いことなんじゃないのか。ましてパルメーニャは、王女――おまえのお気に入りだ。あいつが昇進したのは当然あいつの有能さゆえだろうが、周りはそうは見ないだろう。贔屓《ひいき》で昇進した、そう見るはずだ」

スフレは呼吸を止めて、まじまじと幸太郎のことを見た。

「パルメーニャは頭がいい。お祝いのパーティなんかを開いて、無用なやっかみや嫉妬は買いたくないと思ったんじゃないか。もしくは今もう買っていて、敵を増やしたくなかったのか。どっちにしろ、俺が同じ立場でもそうするよ。――よし、これでいい」

ジャガイモ煮を残らずタッパーに詰め終えて、幸太郎は振り返った。

そして、スフレの表情が、暗く染まっているのを見た。

しまった、と思う。

スフレは感じやすい少女だ。すぐ笑うしすぐ泣く。自身の行動が、逆にパルメーニャの立場を悪くしているということを指摘されて、落ち込んでしまったのだろう。

幸太郎は頬《ほお》を掻《か》きながら、考え考え、口を開いた。

「まあ、人の成功を喜ぶことができるのは、いいことだよな」

「……オー・ヤサン」

「人目がないところでなら、いくらでも祝ってやれよ。あいつだって、表ではああだけど、本当は喜んでないはずがないんだから」

スフレは顔を上げる。ルビーレッドの瞳《ひとみ》に浮かぶ『感謝』の色を、スフレはそのまま口に出した。

「はい！　ありがとうございます！」

なんだか慰《なぐさ》めるみたいになってしまった。自分にはもっとも似合わない行動だ、などと考えつつ、タッパーを紙袋に入れる。

そんな幸太郎を、スフレはきらきらと輝《かがや》く目で見つめている。

「やっぱり、オー・ヤサンはすごいです！『草の国』に住んでいるわけでもないのに、わたしたちのことをわかっていてくださるんですね……！」

「やめろ。そういうんじゃない」

苦り切って幸太郎《こうたろう》は答える。目を見なくてもそういうことがわかるのは、彼が幼少のころから、怒りや恐れ、嫉妬などといった感情に多く接してきたからだ。悪意の流れに敏感であることを、長所などとは呼びたくなかった。

「もう行くぞ。『山の国』だ。おまえも外交特使なんだから、ちゃんとしていけよ」

「はい！　ちゃんとします！」

ぱちん！　と音を鳴らして、スフレは両頰《りょうほお》に気合いの張り手を入れた。格闘家《かくとうか》かおまえは、と呆《あき》れつつ、幸太郎は管理人室の扉を開けた。

扉のすぐ向こうに、人影《ひとかげ》があった。

「あ――」

その少女は、幸太郎を見て、かすかな声をあげた。

花嫁のような白いヴェールが、薄桃色《うすももいろ》の髪を覆《おお》っている。ヴェールの合間から覗《のぞ》く瞳《ひとみ》は、澄《す》んだアンバーイエロー。わずかに垂れた目尻が、彼女の顔立ちを柔和なものに仕立て上げている。身にまとう金色の法衣には、絹糸によって荘厳な天秤《てんびん》の刺繡《ししゅう》が施されているが、細い身体《からだ》に大仰な法衣を羽織る少女の姿は、権威よりもむしろ儚《はかな》さを漂わせていた。

アンバーイエローの瞳が、幸太郎を見て潤《うる》んだ。白皙《はくせき》の頰にかすかな血の気を上らせながら、彼女は胸の前で円を描くように印を切った。

それから、静かに幸太郎に近づき、そっとその手を握る。

「オー・ヤサン。お迎えにあがりました」

柔らかく温かな手の感触を覚えて、幸太郎の胸にさざ波が立った。ことさらに仏頂面を作りながら、幸太郎は相手の名前を呼ぶ。

「ちょうどよかった。俺もたった今、あなたの国にお邪魔《じゃま》しようとしていたところだ――『山の国』新教皇、シャルフィニア」

2　天秤《てんびん》の影《かげ》

その牢獄《ろうごく》は、暗く、狭く、寒々しかった。

鉄格子を挟んだ向こう側、廊下の壁《かべ》に取り付けられた燭台《しょくだい》だけが、ちろちろと頼《たよ》りない光を灯《とも》している。冷たい壁と冷たい床に挟まれて、体温がどんどん奪われていくのがわかる。震《ふる》える息を吐きながら、小宵《こよい》はできる限り分厚く重ねたわらを尻《し》の下に敷き、ぼろ切れを肩から羽織る。これが寝具だというのは、まったく笑えない冗談だった。

ほとんどの女子高生がそうであるように、長宮《ながみや》小宵は牢屋に入れられたことなどない。

というか、現代日本でこんな牢屋は存在しない。留置場はおろか、刑務所だってもっとマシな環境《かんきょう》のはずだ。寝具がわらとぼろ切れって、いわゆる人権問題という奴《やつ》だ。最低限文化的な生活の『最低限』をはるかに下回っている。

そう思ったから、小宵は、牢屋の外に立ち尽くしている衛兵に声をかけた。

「……寒いんだけど。もうちょっとマシなお布団ないの？」

衛兵は戸惑うように小宵のことを見る。小宵と彼らのあいだにコミュニケーションは成立しない。そのことはすでにわかっていたが、それでも言わずにいられなかった。

このまま萎縮していれば、事態は悪い方向に進むばかりだと思ったからだ。

「もっと暖かい布団、持ってこいって言ってんの!!」

小宵《こよい》が叫ぶと、衛兵はぎくりと身をすくませた。ふん、と鼻を鳴らし、小宵はわらの上にあぐらを掻《か》いて座った。毛布を、頭からすっぽりとかぶる。

そして、考える。

なぜ、こんな事態に落ち込んでしまったのかを。

クラスメイトの久藤幸太郎《くどうこうたろう》を訪ねて、彼の住んでいるアパートまでやってきた。そこで小宵は、ふとした心の迷いからアパートの一室に足を踏《ふ》み入れた。半開きになっていたその部屋に、久藤がいるのではないかと考えたのだが――なぜか、その部屋は巨大な、アパートよりも巨大な神殿に繋《つな》がっており、そこに詰めていた衛兵に捕まって、この牢屋《ろうや》にまで連行されてしまったのだ。

連行される途中、小宵は、巨大な二重螺旋《らせん》状の通路と、山肌に造られたいくつもの住居、そのあいだを蟻《あり》のように行き来するたくさんの人々を見た。

もしこれが映画のセットだとしたら、映画史上もっとも制作費がかかっている作品に違いない――小宵はぼんやりと、そんなことを思った。

牢に入れられた今でも、その情景を思い返すたびに、肌が粟立《あわだ》つのを感じる。感動、ではない。感動したことも否めないが、それよりもはるかに重苦しい不安が小宵にのしかかってきている。

すなわち、ここが日本どころか地球ですらない『どこか別の世界』であり——

自分は、二度と、元いた世界に戻れないのではないか、という不安だ。

それを思うと、身がすくみそうになる。

小さく息を吸い込んで、震《ふる》える呼気を吐き出した。

このまま大人しくしていても、決して物事は良くならない。良くしようと思うのなら、行動しなければ。小宵はそう考え、立ち上がった。

「ねえ、ここから出してよ」

「……エク？」

小宵の言葉に、衛兵は困惑したように瞬《まばた》きを繰《く》り返す。気弱そうな顔が、さらに小宵を苛《いら》つかせた。そんな意志薄弱《はくじゃく》で、なんであたしのことを捕まえようと思ったのか。

「ここ・から・出して！　あたし・犯罪者じゃ・ないの！」

一語一語、刻むように発音する。意味は伝わらないが、なにを言いたいのかは伝わったらしい。小宵はますます不機嫌な表情を作り、がしゃがしゃと鉄格子を揺らした。

「出さないとひどいんだからね！　あたしのお父さんは警察に知り合いいるし、お母さんは弁護士の事務所で働いてるんだから！　アンタも含めてあたしをこんなところに入れた奴《やつ》ら、全員とっ捕まえてびっくりするくらいたくさんのお金払ってもらうんだから！　今出すなら見逃してあげる！　だから・さっさと・出しなさいっ!!」

最後はほとんど怒鳴るようにして、革靴のつま先で思いっきり鉄格子を蹴《け》りつける。ひときわ耳障りな音が響《ひび》き、衛兵は顔面を蒼白《そうはく》にして、逃げるように廊下の奥へと走り去っていった。

気が小さい奴《やつ》だ。

小宵《こよい》は鼻を鳴らす。これで待遇が改善されるのだろうか、という疑問はあったが、少なくとも気は晴れた。ほんの少し、ではあるが――

そのとき。

彼女は、自分のすぐ側《そば》に、人影《ひとかげ》が立っていることに気づいた。

「――――」

心臓が、止まるかと思った。

その人影は、フードをかぶっていた。コートというのか、ローブというのか、大きな外套《がいとう》に全身をすっぽりと包み、目深にかぶったフードの奥からとがった顎《あご》だけを覗《のぞ》かせている。小宵に見えるのはヒゲの生えた口元だけで、その唇が笑みを浮かべていることしかわからない。

「――だ、誰《だれ》――」

そう言いかけるのと同時に、フード男が動いた。

ヘビのように伸びた右手が、小宵のネクタイを掴《つか》んで引きつけていた。鉄格子があるためにフード男と密着せずに済んだが、それでも鉄格子に顔を押しつけられ、痛みが走る。

「やめ……、離《はな》してっ！」

小宵の悲鳴に、フード男は薄暗《うすぐら》い笑みを浮かべ、肩を揺らして笑った。

「アド・ノルサ。ユクフ・トゥ・ク・シャミア・エ・ニポーン？」

その言葉に、小宵は息を呑《の》む。

意味はほとんどわからない。けれど、最後の一語――『ニポーン』というのは、日本のことなのではないだろうか。

だとすれば、このフード男は、日本のことを知っている……？

「あんた――」

胸に抱いた直感を、小宵は声に出して確かめようとする。

その口を、小宵は噤《つぐ》まなければならなかった。

石造りの廊下に複数の人影が入り込んできたのだ。衛兵ではない――眼前の人物と同じようなフードをかぶった、屈強な男たちだ。

フード男は手を離した。小宵は数歩たたらを踏《ふ》んで後退する。牢屋《ろうや》の扉が開かれると、男たちは牢の中にまで脚を踏み入れてきた。凍り付いたように身をすくませる小宵の両腕を、男たちは荷物でも持ち上げるかのように摑み――牢屋から、引きずり出した。

「ちょっ――なんなの⁉　ど、どこに連れてくつもり⁉　やだ、離して！」

小宵《こよい》の叫びを聞き届けるものはいない。燭台《しょくだい》の仄《ほの》かな灯《あか》りを受けて、冷たい壁《かべ》と床に暴れる少女の陰影《いんえい》が照らし出されたが、すぐにそれは闇《やみ》の奥へと引きずり込まれ、しんと広がる静寂だけが戻ってきた。

◆

歓声《かんせい》と、音楽。

幸太郎《こうたろう》の耳に響《ひび》くのは、その二つだけだ。

いや、それらは二つと分けることもできないかもしれない。すべてはひとつのものとなり、巨大なうねりとなって、『山の国』トッカノールの首都、エルゼの都にごうごうと反射していた。左右にそびえ立つ巨大な岩盤《がんばん》に反響《はんきょう》して、歓声と音楽は消えることのない火のように、いつまでもいつまでも、国中を騒《さわ》がしていた。

なんの騒ぎかと言えば、パレードである。

なんのパレードかと言えば——いと高く尊き我らが導き手、世界管理人オー・ヤサンを『山の国』に迎え入れるための、パレードである。

幸太郎たちが乗る四頭立ての馬車は、雅《みやび》やかな儀《ぎ》仗兵《じょうへい》と楽隊に守られて、エルゼの都の大通りをゆっくりと進んでいく。幌《ほろ》の部分は上半分が切り取られ、ちょうどオープンカーのように顔と上半身が外部に露出《ろしゅつ》している。隣《となり》に座る教皇シャルフィニアは、大通りを埋め尽くす群衆に向かって、にこやかな微笑《ほほえ》みと共に手を振っていた。

幸太郎は仏頂面である。

それでも、彼の不機嫌な目がどこかを向くたびに、その方向の群衆が金切り声のような歓声をあげた。あるものは夢中で祈りを捧げ、あるものは感動に打ち震《ふる》え、あるものはむせび泣きながら地面にひれ伏した。おかげで幸太郎は、うかつに周りを見ることもできなくなってしまった。

向かいに座るスフレは——シャルフィニアとまでは言わないが、堂々とした態度で笑顔を浮かべていた。こう見えて彼女も一国の王女であり、人前で振る舞《ま》うことには慣れているのだろう。こういう場に耐性がないのは幸太郎だけなのだ。

なんだか悔しい。

幸太郎は前にいるスフレにじっとりとした目を向けた。

「なあ。こういうとき、どうすればいいんだ？」

「へ？」

スフレは笑んだまま、器用に目をぱちくりとさせた。それから、合点がいったように頷《うなず》く。

人前は苦手、ということは、初めて会ったときに伝えている。

「簡単ですよ！　にっこり笑って、手を振ればいいのです！」

「…………」

そういうものなのか。シャルフィニアのことをちらりと見ると、彼女も幸太郎《こうたろう》を見ていた。

慈愛に満ちた目を柔らかく笑ませて、彼女は口を開く。

「スフリャーレさまの仰《おつしや》るとおりです。民の中には、オー・ヤサンのお姿を見るために辺境から足を運んだものもおりますから。なにかしていただけるだけで、民は喜びましょう」

「動物園の動物みたいだな……」

シャルフィニアは微笑《ほほえ》んだまま首をかしげる。アラシュ・カラドに動物園は存在しないらしい。幸太郎は仏頂面のまま左を見て、シャルフィニアがするように、軽く手を振った。

瞬間《しゆんかん》、怒濤《どとう》のようなうなりが、大通りを席巻した。

目に映るすべての顔が泣いている。感動と歓喜《かんき》が民衆を包み込み、彼らをひとつの、巨大な生物にしているようだった。

まさしく、熱狂とは、こういう状態を指すのだろう。

その熱は、幸太郎の肌と神経をぴりぴりと焼いていた。こういう場所は苦手だった。一挙手一投足を大量の人間から見守られているという事実に、強いストレスを感じる。だが、それを表に出すわけにはいかない。幸太郎は必死に堪《こら》えながら、現実逃避《とうひ》するように天を見上げた。

はるか遠くの空に、三つの月が見える。

エルゼの都は、大陸中央に位置するエルゼ山をまるまるくり抜いて造った都市なのだという。

つまりここは山の中、山の内側なのだ。巨大な円筒状をした、積層都市。都に二つある大通りは、中央にある大空洞を、二重螺旋《らせん》を描きながら上っていく。

「オー・ヤサン。お疲れですか？」

不意に、向かいに座るスフレが囁《ささや》いた。熱狂に掻《か》き消されてしまいそうなほど小さな声。幸太郎はスフレのことを見返した。王女の幼い顔立ちからは笑みが消え、ただ幸太郎の身を案じる、心配そうな表情だけが浮かんでいる。

わずかに、幸太郎は笑った。

「大丈夫だ。これくらいは」

「そ、そうですか？　なら、いいのですが――」

それでもまだ、気遣わしげな眼差《まなざ》しは変わらない。幸太郎は頰《ほお》を掻く。誰《だれ》かに気遣われることには慣れていない。間を持たせるように、幸太郎は口を開く。

「それに、もうすぐ一息つけそうだ」

顎《あご》をしゃくって進行方向を示すと、スフレはそちらを振り返り、「あ」という声をあげる。大通りは、内壁《ないへき》に大きく張り出した巨岩の内部――トンネルへと続いていた。

そのまま、馬車はトンネルへと進入していく。街道を埋め尽くしていた民衆も、さすがにトンネルの中にまではいなかった。熱狂の歓声が後ろに遠ざかっていく。音の反射を気にしたのか、荘厳な音楽をかき鳴らしていた楽隊も、にわかにその音量を控えた。

ふう、と小さく息を吐いて、幸太郎《こうたろう》は隣《となり》に目を向ける。

シャルフィニアは、じっと幸太郎のことを見つめていた。

視線が絡み合うと、少女教皇はわずかな羞《は》じらいを含んだ微笑を浮かべた。民に向けるものとはまた違う、年頃の、女の子らしい笑みだ。

なんとなく間が持たなくなって、幸太郎はぽつりと言った。

「盛大な歓待《かんたい》に感謝するよ。シャルフィニアさん」

シャルフィニアは、小さく息を呑《の》んだ。

アンバーイエローの瞳《ひとみ》が、わずかに潤《うる》む。それを見られることを畏《おそ》れるように、少女教皇は顔を伏せた。歓喜に震《ふる》える声が、細々と幸太郎に伝わってきた。

「過分な御《お》言葉、まことに光栄でございます。オー・ヤサン」

パルメーニャの言葉を思い出す。新教皇シャルフィニアは、敬虔《けいけん》な信仰心の持ち主なのだと。

どうやらその風評に偽りはないらしい。シャルフィニアの態度の端々からは、オー・ヤサン
――つまり幸太郎に対する心からの『敬慕』が匂っていた。

なんとなく居心地の悪い思いを噛《か》みしめながら、彼は紙袋をシャルフィニアに渡す。

「これ、土産だ。つまらないものだけど、よかったら食べてくれ」

シャルフィニアは目を大きく見開き、震える手で紙袋を受け取った。その細い腕を、抱きしめるようにスタバの紙袋へと回す。

「……オー・ヤサンからの贈《おく》り物をいただけるとは、なんという佳《よ》き日でしょう。これは我が国の国宝とし、すぐにでも奉《まつ》るための神殿を建設させていただきます」

「いや食べてくれ。腐らないうちに。食べ物だからな？」

「ま、まあ、そうだったのですか。それは失礼しました。てっきり袋のように思えたものですから……」

「外のこと言ってんじゃねえよ！　紙袋の中の、箱の中に入ってる、茶色い物体が食べ物だ！　ほかは容器！」

思わず声を荒らげて突っ込んでしまう。シャルフィニアはびくりと身をすくませ、神の雷《いかずち》を目にした子羊のような眼差《まなざ》しを自分に向けてきた。いや、彼女だけでなく、侍女や御者も不安そうにこちらを振り返っている。

なんだ。俺が悪いのか……⁉

幸太郎は咳払《せきばら》いをし、あからさまに話題を変えた。

「……あー……なんだ、その、立派なトンネルだな」

高さは五メートルほど、道幅は二十メートル以上あるだろう。巨岩の莫大《ばくだい》な質量を支えるためか、巨大な飾り柱が等間隔で設けられている。緩《ゆる》やかなカーブを描く天井には、菱形《ひしがた》の輝石《きせき》がやはり等間隔にはめ込まれ、白い輝《かがや》きを放って闇《やみ》を削り取っていた。

疑問を抱く。

「これ、どうやって作ったんだ？」

なめらかな壁面《へきめん》、精密で瀟洒《しょうしゃ》な飾り柱、菱形《ひしがた》に切り取られた輝《かがや》く岩。いずれも、日本でさえお目にかかれないほど正確な作りをしている。アラシュ・カラドの技術は中世レベル、機械もないのにどうやってこんなトンネルを作ったのだろうか。

幸太郎《こうたろう》の疑問を耳にした瞬間《しゅんかん》、シャルフィニアの美しい顔が悲痛に歪《ゆが》んだ。

「――本当に、覚えていらっしゃらないのですね」

「え？」

聞き返した幸太郎に、シャルフィニアはわずかに首を振った。薄桃色《うすももいろ》の髪がかすかに揺れると、未知の果実のように甘い香りが幸太郎の鼻先をくすぐった。

「この隧道《すいどう》は、『山のまじない』によって作り出されたものです」

「……『まじない』？　なんだ、それは？」

「『まじない』とは、『古《いにしえ》の盟約』によってオー・ヤサンが我らアラシュ・カラドの民に与えてくださった、森羅万象《しんらばんしょう》を作り替える力にございます」

会話するうちにも、馬車はゆっくりと進んでいく。殿上の人々の会話に憚《はばか》ったのか、いつの間にか楽隊はすっかり演奏を止めていた。冷たいほどに静まり返ったトンネルの壁面に、やがて、壁画が見え隠れしはじめている。

「『山の国』には『山のまじない』が、『草の国』には『草のまじない』が、それぞれ伝わっております。そうでしょう、スフレさま？」

話を振られて、スフレはぐっと拳を握りしめ、答えた。

「はい！　我が国の始祖は『草のまじない』によって、人民の身体《からだ》を強く、健やかになるよう作り替えていただきました！　我が王家は『まじない』の力を強く受け、代々病ひとつ得ないという頑丈な身体を授かっているのです！」

快活に答えたスフレに、シャルフィニアはくすくすと笑った。

「ふふっ、スフレさまは、強く、健やかであらせられますものね。まさしくあなたは、『草の国』の王女たるに相応《ふさわ》しい資質を持っておられるようです」

「えへへ、ありがとうございます、シャルフィニアさま！　『山のまじない』は、どのようなものなのですか？」

「我らトッカミア族が受け継いでいるのは、山の土石に命令を下し、これを作り替える『まじない』でございます。このエルゼの都は、我が王家のものたちが長い年月をかけて、人の住居へと作り替えてきたもの。私たちが山中において生活できているのは、オー・ヤサンの恩寵《おんちょう》によるものなのです」

魔法《まほう》のようなものか、と幸太郎は理解する。実際にどのように働くのかは不明だが、山をまるまる都に作り替えるなど、幸太郎の世界の技術を使っても不可能だ。

「そういえば、『大地の村』の外交特使が、自分の姿を変えていたが」

「おそらくそれは、『竜のまじない』でございましょう。アリオン族は、最初のオー・ヤサンより、この世界を見守る役目を託されておりますれば、その『まじない』は私たちが持つそれよりも多岐にわたり、しかも強大であると聞き及んでおります」

最初の、オー・ヤサン。

「それは——何者なんだ?」

胸に渦巻く好奇心を、抑えることができなかった。

管理人は代替わりをする。幸太郎《こうたろう》は、叔父から今の役目を引き継いだに過ぎない。おそらくはその叔父も、さらに先代から役目を引き継いだのだろう。それを何代も繰《く》り返した先に、そいつはいる。アラシュ・カラドの民と『古《いにしえ》の盟約』を結び、幸太郎が身につけている三つの神器を作り出し、超常の『まじない』を授けたという、最初のひとりが。

シャルフィニアは視線を横に向けた。輝石《きせき》の白い光に晒《さら》されて、壁画《へきが》が物語るように続いている。幸太郎はシャルフィニアにつられて、それを目で追った。

天秤《てんびん》の紋章を携え、長衣《ながぎぬ》を身にまとう人物。杖《つえ》の先端からほとばしる白い鎖《くさり》が、黒々とわだかまる怪物たちを捕らえている。民の賞賛を一心に受け、鍵《かぎ》の束を掲げる長衣の人。

一言の説明がなくてもわかる。これは神話だ。この世界を導くものの、おとぎ話。

「……最初のオー・ヤサンについて、教典はほとんど語っておりません」

どこか遠くを見るような眼差《まなざ》しで、シャルフィニアは語りはじめる。

「かのお方は、異邦より訪れ、滅亡の危機にあったアラシュ・カラドをその御手《おて》でお救いになったのだということのみ、伝わっております。アラシュ・カラドの人民に力を与え、『古の盟約』を結び、その身が滅びてもその魂を受け継ぐものが、未来永劫《えいごう》アラシュ・カラドを見守ってくださるのだと、そう約束してくださったのです」

シャルフィニアの声は歌うようで、幸太郎もスフレも、思わず聞き入ってしまった。スフレなどは静かに目を閉じて、両手を腹の上に重ねている。王女が示した敬虔《けいけん》な態度に、教皇は静かな笑みを見せて頷《うなず》いた。

それから、シャルフィニアは幸太郎に向き直る。

「オー・ヤサンは、姿も形も変わるもの。もしかしたらそのお心も、変わってしまわれるのかもしれません。けれど、魂は同一なのです。オー・ヤサンが身につけていらっしゃる三つの神器こそが、その証です」

彼女は、ずい、と身を乗り出した。呼吸が触れ合うほどの近距離《きんきょり》に、宝石のような瞳《ひとみ》を、長いまつげを、きめ細かな肌を、桜色の唇を見いだして、幸太郎は思わず身体《からだ》を引く。

「今のオー・ヤサンは、アラシュ・カラドに関する知識や記憶《きおく》を、ほとんど失っているものと推察いたします。もしもご迷惑でなければ、――私に、それを取り戻す手助けを、させてくださいませ」

柔らかな感触が、幸太郎の手を覆《おお》った。

見れば、シャルフィニアがいつの間にか幸太郎《こうたろう》の手を握りしめている。焦って視線を戻すと、アンバーイエローの瞳《ひとみ》はさらに近づいていた。心からの『敬慕』を目に宿し、頬《ほお》を上気させ、すべてを委ねるかのようにしなだれかかってくる——

ぎし、と。

音を立てて、馬車が止まった。

当然のことながら、幸太郎たちが乗る輿《こし》にシートベルトなどは存在しない。二人はもつれあったまま前方に倒れかかり——そこに座っているスフレの手に受け止められた。抱き合っているかのような幸太郎とシャルフィニアを、スフレはそれぞれに見つめる。

「——し、失礼をいたしました、スフリャーレ王女殿下」

「いいえ。お気になさらず」

スフレはそう答えた。幸太郎はスフレのことを見る。礼を言うためではない。その声から、スフレらしい快活さが失われていたことが気になったのだ。

スフレは、じっとりとした眼差《まなざ》しで、幸太郎を見つめていた。ルビーレッドの瞳に仄《ほの》かにちらつく『怒り』の炎に、幸太郎は面食らった。なぜ自分がスフレから怒られなければならないのか、その理由がどうしても思い当たらなかったからだ。それを確認しようと口を開いた矢先、馬車の前方から大きな声が響《ひび》き渡った。

「——教皇猊下《げいか》、ならびにオー・ヤサンに伏してお願い奉ります！　なにとぞ！　なにとぞ我らが陳情を聞いていただきたく!!」

周囲が、にわかに色めき立った。

幸太郎はそちらに目を向ける。馬車の進路上に、ボロをまとった一団が固まっていた。いずれもが壮年から老年の男で、必死の表情を浮かべている。

武器を持たないことを示すためか、両手を頭上に挙げる彼らに、儀仗兵《ぎじょうへい》たちは容赦なく槍《やり》を向けていた。パレードの妨害を行っているのだから当然だが、やがて儀仗兵たちのあいだにも、さざめくような動揺が広がっていった。困惑の表情を見合わせているものもいる。

その動揺を、振り払ったのは、シャルフィニアだった。

「エンロデア。なにをしているのです。あなたにはこの国を退去するよう、通達しているはずですが」

先ほどまでの甘やかな気配などかけらもない。氷のように冷たい声を、シャルフィニアは一団に向ける。

妨害集団の先頭に立っていた男——エンロデアが前に出た。みすぼらしい身なりに反して、その顔立ちには誇りと気品がにじみ出ている。

「着せられた罪と、その裁きを甘んじて受け入れることはたやすいことです。ですが、それは、教会を蝕《むしば》む悪を放置することに他なりません。お願い申し上げます。もう一度、我らの申し開きをお聞き及びください、猊下！」

リーダーの堂々とした態度に勇気を得たか、背後の一団が口々に叫びはじめた。

「エンロデア枢機卿《すうききょう》の仰《おっしゃ》るとおりです！　どうか、我らの言葉に耳をお貸しください！」

「シャルフィニアさまはあの男の奸計《かんけい》に騙《だま》されているのです！　奴《やつ》こそ、調和と秩序に陰りをもたらす、闇《やみ》の手先ではありませんか！」

それらの声を聞いて、シャルフィニアは、低い声を響《ひび》かせた。

「見苦しい」

「……シャ、シャルフィニアさま……？」

シャルフィニアの顔を覗《のぞ》き込んだスフレが、怯《おび》えたような声を出した。それも無理からぬことだ。いつのまにか、シャルフィニアの瞳《ひとみ》は、猛禽類《もうきんるい》を連想させる酷薄《こくはく》さを漂わせていた。

すらりと伸びた白い指が、エンロデアと、彼に連なるものたちを示す。

「儀仗兵《ぎじょうへい》。なにをしているのですか。オー・ヤサンの行く手を防ぐ乱心者です。自らの務めを忘れましたか」

教皇の声に、兵士たちは雷《いかずち》に打たれたかのような反応を示した。迷うように揺れていた槍《やり》の穂先《ほさき》を再びエンロデアたちに定め、猛獣《もうじゅう》を囲むかのように一部の隙間もなく包み込む。とがった鋼を突きつけられ、一団はぎゅっと縮こまったように見えた。

苦々しげに顔を歪《ゆが》めていたエンロデアが、不意に、幸太郎《こうたろう》のことを見た。

「オー・ヤサン！　なにとぞ！　なにとぞ、我らの嘆願を――」

「儀仗兵！　オー・ヤサンのお耳を汚すつもりですか!?」

シャルフィニアの叱咤《しった》に、先頭にいた儀仗兵が足を踏《ふ》み出した。槍をくるりと回転させ、石突きで強くエンロデアの下腹部を打ち据える。声を喉に詰まらせて、エンロデアはその場に膝《ひざ》を突いた。

エンロデアの配下が慌てて彼に駆け寄る。そうしながら、その男は儀仗兵たちを怒りと共ににらみつけた。

「貴様ら、恐れ多くも枢機卿猊下《げいか》に乱暴を働くなど、罪の炎に焼かれるぞ！」

男の叫びに――シャルフィニアは、ゆっくりと立ち上がる。

「……あなた方は、自らの運命を自ら決めたようですね」

猛禽の瞳から、氷の眼差《まなざ》しを射かけて、教皇ははっきりとした声で宣告した。

「兵。そのものたちの首を刎《は》ねなさい」

トンネルの中が、凍り付いた。

エンロデア一味も、儀仗兵も、そして幸太郎とスフレも、その場にいる全員の視線が、少女教皇に集中していた。

冷たい無表情の中で、アンバーイエローの瞳がきろりと動き、儀仗兵のリーダーと思《おぼ》しき人物を見た。

「そのものたちは、私が直々に破門の宣告を下したものたちです。不和と利己の罪にまみれた

身でありながら、自らをいまだ高位聖職者などと称するとは——もはや、救いがたい。死をもって、その罪を購《あがな》わせなさい」

それでも、儀仗兵《ぎじょうへい》は動けない。華やかなパレードを飾る兵として、誇りと喜びに満ちた振る舞《ま》いをするだけのはずが——まさか、死刑執行人になるなどと、夢にも考えていなかっただろう。

シャルフィニアの美しい顔に、くっきりと苛立《いらだ》ちが浮かんだ。

「なにをしているのです？　私の声が聞こえなかったのですか？　そのものたちの首を——」

「待て」

さすがに、幸太郎《こうたろう》はそう言わなければならなかった。

シャルフィニアが幸太郎のことを振り返る。そのときばかりは、冷たい表情が雪解けのように緩《ゆる》んだ。幸太郎は立ち上がり、路上に集う男たちの一団と、すがるように自分を見上げる儀仗兵のことを見渡した。

ため息を噛《か》み殺し、幸太郎はシャルフィニアに告げる。

「彼らが何者なのかは知らないし、この国のどの法律に抵触したのかもわからない。だが、死刑宣告なんていうのはいくらなんでもやり過ぎだ。それは、やめてくれないか」

「…………」

苦悩するように、シャルフィニアの眉が寄った。猛禽《もうきん》の瞳《ひとみ》は、まっすぐ幸太郎に向けられている。琥珀《こはく》の瞳《ひとみ》の奥に、同じ色をした炎が揺らめいている。

それは、おそらく、『断罪』の色だ。

苛烈なまでに正義を求める、執行者の炎。罪を決して許さず、かけらの慈悲さえ与えることのない、狂信者の瞳。

ごくりと、幸太郎《こうたろう》の喉が鳴った。

どこかで、シャルフィニアのことを甘く見ていたのかもしれない。彼女は敬虔《けいけん》な信徒で、自分はその信仰の対象であるという事実が、幸太郎に油断をもたらしていた。

とんでもなかった。この少女は、敬虔な信徒などではない——狂信者だ。ヤクタの教義に身も心も捧げたもの。もし信仰の対象である幸太郎が、その教義に反するような言動を取ったら、果たしてなにが起きるだろう。わからないが、およそろくでもないことが起こるに違いない。

幸太郎は、慎重に言葉を選ばなければならなかった。

「……彼らを断罪する法的な根拠が、この国にあるのか？　管理人の行く手を塞いだものは死罪という法が？」

「偉大なるオー・ヤサン。彼らは『法の外』に置かれているのです」

シャルフィニアは憂《うれ》いに眉を寄せて、首を振る。

「彼らは破門者——かつて聖職者でありながら、その手を罪に染めたため、教会から追放されたものたちです。『山の国』において、破門されたものは法の保護下から外されるのです。彼らを傷つけても殺しても、法に触れることはありません」

「それは『殺さなくてはならない』のではなく、『殺してもいい』ということだな?」

幸太郎は素早く言う。鋭《するど》い眼差《まなざ》しに、気圧《けお》されるようにシャルフィニアは頷《うなず》く。

「なら、彼らを殺そうとしているのは、おまえの意思ということになる。シャルフィニア教皇──これは、俺からの、個人的なお願いだ。やめてくれ。目の前で人が死ぬところなんて、見たくない」

シャルフィニアは、しばらく沈黙《ちんもく》していた。

その瞳にちらつく炎が、ゆっくりと火勢を弱めていくのが、幸太郎にはわかった。

「……オー・ヤサンの望みは、私の望みにございます」

全身から、力が抜けるのを感じた。

シャルフィニアは儀仗兵《ぎじょうへい》のリーダーに目配せをする。彼もまた安堵《あんど》したように頷き、エンロデアを中心とする破門者の一団を道の脇に引っ立てていった。彼らは物言いたげな眼差しを幸太郎に向けてきていたが、これ以上、どうすることもできない。

馬車が動き出した。

トンネルの出口が近づいてくる。民衆の歓声《かんせい》が戻ってきている。だが、輿《こし》の上に漂っているのは、重苦しい沈黙だ。シャルフィニアは物思うように視線を壁《かべ》に向け、幸太郎もじっと背もたれに身体《からだ》を預けている。

エンロデア枢機卿《すうききょう》——『元』枢機卿と彼の仲間は、いったい自分になにを言おうとしていたのだろう。なぜ破門されたのか。それは、あるいは、自分がこの国に来ることになった問題と、なんらかの関連があるのか……、答えの出ない問いを、幸太郎《こうたろう》はぐるぐると考える。

そのとき、スフレが強いて笑みを浮かべた。

「オー・ヤサンも、教皇猊下《げいか》も、そのような顔をなさっていてはいけませんよ！　民が見ているのですから、笑顔を浮かべませんと！」

両腕を広げ、声を励まして、スフレはそう言った。その声に快活さが戻っているのを聞いて、幸太郎は苦笑に似た形に唇を歪《ゆが》めた。

「……そういうおまえも、顔が引きつってるぞ。スフレ」

「えっ、そ、そうですか？　自分じゃわからないのですけれど——」

自らの頬《ほお》をぐにぐにといじって、スフレは情けない顔をする。その様子に、シャルフィニアは控えめに微笑《ほほえ》んだ。

「オー・ヤサンとスフリャーレさまは、仲がよろしいのですね」

幸太郎が否定しようとした矢先、スフレは自らの胸に手を当てて宣言していた。

「はい！　オー・ヤサンには、いつもお世話になっておりますから！　おうちにお邪魔《じゃま》して、タマッゴ・カケゴッハンを食べさせていただくこともありますよ！」

「まあ。それは、どのような……？」

「えっとですね、まず、黄色くてですね！　それを、トロトロにして、回してかけて、そこにオショッユをちょんちょんと垂らして――」

その説明ではなにもわからないと思うが、幸太郎は唇をへの字に曲げ、なにも言おうとはしなかった。管理人が特定の国の外交特使と仲良くしているなどと知れたら外聞が悪い――そんな幸太郎の思惑を、スフレはまるっと無視してしまったからだ。

スフレの話に相づちを返しながら聞いていたシャルフィニアは、ふと幸太郎のほうに向き直り、ぽつりと言った。

「オー・ヤサン。ひとつ、お願いがございます」

「……なんだ？」

「私のこと、シャルフィとお呼びください」

唐突な申し出に、幸太郎は面食らった。

アンバーイエローの瞳《ひとみ》は、再び猛禽《もうきん》の気配を漂わせていた。

「だって。オー・ヤサンは中立公平の管理人。そうでございますよね？」

「……ま、まあ、そうだが」

「それなのに、スフレさま――スフリャーレ・シャノ・エ・アルフ・エ・ササラノールさまだけが愛称で呼ばれるというのは、まことに僭越《せんえつ》ながら、不公平に思えてしまうのです。オー・ヤサン。もしもそれが私の浅慮《せんりょ》であるというのなら、どうか罰をお与えくださいませ。けれど、もし万分の一でも理があると思っていただけましたら――」

「わかった！　わかったよ。シャルフィだな。今後はそう呼ぶようにする」

そう答えると、シャルフィは、花開くように微笑《ほほえ》んだ。

「ありがとうございます。オー・ヤサンの御慈悲に、心からの感謝を捧げます」

もう、好きにしてくれ――幸太郎《こうたろう》は深々とため息をつきながら、そう答えた。

スフレが物言いたげな眼差《まなざ》しで自分を見ていることには、気づかなかった。

◆

なんで自分はこんなことをしているのだろう、と、天井から滴る水滴を見つめながら、長宮《ながみや》小宵《こよい》は考えた。

彼女は今、全裸であった。

一糸まとわぬ裸体を、晒《さら》しているとは言えないだろう。肩から下を浴槽《よくそう》に浸からせて、白い喉をのけぞらせ、小宵はぼんやりと天井を眺めていた。

地下牢《ちかろう》に何時間も閉じ込められ、すっかり冷え切って強《こわ》ばった身体《からだ》の緊張《きんちょう》を、湯の温かさがほぐしていく。湯気が小宵の意識を曇《くも》らせ、まどろんでしまいそうになったが、小宵はふるふると首を振り、どうにか思考力を取り戻した。

両手でお湯をすくい、ちょっと迷ってから、ぱしゃりと顔に打ち付ける。何度も何度もそうやって、汗と薄化粧《うすげしょう》を洗い流してから、小宵は小さく息を吐いた。

フード男たちは、小宵を牢から連れ出したあと、彼女の身柄を馬車に詰め込んだ。馬車の窓は目張りがされていて、どこをどう移動したのかも小宵にはわからない。促されて馬車から降りた小宵は、巨大な屋敷《やしき》の中庭らしきところに自分がいることを知った。

そのまま、彼女の身柄は屋敷に仕えていると思《おぼ》しきメイドに受け渡され――メイドは小宵の服を手早く脱がせると、この大浴場に放り込んだのだった。

なにがなんだか、わからない。

「……はあ」

ため息が出たのは、今の状況の意味不明さと、お湯が心地よかったからだ。囚《とら》われの身であっても、入浴の快感に変わりはない。

今の小宵の脳裏には星の数ほどの疑問がある。だが、それらを強引に整理するとしたら、次の三つに絞られるだろう。

ここはどこなのか。どうすれば帰れるのか。そして、自分はどうなるのか。

ひとつひとつ、答えを出していく。

たぶん、ここは――異世界だ。

いつかどこかで読んだことのある児童文学を思い出す。古ぼけた屋敷の奥に置かれていたクローゼットが異世界と繋《つな》がっており、迷い込んだ少年少女がその世界を救うために冒険をするという話だった。確かあの話では、少年のひとりが敵の魔女《まじょ》に捕らわれていたが、少なくとも言葉は通じていたし、少年のことを助け出そうとする仲間がいた。

小宵《こよい》にそういうものはいない。

ぱしゃり、とお湯を顔に打ち付けて、考えをリセットする。

次の疑問。どうすれば帰れるのか？

決まっている。この世界に来るきっかけとなった、あの扉から帰ればいい。

が、扉がある神殿への道のりはまったく覚えていない――というより、知らない。神殿から牢屋《ろうや》まではともかく、この屋敷《やしき》まで小宵を運んだ馬車には、しっかりと目張りがされてあった。どこをどう通ったのかさっぱりわからないし、たとえ目張りがなかったとしても、土地勘のない異世界の都の街路を、正確に帰れるはずがなかった。

ぱしゃり。どんどん暗くなってくる気持ちを、お湯で洗い流す。

最後の疑問。

自分は、どうなるのか。

「…………」

できるだけ、好意的に解釈してみよう。

長宮《ながみや》小宵は異世界から迷い込んできた女の子で、そういう迷子をもてなすのがあのフード男たちの仕事である。この屋敷は迷子センターのような場所なのだ。このお風呂から出てみたら、そこにはよく冷えた飲み物とスイーツとふかふかクッションのソファが用意されていて、通訳のお姉さんがにこやかに「アナタ、モスグ、ニポーン、カエレル」とか、そういう保証をしてくれる――

「……ないわー」

あまりにも都合の良い考えに、自分で苦笑してしまう。

あのフード男は間違いなく、そんな親切心とは無縁《むえん》の輩《やから》だ。小宵に対する物腰、扱いを見るだけでも、彼が自分のことを保護しようとしているのではなく、利用しようとしているのだということがわかった。

だが――なにに、利用しようというのだろう？

肩までお湯に浸かりながら、小宵は首をかしげる。いくら考えても答えは出ない。ぱちゃり、とお湯を顔に打ち付けて、小宵は深くため息をついた。

着替えは用意されていなかったが、タオルはあった。身体《からだ》を拭いてから下着を手に取り、少し逡巡《しゅんじゅん》してから足を通す。

制服を着終わると、何度か深呼吸をしてから、脱衣場の扉を開いた。

先ほどの二人のメイドが待ち構えていた。小宵の顔を見て、無言のまま会釈をする。小宵も思わず頭を下げてしまったが、なんだってこいつらに挨拶なんかしなきゃならないんだ、とひとりで不機嫌になる。

仏頂面の小宵《こよい》を、ひとりのメイドが先導し、ひとりのメイドが追従する。

逃げ道は塞がれている。相手は華奢《きゃしゃ》な女性なのだし、不意を突けば逃げ出すことはできるだろうか？　だが、勝手を知らない屋敷《やしき》を逃げ回ったところで、そのうちに捕まえられるのがオチなのではないだろうか——

などと考えているあいだに、小宵は、その部屋にたどり着いてしまった。

先導するメイドが両開きの扉を開き、追従するメイドがそっと小宵の背中を押した。小宵は思わず足を踏《ふ》み入れてしまう。

小宵の背後で、扉がばたんと閉まった。

びっくりして振り返り、扉を開けようと試みる。無駄な努力だった。すでにカギがかけられている。むうっと不機嫌な顔をしながら、小宵は室内を振り返り、ぽつりとつぶやいた。

「暗……」

廊下から差し込んでいた光が途絶えると、数メートル先も見通せない暗闇《くらやみ》が満ちる。一応、壁《かべ》にランプのような灯《あか》りが取り付けられているが、光量が弱すぎて照明の役に立っていない。かすかに甘ったるい香りの漂う室内を、小宵は手探りをしながら進んでいく。

その手に、なにかが触れた。

なめらかな手触り。どうやら布が天井から垂れ下がっているようだ。一瞬《いっしゅん》カーテンかと思い、それなら窓から脱出できるのではないかという希望を抱いたが、どうやら部屋の内部を仕切るためだけの布のようだ。

眉根を寄せ、その布をかき分けていると、不意に視界が開けた。

そこにだけは、薄明《うすあ》かりが灯《とも》っていた。

ベッドだ。

大きな、円い形をした、ベッド。悪趣味《あくしゅみ》な紫色のシーツには金糸で蔦《つた》植物の刺繍《ししゅう》が施されている。枕は二つ。足下には球状の籠《かご》が転がり、内側から甘い香りを立ちこめさせている。薄明かりに照らし出され、すぐ近くの壁《かべ》に絵画がかかっていることに、小宵は気づいた。

大勢の裸の男女が絡まり合う、淫靡《いんび》な絵画だ。

小宵は身をすくめて、その絵画をじっと見上げていた。

膝《ひざ》から力が抜ける。その場にしゃがみ込んでしまう。恐怖と絶望、そして嫌悪感が小宵の身体《からだ》を縛《しば》りはじめていた。

「――誰《だれ》か」

かすれる声で、小宵はぽつりとつぶやいた。ほぼ確定化されたおぞましい未来を否定するかのように。だが、その望みが儚《はかな》いものであるということは、誰よりも小宵がわかっていた。この部屋に逃げ場はない。窓のひとつもないし、扉にはカギがかけられている。

次に、あの扉が開き、閉じられたときのことを想像すると、震《ふる》えが止まらなかった。

「誰《だれ》か、たすけて……」

自らの身体《からだ》をかき抱きながら、小宵《こよい》は涙声でそうつぶやくことしかできなかった。

◆

その建物の名は、『天秤宮《てんびんきゆう》』といった。

エルゼの都の中央にして頂点にそびえる建物は、名前のとおり天秤の形をしている。ヤクタ教における天秤は、キリスト教における十字架の役割をなしているらしく、あらゆる場所で同じモチーフの事物を見かけていたが、これほど巨大な建造物――それも、天秤型をしている――は初めて目にした。

民衆の熱狂的な歓迎《かんげい》の中、馬車は都の大通りを進み、最終的に『天秤宮』の中へと入っていった。並み居る聖職者たちが、自分の姿を見てひれ伏すのは実に居心地の悪い経験だったが、それも今は昔の話だ。

幸太郎《こうたろう》は、はるか遠くに霞《かす》む地平線に目を向けていた。

三百六十度、ぐるりとガラスの壁《かべ》で仕切られたこの部屋は、審問場《しんもんじよう》と呼ばれている。『天秤宮』の最上層に位置していて、眼下にはエルゼの都を、眼前にはどこまでも広がる大空とアラシュ・カラドの大地を一望することができた。『山の国』における重大事を決めるための、歴史ある議場であるらしい。神たるオー・ヤサンを迎え入れるには、ここ以上に相応《ふさわ》しい場所はないのだろう。

「オー・ヤサン。こちらへ」

袖を引かれ、幸太郎は前を向く。シャルフィの嫋《たお》やかな笑みがそこにはある。一段高くなっている場所に、天秤を模した玉座が据え付けられているのが見えた。幸太郎は顔を引きつらせ、首を振る。

「いや、俺はこっちでいい」

彼が示したのは、議場の中央を占める円卓だった。黒曜石《こくようせき》に似た艶《つや》やかな表面を持つ石の円卓であり、スフレや『山の国』の高位聖職者は、すでにその席についている。

シャルフィの眉が、困惑するかのように曇《くも》った。

「我々がオー・ヤサンと同じ席につくなど、礼儀《れいぎ》に悖《もと》ってしまいます」

俺がいいって言ってんだからそれでいいだろ――、トンネル内での事件がなければ、幸太郎は無遠慮《ぶえんりょ》にそう告げていただろう。今は、とてもではないが怖くてそんなことはできない。

「なら、あそこはどうだ？　双方の言い分をよく聞くことのできる位置がいいんだ」

幸太郎が示したのは、円卓の中央だ。ちょうどドーナツのように、円卓はそこだけ丸く削り取られ、小さな席がぽつんと置かれている。

「喚問席、ですか。しかし、あそこは……」

シャルフィはまだ難色を示していたが、幸太郎《こうたろう》はそれを無視して歩き出した。ドーナツの切れ込みのような通路を進み、喚問席に腰かけると、シャルフィはもうなにも言わなかった。

『山の国』側の席につき、それから、出口に目を向ける。

「まだ、誰《だれ》か来るのか？」

幸太郎がそう尋ねると、シャルフィニアは小さく頷《うなず》いた。

「はい。私の腹心のものが、そろそろ来るはずなのですが――お待たせして、申し訳ありません」

彼女がそう言ったそのとき、出口の階段から、人影《ひとかげ》がゆっくりと上ってきた。

中年の、肥《ふと》った男だった。禿頭《とくとう》に天秤《てんびん》の紋章を捺《お》した帽子を載せている。えびす顔、というのだろうか、にこにこと柔和に笑っているが、その目は肉に埋もれて細くなり、どのような感情を浮かべているのかはわからなかった。

「おお……」

男は幸太郎の顔を見ると、感嘆するようなため息をついた。シャルフィの背後に立ち、胸の前に指先で小さく円を描く。

「ご尊顔に拝謁賜《はいえつたまわ》り、恐悦至極にございます。私、名をゴンデル・アミア・エ・バラッダ・アネスと申しまして、ヤクタ教会の枢機卿《すうききょう》、ならびに教皇補佐官を務めさせていただいております。偉大なるオー・ヤサンにおかれましては、ご記憶《きおく》の端にでも留め置いてくだされば、光栄でございます」

長々とした挨拶を述べて、ゴンデルは身体《からだ》を折った。幸太郎は立ち上がり、ぎこちなく礼をする。

「管理人の久藤《くどう》幸太郎です。よろしく」

「はっ、よろしくお願い申し上げます――、ホホホホ」

なにがおかしいのか、ゴンデルは女のように甲高く笑った。

「さてさて、それにしても『草の国』の王女さまにわざわざご足労いただくとは、これは例の件について、色よいお返事を期待してもよろしいのでしょうか？」

席についたゴンデルは、向かいに座るスフレに愛想の良い声をかけた。スフレはにわかに背筋を伸ばし、緊張《きんちょう》した面持ちを彼に向ける。

「『色よい』という意味にもよりますが、双方にとって実りのある話し合いを持てれば、と考えています」

悪くない、と幸太郎はその受け答えを評する。相手の気分を害することなく、さりとてこちらの利益を損なうことなく、外交は行われなければならない。

一方、ゴンデルも如才なく応じた。

「ホホ――、それは、こちらも同じこと。互いにヤクタの信徒として、調和ある話し合いを持ちましょうぞ」

そのあいだ、シャルフィはずっと黙《だま》っていた。どこか透明な眼差《まなざ》しで、スフレのことを静かに見つめている。まるで置物のようだ。一国の指導者とはいえ、年端も行かぬ少女である。政務の大事なところは、ゴンデルに任せているのかもしれない。

それを見届けて、幸太郎《こうたろう》は声を響《ひび》かせた。

「では、『調停の儀《ぎ》』を始める。今回は特例として、『調停の間』ではなく『山の国』で行うことになった。ゆえに、ここで決議を出すことは控える。あくまでも、互いの認識の差異を確認する程度の話し合いに収めること。異存はあるか」

「ありません」

「ございません」

スフレとシャルフィがそれぞれ答える。幸太郎は頷《うなず》き、言葉を続けた。

「今回の問題は、教会が販売している『贖宥状《しょくゆうじょう》』、その利益に関することだったな」

言いながら、幸太郎はざっと予習したヤクタ教の仕組みを思い起こしていた。

ヤクタ教は、キリスト教と多くの点で似通っている。全世界に普及している一神教であり、その信仰は社会の隅々にまで行き渡っている。幸太郎は知識でしかキリスト教のことを知らないが、『山の国』に来てから接したヤクタ教徒たちの振る舞《ま》いは、キリスト教徒のイメージと合致したものだった。

大きく異なっているのは、キリスト教は『罪と救い』を主題とした宗教であるのに対して、ヤクタ教は『調和と秩序』を主題としている、ということだ。

ヤクタの世界観においては、争いこそが諸悪の根源である。人は生来から争いを好むように作られており、なにもしなければ世界は不和と争乱に沈んでしまう。それを調停し、人々に秩序をもたらすのがヤクタ教の務め——ということになっている（この辺りはキリスト教の原罪思想に似ている）。だからこそ、調和をもたらすオー・ヤサンは尊いのだ。ヤクタの世界観において、調停者とは救世主と同じ程度の意味を持つのだから。

調和をなによりも重んずるヤクタ教、その中心地たる『山の国』が、自ら争乱の種を撒《ま》き、管理人の世話になるなど皮肉もいいところだが——二つの正義がぶつかれば、そこに争いが生まれるのは世の常だ。『人は生来から争いを好む』というヤクタの思想は、その意味でいえば正鵠《せいこく》を射ているのかもしれない。

それはともかく。

「『贖宥状』は、人々が生きていく上でどうしても得る『争議の罪』を、教会の権利をもって雪《すす》ぐためのものだ。一部の上流階級のあいだでは『贖宥状』の有無が一種のステータス——名誉になっていると聞く」

「本来『贖宥状』は、人生の節目、たとえば結婚や門出の際に『罪を清めて新しく物事を始める』ために購入《こうにゅう》されるもの。そういった目的以外に『贖宥状』を求めるものがいるのは、嘆かわしいことです」

シャルフィが悲しそうにつぶやき、何人かの聖職者たちがそれに追従して頷《うなず》いた。ゴンデルは、そのあいだも微笑《ほほえ》んでいる。

幸太郎《こうたろう》は言葉を続ける。

「『贖宥状《しょくゆうじょう》』を発行しているのは『山の国』であり、販売しているのはヤクタ教に仕える司教たちだ。彼らは各国で『贖宥状』を売り、その利益を『山の国』に献上している。そして、問題となっているのは、『草の国』がその利益に税金をかけた、ということだ」

どのような形態の国家であろうと、所属している国民から税金を徴収し、それを資金源としているという点に大きな違いはない。『草の国』もそれは同じだ。

ややこしいのは、ヤクタの司教たちは『草の国』国民であると同時に、『山の国』に仕える聖職者でもあるということだ。『贖宥状』の販売は莫大《ばくだい》な利益を生むが、それを持って行く先は、国家なのか、それとも教会なのか、どちらが正しいのか？　――そこの認識の違いが、今の問題の、大元にあるようだ。

と、そのときスフレが勢いよく立ち上がった。鼻息も荒く主張する。

「『草の国』外交特使として申し上げます！　『贖宥状』販売利益に税をかけることにつきましては、前教皇猊下《げいか》より許可をいただいております！」

幸太郎は視線をシャルフィに転じる。

「事実か？」

「事実でございます」

あっさりと答えた教皇に、幸太郎はやや拍子抜けをした。

「……それなら、なにが問題なんだ？　一度は許可したものを返還《へんかん》しろというのは、とても正しいことには聞こえないが」

「畏《おそ》れながら、オー・ヤサン。発言をお許しいただけますでしょうか」

腹肉を揺らしながら、ゴンデル枢機卿《すうききよう》が立ち上がった。

ゴンデルはにこにこと微笑《ほほえ》んでいる。その笑みの底にどんな思惑が潜《ひそ》んでいるのか、目を見て感情の流れを読み取る幸太郎にすら、判然としなかった。

「どうぞ」

「ありがたき幸せにございます。――さて、今し方オー・ヤサンは『返還』と仰《おつしや》ったように聞こえましたが、この私めの耳が遠くなったのでございましょうか。いやはや、まこと、老いとは恐ろしいものにございます」

ムカつく言い方だ。幸太郎は眉を寄せ、短く答えた。

「俺はそう言った」

「それでしたなら、仰るとおり、問題はすでに解決しております」

底知れぬ笑みを浮かべたまま、肥《ふと》った枢機卿は両腕を広げる。

「なぜならば、『山の国』が『草の国』に申し伝えましたのは、『返還《へんかん》』ではなく『供与』であるからにございます。おそらく単純な、情報の行き違いでしょう。争議の罪を得ることがなくなり、胸を撫《な》で下ろす心持ちにございます」

「その二つのあいだに、なにか違いがあるのか？」

「もちろんございますとも。『返還』は要求ですが——『供与』は、提案です。我々は『草の国』に、過ちを雪《すす》ぐつもりはございませんかと、提案しているだけでございますよ。無論、それをどうするかは、『草の国』の判断にお任せ致します」

淀《よど》んだ目つきに苛立《いらだ》ちを浮かべ、幸太郎《こうたろう》はゴンデルのことをにらみ付ける。

「そういうのは詭弁《きべん》というんだ。ただ提案しただけなら俺が呼び出されるわけがない。『草の国』は、その提案を受け入れなければ、ヤクタ教会からなんらかの宗教的制裁が下されるのではないかと危惧している。それは『草の国』に返還を強いているのと同じことだ。俺の世界では、それを恫喝《どうかつ》と呼ぶ」

そのとき、シャルフィが顔を上げ、幸太郎のことを見た。

「僭越《せんえつ》ながらオー・ヤサンに申し上げます。過ちを雪ごうとしないものに、ヤクタの家にいる資格はございません」

澄《す》んだ声は、ともすればナイフのような鋭《するど》さも有していた。

幸太郎は眉根を寄せ、シャルフィに尋ねる。

「……さっきから言っている『過ち』とはなんのことだ？　『草の国』がなにかをしたということか？」

「『草の国』の過ちではございません。教会が起こした、過ちです。──この私、現教皇シャルフィニア・シャミア・エ・レェリクト・エ・トッカノールは、『贖宥状《しょくゆうじょう》』の販売、ならびにそれによって利益を得ることを、大きな過ちであると見なしております」

部屋の中が静まり返った。

スフレなどはぽかんと口を開いて、シャルフィのことを穴が空くほどに見つめている。そのマヌケ面を注意しようという気も起きなかった。幸太郎もまた、シャルフィの発言に呆気《あっけ》に取られていたのだから。

問題の中核となっている『贖宥状』の販売利益そのものを、この教皇は、間違いであると発言したのだ。

「話が見えない。『古《いにしえ》の盟約』に不満があるということか？」

反応したのはゴンデルだ。大仰にかぶりを振り、彼は大声をあげる。

「まさか！　オー・ヤサンより賜《たまわ》った『古の盟約』に、間違いなどあろうはずがございません！　争議の罪を浄化する『贖宥状』には、大きな意義があると考えております」

「ですが、どのように素晴らしい贈《おく》り物であっても、使い方を過てば人の心を毒するものにしかなりません」

シャルフィは、白くしなやかな手を自らの胸に当て、静かに目を閉じた。

「私が教皇に就任して初めて行ったことは、ここ数年の『贖宥状《しょくゆうじょう》』販売利益を調べることでした。本来ならば、『贖宥状』の販売利益には限度額がございます。なぜならば、オー・ヤサンより発行を許された『贖宥状』枚数は、一国につき千枚と定められておりますゆえ」

ところが――、と、シャルフィは続ける。

「調査の結果、『贖宥状』の販売利益が、限度の三倍を超えていることが判明いたしました。

――教会の内部にいるものが、『贖宥状』を偽造したのです」

その言葉の重みは、色のない衝撃《しょうげき》となって、審問場《しんもんじょう》に広まっていった。

もっとも衝撃を受けているのは、スフレだった。彼女もまたヤクタ信徒なのだ。信じていた教会が、『古《いにしえ》の盟約』を反故《ほご》にしていたと知って、目を見開いて驚《おどろ》いている。

一方で――シャルフィの周囲の聖職者たちは、沈痛な面持ちをしているものの、『驚き』はないようだ。外交の場に出すくらいなのだから、国内での調整は済んでいるのだろう。

シャルフィは、悲壮な決意を秘めた眼差《まなざ》しで幸太郎《こうたろう》のことを見据えた。

「これは、紛れもないオー・ヤサンとの盟約違反となります。ヤクタ教会の代表であるこの私が、その責のすべてを受けることになりましょう。諸国の王侯、貴族、そして庶民にも、折りを見てこのことを告知するつもりでおります」

よろめきながら立ち上がったのは、スフレだった。震《ふる》える声で言う。

「……そ、そんなことを、民が知ったら……」

「はい。教会の権威は、失墜《しっつい》することになるでしょう」

表情を曇《くも》らせて、シャルフィは首を振る。それでも、彼女の目が曇ることはなかった。

「ですが、過ちをわかっていながら看過するのは、より大きな過ちであると私は考えております。すでに、『贖宥状』偽造に関わったものたちを突き止め、処断を下しました。まだ全容はあきらかになっておりませんが、必ずや罪人を白日の下に引き出し、相応《ふさわ》しい裁きを受けさせる所存にございます」

シャルフィの瞳《ひとみ》が、猛禽類《もうきんるい》のように小さくなっている。アンバーイエローの炎がゆらゆらと踊る。それだけで、審問場の空気がぴしりと引き締まった。ゴンデルでさえ笑みを消し、畏《おそ》れるように下を向いている。

その中で、幸太郎は尋ねる。

「……それが、エンロデアたちか？」

「ご慧眼《けいがん》、まことに感服いたします。先ほどオー・ヤサンの御目《おめ》を汚したものたちは、『贖宥状』偽造を画策した中心的なものたちです。こちらにいるゴンデルがあのものたちを告発しなければ、いまだに事態のほとんどは闇《やみ》に包まれたままだったでしょう」

幸太郎はゴンデルのことを見る。肥《ふと》った枢機卿《すうききょう》の口元には、また笑みが復活していた。

「エンロデア枢機卿ほどのお方が、そのような恐ろしい罪に手を染めていたことは、このゴンデル、残念でなりません。ですが、揺るがぬ証拠が彼の邸宅から見つかった以上、もはやその罪から目をそらすことはできなかったのです」

「証拠？」

「アルフリクト石にございます」

答えたのはシャルフィだ。彼女が目配せをすると、配下の聖職者が手に持っていた包みを恭しく差し出した。シャルフィはそれを受け取り、円卓の上で解《ほど》く。中から現れたのは——きわめて精緻《せいち》にして荘厳な装飾の施された、大きな判子だった。

「こちらは『天秤《てんびん》の印璽《いんじ》』——我が国の、国宝にございます」

シャルフィは愛おしそうに『天秤の印璽』の表面をなぞった。

「『贖宥状《しょくゆうじょう》』を作成する際には、この印璽による押印をもって仕上げといたします。その際に、アルフリクト染料という特殊な染料を使用するのですが——その原料となっているのが、この『山の国』の深奥でのみ採取される、アルフリクト石なのです」

「それゆえ、アルフリクト石の取り扱いは非常に厳重に制限されております。許可なく所有しただけで罪に問われるほどに。それが、あのものの邸宅から、大量に見つかったのですよ。偽造の動かぬ証拠、というわけですな」

シャルフィの言葉を引き継いで、ゴンデルがそう結んだ。どこか満足そうな表情。それを見つめながら、幸太郎《こうたろう》は話の先を変える。

「……教会の内部に不正があり、それを正そうとしていることは理解した。だが、それと『草の国』にどんな関係があって、八百万枚もの金貨を供与しなければならないんだ？」

「不正な利益から得た税は、不正であるからです」

幸太郎は瞬《まばた》きをして、シャルフィのことを見つめた。

なにを言っているのか、理解できなかったからだ。

幸太郎の考えなど知るよしもなく、シャルフィは薄桃色《うすももいろ》の髪を揺らして、ゴンデルや他の聖職者たちを振り返った。その口元に慈愛の笑みが浮かぶ。

「まことに幸いなことに、ヤクタの家にいるものたちはみな私の意見に賛同してくださいました。ここにいるゴンデルを初めとして、司教たちも自らの所有財産が不正なものであるということを認め、そのすべてを『贖宥状』改革基金へと供与してくださいました」

「ホホホ、オー・ヤサンにお仕えするものとして、当然のことをいたしたまででございますよ」

枢機卿《すうききょう》とともに腹に両手を重ね、頭《こうべ》を垂れた。

「もちろん、私が属するトッカノール皇家も、財産のほとんどを寄付いたしました。盟約違反によって得た罪深き金銭をいくら蔵していても意味はありません。それよりも、むしろ――この財産を基金として、アラシュ・カラド全国家の報われぬ民のために使うほうが、はるかにオー・ヤサンの御心《みこころ》に適《かな》うのではないでしょうか」

どこか夢見るような口調でつぶやいて、シャルフィは人差し指で胸元に円を描く、ヤクタ教独特のサインを行った。

幸太郎《こうたろう》は、なにも言わなかった。

絶句しているのだ。

教会の利益活動の一部に不正が発見されたから、財産のすべてを寄付した？　アホか。教会といっても人間が作った組織であることに変わりはなく、組織に不正はつきものだ。それがいちいち明らかになるたびに、この少女は持てる財産を擲《なげう》とうというのか。

狂っている。いや、純粋というべきなのだろうか。少なくとも、幸太郎の常識でこの少女教皇を理解することはできなさそうだった。だが――

幸太郎は思わずスフレのことを見た。

案の定、この善良な王女は、感動に潤《うる》む目でシャルフィのことを見つめていた。

「素晴らしいお考えです、シャルフィニアさま……！　さすがは、すべてのヤクタ信徒の頂点に立つお方です！」

幸太郎は思わず頭を抱えたくなり、シャルフィはにっこりと笑ってスフレに応じた。

「ありがとうございます。私は、なるべく多くの方にこの考えを理解していただけるよう、尽力しております。今回、『草の国』に供与金を提案させていただいたのも、その一環《いっかん》なのですよ」

その言葉に、スフレはハタと、己の立場を思い出したようだった。

不正な利益から得た税は不正。だから、その不正な税金を『基金』に供与して、正しいことのために使いましょう。

シャルフィはそう言っている。そして、スフレは、考えもなしにその言葉に同意してしまったのだ。

「それで――『草の国』の、御《お》返事は、いかがでございましょう？」

期待を含んで微笑《ほほえ》んだシャルフィに、スフレは石化した。ここで「いや、ウチらは関係ないッス」と笑顔で言ってのけられるほど、スフレは外交的能力に長《た》けていない。

幸太郎は唇をへの字に曲げる。ここで助け船を出すことは、中立公平の立場を曲げることにはならないだろうか――、そんな考えが頭に浮かび、すぐに取り消した。

結果的にそれが助け船になるとしても、自分は管理人として、こんなことを見過ごすわけにはいかない。

「これは、過失がどちらにあるかという問題だ」

幸太郎が発言すると、シャルフィの視線がこちらに振れた。

「その偽造の全容がどうなのかは知らないが、『草の国』をはじめとする諸国がその偽造に関わっていないのであれば、諸国のほうも被害者だろう。『山の国』の裁判では、被害者に賠償《ばいしょう》を要求するのか？」

シャルフィは幸太郎のことを見つめている。一切の感情を交えない、監視《かんし》カメラのごとき眼差《まなざ》し。幸太郎は臆《おく》することなく――少なくともそう見える態度で、その目を見返す。

「『草の国』が事情をなにも知らず、ヤクタ教会を信用して税をかけていたというのなら、そこに『草の国』側の過失は存在しないものと見なす。そこから供与を強い、意に沿わなければ制裁を下すというのは、俺の考えでは脅迫だ。武力を背景にした圧力となんら変わるところがない」

「先だって、『草の国』が『森の国』にしたように、ですか？」

そんな皮肉を述べたのは、シャルフィではなく、ゴンデルのほうだった。彼はまだ笑っている——その笑みは、さらに深くなっているように思える。それゆえに、枢機《すうき》卿《きょう》の笑顔にはある種の凄味《すごみ》が増していた。

幸太郎《こうたろう》は、じろりとゴンデルを見返した。

「すでに解決した諍《いさか》いが、今回の件になにか関わりがあるのか？」

「もちろんございませんとも、オー・ヤサン！　無駄な口を叩《たた》いてしまいましたな。——しかし、ということは、もしも『草の国』側がこの問題を知りながら放置していたというのであれば——過失は、『草の国』側にも存在すると、そのような認識で構いませんか？」

幸太郎は、すぐには答えを返せなかった。

事実は闇《やみ》の中だ。もしかしたらゴンデルの言うとおり、『草の国』が国家として偽造に関わっていたのかもしれない。そうなれば、『草の国』からの資金供与は揺るがぬものになる。他でもない、幸太郎の一言が、その天秤《てんびん》を決めるのだ。

金貨八百万枚。国家予算の約三分の一。天文学的数字と言っていいだろう。一介の高校生に過ぎない幸太郎に、責任の取れる金額ではない——

「構いません」

不意に、そんな声が部屋の中に響《ひび》いた。

スフレだった。

「わたしは、今から『草の国』に戻り、事実関係を究明いたします。その結果を得ることができましたら、もう一度この国にお邪魔《じゃま》させていただきます。——そのときには、『山の国』側からの提案につきまして、ご返答できると思います」

先ほどまで不安に震《ふる》えていた少女の姿は、そこにはなかった。唇をきっと引き結び、ルビーレッドの瞳《ひとみ》を揺らしながら、それでもスフレは決然として言う。

「それでよろしいでしょうか、教皇猊下《げいか》？」

「それがオー・ヤサンの御心《みこころ》であるならば、私に異存のあろうはずがございません」

スフレとシャルフィは、同時に幸太郎のことを見た。この話し合いを持ちかけたのが幸太郎ならば、終わらせるのも幸太郎だ。

自らの責任を、胃の奥にじりじりと感じながら、幸太郎は大きく頷《うなず》いた。

「わかった。では、今回の『調停の儀《ぎ》』は、ここまでとする」

「畏《おそ》れながらオー・ヤサン、ひとつ伺ってもよろしいでしょうか？」

話し合いを終えて、審問場《しんもんじょう》から出て行こうとした幸太郎《こうたろう》のことを、シャルフィはそんなふうに呼び止めた。

◆

「……なんだ？」

「本日の晩餐《ばんさん》はいかがいたしましょう？　どのようなご注文にも応えられるよう、『山の国』きっての料理人を取りそろえておりますが」

胸の前で手を組んで、シャルフィは控えめな笑みを浮かべながら、そう尋ねてきた。

幸太郎は数秒間、シャルフィの顔を見つめてから、ぽそりと、

「帰る」

シャルフィは、笑顔のまま停止した。

「────、はい。はい？」

「帰ると言った。『調停の儀《ぎ》』は終わったんだから、これ以上この場所に留《とど》まる必要はない。帰って、いろいろと考えなければならないことがある」

これから先、『山の国』との交渉を続けていくには、まずヤクタ教について詳しく把握する

ことが重要だ。うっかり教義に反することを口にすれば、その瞬間《しゅんかん》、自分は偽預言者にされてしまうかもしれない。それを避《さ》けるために、セラナリオン辺りに教えを請《こ》わなければ。

シャルフィは凍りついた笑顔のまま、しきりに指を組み替えている。

「……あの、でも、あの。オー・ヤサンは、しばらくこの都に滞在なさるのでは？」

「いつ俺がそんなことを言った」

「…………し、新理教典における、近代ヤクタ教史によれば、五代前のオー・ヤサンが『山の国』を訪れたときの滞在は二週間に及び、そのあいだ十分に私どもの歓待《かんたい》を楽しんでいただけたと記されておりますが」

「以前のことは以前のことだ。今は違う」

幸太郎の無情な言葉に、シャルフィは今度こそ沈黙《ちんもく》した。

それをいいことに、幸太郎はさっさと『天秤宮《てんびんきゅう》』を出て行こうとした。『調停の儀』が終わったとはいえ、まだ果たさなければならない仕事は多く残っている。こんなところで歓待を受けている場合ではないのだ――

「あの、オー・ヤサン」

と、そのとき、袖を引かれた。

なんだ、と思って振り返る。スフレの気まずそうな表情。彼女の視線の先を追うと――そこには、今にも泣き出しそうにうつむいている、シャルフィの顔があった。

さすがにぎくりとする。

「……申し訳、ございません。私などが、オー・ヤサンの行いを取り決めようなどと、慢心が過ぎました。なにとぞ、お許しを賜《たまわ》りますよう……」

なんだってこう、この世界の女子は、涙もろいんだ。

幸太郎《こうたろう》は心の中でうなるが、だからといって少女教皇の頬《ほお》を伝う涙が止められるわけではない。シャルフィの背後に控えている侍女たちも、困ったような――あるいは悲しそうな顔を見合わせている。

まるで、自分ひとりが悪者になったような気分。

いや、実際そうなのだ。シャルフィを泣かせたのは、幸太郎の心ない一言なのだから。じっとりとしたスフレの視線が、雄弁にそう物語っていた。

幸太郎は唇を曲げ、不承不承、こう言った。

「……いや、その、気持ちは、とてもありがたい。次に『山の国』を訪れたときには、ぜひ晩《ばん》餐《さん》を楽しませてもらうよ」

「っ‼」

ただその一言で、シャルフィは髪を跳ね上げ、ぱっと表情を輝《かがや》かせた。

「はい‼　その折りは、歴史に名を刻むほどの歓待《かんたい》を、させていただきますっ！」

　幸太郎の脳裏に浮かんだのは、『天秤宮《てんびんきゅう》』にたどり着くまでに受けた民衆からの歓声だった。ありがたくないとは言わないが、あの経験は喜びよりも重圧のほうが勝る。幸太郎は顔を引きつらせながら、顔を輝かせているシャルフィに言った。

「……ささやかなものでいいぞ。いや、ホントに」

「はい！　全力で、ささやかにさせていただきます！」

　どうやら伝わらないようだ。幸太郎にできるのは、シャルフィに気づかれないよう、小さくため息をつくことだけだった。


　再び大行列によって帰途につかせようとするシャルフィを振り切って、幸太郎とスフレは、あけぼの荘に通じる神殿――『扉の神殿』へと戻ってくることができた。

　幸太郎たちは重い足取りで『扉』へと近づいていく。周りに誰《だれ》もいなくなったことで気が抜けた。幸太郎は愚痴っぽく言ってしまう。

「……なんなんだ、あいつは！　最初に会ったときは、あそこまでの宗キチだなんて思いもしなかったぞ……！」

「シュキチって、なんですか？」

　きょとんとした顔で、隣《となり》にいるスフレが尋ねてきた。幸太郎は言葉に詰まる。狂信者の砕けた言い方、などと言えるわけがない。

熱心なスフレの眼差《まなざ》しから顔を背けて、幸太郎《こうたろう》は話題をそらした。

「それよりも、偽造についてだ。『草の国』の関与があれば供与金を払うなんてことを言ってしまったが、本当に大丈夫なのか？」

今度はスフレが顔を伏せる番だった。

「それは……今の段階では、なんとも……」

「ま、そうだろうな。偽造の件を把握してなかったんだ。関与しているかどうかなんて、知るはずがないか」

天秤《てんびん》を模した像の合間を歩きながら、幸太郎はじっと思考する。

『草の国』が偽造に関与しているかどうかはまったくわからない。スフレが並外れた善人であることに疑いの余地はないが、父である国王はその限りではない。戦争を仕掛けるために陰謀《いんぼう》を画策したような男だ。税収を増やすために、『贖宥状《しょくゆうじょう》』偽造を見て見ぬ振りをしていたとしても、なにも不思議には思わない。

「お父様は、関わってはいないと思います」

そのとき、まるで幸太郎の思考を読んだかのように、スフレがぽつりと言った。

幸太郎は、スフレのオレンジ色の髪を見下ろす。

「お父様――国王陛下は、そもそもヤクタ教をあまり好かれてはおられないようなのです。聖職者の方々は、陛下の命令を聞かなくてよいと定められておりますから」

「……そういうもんなのか？　国王の命令は絶対じゃないのか」

「ほとんどの場合は、そうなのです。民衆は貴族に仕え、貴族は国王に仕える、というのが王国の成り立ちですから。ですが、聖職者の方々が仕えているのは、貴族でも国王でもありません。教会と、そして――」

　スフレはちらりと幸太郎を見る。幸太郎はわずかに顔を引きつらせる。

「……管理人か」

「はい。教会は、オー・ヤサンを頂点とする組織ですから、当然そうなります」

　なるほど、と幸太郎は頷《うなず》き、考えを口にした。

「自分の国の中に、自分の思い通りにならない連中がいるってのは、国王にしてみたら気に入らないことだろうな」

「そう、みたいです。これもパルメーニャから聞いた話ですけれど、陛下はその昔、聖職者の方々に圧力を加えようとして、失敗したことがあるそうなのです。それ以来、『山の国』との関係もなんだかぎくしゃくしてしまって――」

「『草の国』が真っ先に供与を言い渡されたのは、その辺の事情もありそうだな」

　呆《あき》れたように言うと、スフレの肩が小さくなった。彼女にとっては身内のことだ。幸太郎は気まずげに頬《ほお》を掻《か》き、「とにかく」と話を促した。

「とりあえず、パルメーニャに話を通すか。あいつは性格がねじくれ曲がっているが、有能であることに変わりはないからな」

「ぱ、パルメーニャも、本当は良い子なのですよ？」

気弱なスフレのフォローを聞き流しつつ、幸太郎《こうたろう》は『扉』のノブに手をかけ——

その動きが、ぴたりと止まった。

「？　どうなさったのですか、オー・ヤサン？」

「………」

スフレの疑問を無視して、幸太郎はドアノブから手を離《はな》した。メガネの奥の目を細め、『扉』のすぐ脇にある神像の、土台近くに転がっている物を凝視《ぎょうし》する。

幸太郎はゆっくりとそれに近づき、拾い上げた。

「それは……なんですか？」

円筒形をした物体を見て、スフレは首をかしげる。それはそうだろう。こんなものが、彼女のいる国——否、彼女のいる世界で市販されているとは思えない。

それは、リップクリームだった。

幸太郎でさえ知っている有名なメーカーのロゴが、フタの頭に記されている。

もちろん、幸太郎のものではない。

ということは——

幸太郎の世界の人間が、アラシュ・カラドに迷い込んできたのだ。

「…………っ！」

幸太郎は高速で思考を回転させる。同時に高速で行動を起こしていた。エプロンを翻《ひるがえ》しながら踵《きびす》を返し、ゆっくりと歩き抜けてきた天秤《てんびん》像のあいだを早足に逆戻りする。スフレは目を白黒させながら、そんな幸太郎のことを追った。

「オー・ヤサン、どちらへ？　帰るのではないのですか？」

「急用ができた。おまえは——、いや、おまえも来い。スフレ」

「は、はい、わかりました。ですが、どこに？」

「それは、あそこにいる奴《やつ》が知っている」

そう言って、幸太郎はびっくりしたようにこちらを見つめている衛兵に、まっすぐに近づいていった。

◆

「フウーム」

仰々しく息を吐いて、ゴンデルはでっぷりと肥《ふと》った身体《からだ》を、椅子の上に投げ出した。

巨大な椅子は、名うての職人に金を握らせて特注したゴンデル専用のものだ。肘掛けには黄金の林檎《りんご》が、背もたれには絡まり合う黄金の蛇が、本物の貴金属を使用して彫刻されている。

この一脚を買う金で、四人家族を一年間は養っていけるだろう。

ゴンデルは眠たげな眼差《まなざ》しを、薄暗《うすぐら》い休憩室《きゅうけいしつ》の中にさ迷わせる。

周りで立ち働いているのは、テナミア族やキリラミア族といった、数々の種族からなる侍女団だ。彼女たちはみな、一様にうつろな表情を浮かべ、下着姿に近い露出《ろしゅつ》の高い服装を強制されている。

ゴンデルは、無言のまま口を開いた。

テナミア族の侍女が、無言のままその口元に『沼の国』原産の果実を運んだ。ゴンデルは侍女の指ごと果実を口に含み、舌先で侍女の爪をなめる。テナミアの褐色肌が羞恥に震《ふる》えたが、彼女は抵抗しなかった。

「ホホ、ホホホ……」

笑い声を立てて、ゴンデルは女のように嫋《たお》やかな手で、侍女の腰元を撫《な》で回した。褐色の頬《ほお》が赤く染まる。それでも、逃げることはない。唇の端をつり上げて、尻尾の付け根に触れようとする。

そのとき、部屋の外から声が響《ひび》いた。

「枢機《すうき》卿猊下《きょうげいか》。ご休憩のところ、失礼いたします」

ゴンデルは撫で回す手を止めて、細い目で休憩室の扉を見つめる。

「おお、ゲランか。入りなさい」

扉が開き、ゲランが休憩室に入ってくる。かぶっていた覆《おお》いを脱ぐと、狡猾《こうかつ》な眼差しと、とがった顎先《あごさき》があらわになった。

ぎしり、と黄金の幹を模した椅子の脚が軋《きし》んだ。ゴンデルが全体重をかけたためだ。彼は鷹《おう》揚《よう》な仕草で、向かいにある質素な椅子を指し示す。

「さ、座りなさい。なにか飲むかね？」

「お構いなく」

「ホホ、そうかね。では、ひとりで愉《たの》しむとしよう」

むしろ嬉《うれ》しそうにつぶやいて、ゴンデルは侍女に目配せをする。仮面のような無表情を浮かべるキリラミア族の侍女が恭しくグラスを差し出し、酒瓶から翡翠《ひすいいろ》色の液体を注ぐ。

『山の国』における禁制品のひとつ、『星の国』の、緑青酒だ。

ヤクタ教を信奉しない『星の国』は、『闇《やみ》の国』に次いで危険な国家であると世界中から見なされており、それらの国の製品を交易・所持することは法律で禁じられている。ましてゴンデルは、『山の国』の教皇補佐官——内務庁と国務庁を統括する、事実上の最高権力者だ。こんなものを所有しているなどということが知れれば、間違いなく破滅する。

だが、ゴンデルはそんなことは知らぬげに、翡翠の水面を揺らした。

「それで？　今回は、どのような厄介者を、『保護』したのかね？」

暗い熱を帯びた主人の問いに、ゲランは事務的に答える。

「この仕事をして長いですが、今回ほどの大物がかかったことはありませんな」

「ホホホ！　期待を持たせるではないか！　どこの国の巡礼者だね？　種族は⁉」

「まことに残念ながら猊下《げいか》。この世界のものではありませんな」

もったいつけるように、ゲランはゆっくりと言った。

その意味を、一瞬《いっしゅん》、ゴンデルは掴《つか》みかねたようだ。しばらくの間ののち、ゴンデルはゆらりと立ち上がる。細い目を大きく見開くと、爛々《らんらん》とした欲望の輝《かがや》きが浮かび上がる。

「なんと……なんと！　それは！　まさか、ゲラン！　そういうことなのか！」

「左様。天界ニポーンの婦女子を『保護』いたしました」

「ホ……ホホホ！　ホホホホホホ！　素晴らしい！　素晴らしい働きであるぞ、ゲラン！　あとで特別に褒美《ほうび》を取らせよう！」

「ありがたき幸せ」

「処置は？　まだ、施してはいないのであろうな？」

「猊下の好みは知っておりますからな。暴れるのを、無理矢理。そういうのがお好きなのでしょう？」

ゲランの視線が、その場にいる侍女たちを撫《な》でる。侍女のうちの数人が、無表情をひび割れさせているのがわかった。彼女たちもまた、かつて『厄介者』だった。それを、ゲランの手管によって、このような場所にまで堕《お》とされたのだ。

そのことに、ゲランはなにも感慨を抱かない。彼女たちはすでに『納品』が済んでいる。その後の保証は彼の責任ではない。

「すでに猊下のお部屋にて待たせてあります。しかし――」

ゲランは腕を組み、自らの懸念《けねん》を口にする。

「今は、オー・ヤサンがこの国に来ております。あるいは彼の関係者かもしれません。今ならまだ、本当に『保護』ということにもできますが」

「ホホホ、そのようなことを心配しておるのか、ゲラン？　おまえらしくもない」

ゴンデルは、その懸念に取り合わない――取り合うつもりがないのだ。彼の細い目は、その魂の本性によって満たされ、ぎらぎらと燃え盛っていた。

すなわち、欲望と呼ばれるものによって。

「仮にオー・ヤサンの関係者であったとして、この国に紛れ込んだなどということが証明できるはずがないであろう？　まして、私と関連づける証拠などどこにもない――ヤクタ教典第九章九節。『見ることも触れることも感じることもできないもの。それはすなわち、この世に存在しないもの』。すなわち、その娘はただ消えただけのこと。我々とは、なんの関連もないのだ」

聞くだけ無駄だったな、とゲランは思い、恭しく一礼をした。

「は。差し出口をお許しください。どうぞ、ごゆるりと」

「うむ、うむ！　ホホホ……久方ぶりに滾《たぎ》って参ったわ。天界の美果は、どのような味がするものか！」

肥《ふと》った身体《からだ》を揺らして、ゴンデルは立ち上がる。熱病に浮かされるような足取りで、彼は休憩室《きゅうけいしつ》の出口へと向かう。その扉を開けようとしたところで、ゴンデルはゲランを振り返った。

「おお、そうそう、忘れるところであった。——例の、『草』の仕掛けであるが、実行に移しておくように」

ゲランはわずかに目を見開く。

「あれを、ですか。ずいぶんと——」

「左様！ ずいぶんと早まったものよ！ しかしそれも、畏《かしこ》くもオー・ヤサンの思《おぼ》し召しである……ホホホ！ あの王女殿下、テルダリオスめの娘御がどのような顔で泣くのか、早く見てみたいのう！ ホホホホホホ！」

甲高い笑い声をあげながら、ゴンデルは休憩室《きゅうけいしつ》をあとにした。

「……ふむ」

あとに残されたゲランはとがった顎《あご》を撫《な》でて沈思する。ゆらりと動いて、ゴンデルが座っていた黄金椅子に腰かけ、飲みかけの翡翠酒《ひすいしゅ》を口にする。それは、芳醇《ほうじゅん》な、罪の味がした。

◆

『山の国』にも牢獄《ろうごく》はある。ヤクタ教の聖地であるがゆえに、この国には多くの巡礼者が訪れる。調和を旨とする宗教ではあっても、総数が多ければどうしてもはみ出し者というのは出てくるものだし、そうでなくても土地に不案内な巡礼者は、犯罪の格好の標的になりやすいからだ。この牢獄は、そういった外国人犯罪者を繋《つな》ぐ場所なのだという。

幸太郎《こうたろう》は今、その牢に勤めている衛兵のひとりと向き合っていた。

従順そうな若い衛兵だ。『山の国』国民のご多分に漏れず強い信仰を持っているのだろう。鎖帷子《くさりかたびら》の胸元には天秤《てんびん》をかたどったアクセサリが光っている。

そのアクセサリから、数センチも離《はな》れていない空間に、幸太郎は白いハタキ——アラシュ・カラドで言うところの、『裁定の錫杖《しゃくじょう》』を突きつけていた。

「もう一度、聞くぞ。この牢にいた女の子は、どこへやった？」

低い声でそうつぶやくと、衛兵はふるふると首を振った。その目に涙が浮かぶ。『混乱』と『動揺』の色がすべてを押し隠している。幸太郎は自分がやりすぎていることを知った。

深く息を吐いて、苛立《いらだ》ちを押し出すと、彼はハタキを下げてまっすぐに衛兵を見る。

「なあ。あんた、名前は？」

神に等しきオー・ヤサンに名を尋ねられ、衛兵は身体《からだ》をびくりと震《ふる》わせた。

「へっ⁉ あ、う、あのっ、…………パデル、です……」

「パデルさん。別にあんたのことを責めるつもりはない。俺は、この牢屋《ろうや》に入れられていた女の子がどこに行ったのか、知りたいだけなんだ」

幸太郎《こうたろう》は空の牢を指さした。空になった食器とうずくまる毛布が、そこにいた何者かの痕跡をありありと示している。

「い、いや、でも……」

「あんたはそのときの担当だったんだろう。それくらいの調べはもうついている。食事や寝具の差し入れもしていたそうじゃないか。だったら、どこに連れて行かれたのかくらい、見当がつくんじゃないか？」

ごくりと、パデルの喉が上下する。目を何度も瞬《しばた》かせる。幸太郎はその目から視線を外さない。人の目を見ることによって、感情の流れを見通す。幸太郎はその能力によって迫害されたが、それが有用な場面もある。今のように。

「ど、どこに連れられて行ったのかは、わかりません」

パデルはかすかに目をそらす。そこに、幸太郎は確かに見た。『恐怖』に見え隠れする『保身』の色。こいつはなにかを知っている。俺はそれを引きずり出さなくてはならない。

「オー・ヤサン！ 見つかりました！ 仰《おつしや》るとおり、詰め所にありました！」

背後から響《ひび》いた声に、幸太郎は振り返る。スフレだった。小さく肩で息をして、その手に持ったものを大きく掲げた。

阿佐《あさ》ヶ谷《がや》高校の指定カバン。

幸太郎はカバンを受け取り、正義の炎を瞳《ひとみ》に燃やしているスフレのことを見る。

「スフレ。悪いが、続けて頼《たの》みを聞いてくれるか」

「はい！　なんなりと！」

「シャルフィにこのことを伝えてくれ。『山の国』に日本人が迷い込んだ。そいつを保護して、連れて来て欲しい。——俺がそう望んでいると」

「かしこまりましたあ！」

ぴしっ！　と片手を挙げて宣言して、スフレはすっ飛ぶように牢獄から駆け出していく。こういうときに一切迷ったり怖《お》じけたりしないのは、スフレの美点のひとつだ。

「さて」

幸太郎はパデルを振り返る。つかつかと近づき、問答無用で彼にカバンを押しつけた。パデルは訳もわからずカバンを抱え、幸太郎は無遠慮《ぶえんりょ》にカバンの中を物色する。

「どこに連れられて行ったのか『は』知らない、と言ったな？　じゃあ質問を変えよう」

幸太郎はカバンに納められていた財布から、学生証を抜き取った。

阿佐ヶ谷高校1年3組、出席番号22番。長宮《ながみや》小宵《こよい》。

「この女の子について知っていることを、洗いざらい全部話せ」

写真の中で、大人びた顔立ちをした女の子が笑っている。それをパデルの鼻先に突きつけて、幸太郎《こうたろう》はメガネの奥の瞳《ひとみ》に、どろりと淀《よど》んだ怒りを浮かべた。

「もうすぐシャルフィニア教皇猊下《げいか》がここにやってくる。教皇に名前を覚えられたいのか？日本の女子を連れ去った一味のひとりとして？」

パデルは酸欠を起こした金魚のごとく、ぱくぱくと唇を開閉させてから、ようやく言葉を絞り出した。

「しっ、審問《しんもん》長官の、ゲラン・エ・アミア・エ・ドルミロ・カカラバンさまが、その女の子をこの牢《ろう》から出して、どこかへお連れいたしました！　どこに連れて行かれたのかはわかりません！　ほ、本当です！」

審問長官。聞いたことのない役職だ。幸太郎は続けて問う。

「ゲランの居場所は？」

「ふ、普段は、審問庁に勤めていらっしゃいますが、今は、わかりません。本日はオー・ヤサンがいらっしゃるということでしたので、本来でしたら、警備の指揮に当たっておられるはずなのですが……」

警備。審問。その二つを組み合わせて、幸太郎はゲランの仕事は治安維持にあると推測する。だがそうなると、ひとつ疑問が浮かぶ。

「そんな偉い奴《やつ》が、なんだってこんな牢屋まで来て、女の子ひとりを連れて行くんだ」

その問いに、パデルはきょとんと目を瞬《しばたた》かせる。

「わかり、ません」

「わからないってことはないだろう。不自然に思わなかったのか？」

「ゲランさまは、審問庁の長であらせられますから……そのお務めには、私には計り知れない遠大な計画があるものと思っておりました。以前にも、こういうことはありましたから……」

幸太郎は眉根を寄せる。いくら上位者のすることだからといって、その行動に疑問のひとつも差し挟まないなど、幸太郎にとっては考えられないことだ。

だが、今はそれより、最後の一言のほうが問題だ。

「前にも、こういうことがあったのか？」

「はっ、はい⁉　そ、そのとおりです！」

「厄介事を起こした巡礼者のところに、わざわざ審問長官がやってきて、そいつを連れ去っていくということが、今までに何度も起きているんだな？」

パデルは蒼白《そうはく》の表情で、こくこくと頷《うなず》いた。

審問長官が囚人を連れ去る。なんのために？　この牢にぶち込まれるのはトラブルを起こした外国人ばかりで、その中に審問長官が直々に連れ去らなくてはならないほどの重犯罪者がいるとは考えにくい。なにより、看守であるパデルさえ事情を知らないというのが不可解だ。秘密裏に行われる必要があった、ということか――

「地図はあるか？　ここから審問庁《しんもんちょう》への経路を確認したい」

「た、ただいまお持ちいたします！」

裏返った声で叫び、パデルは逃げ出すようにして通路から出て行った。それを見届けてから、幸太郎《こうたろう》は長宮小宵《ながみやこよい》のカバンを検《あらた》める。教科書とノートの他に、スマホやファッション雑誌、ポーチやクリアファイルなどが詰め込まれている。その中から、幸太郎はあるものを見いだして、わずかに目を見開いた。

同じプリントが、二枚。

なんの変哲もない進路調査表だ。一枚にはすでに『長宮小宵』の名前が書き込まれているが、もう一枚は白紙のままだ。

それが誰《だれ》のものか。なぜ小宵が、あけぼの荘などにやってきたのか。頭の片隅に渦巻いていた疑問が、ようやく解けた。

「……ちっ」

幸太郎は思わず舌打ちをする。

『海の都』と『沼の国』、双方の調整を徹夜《てつや》で行い、そのために倒れるような眠りに落ちてしまった。学校をサボったのだ。もし眠気を我慢して学校に行っていれば、こんなことは起こらなかったのか。つまりこれは、俺の行動が招いた事態なのだろうか――

「オー・ヤサン！」

考えても仕方のないことを、背後からの声が吹き飛ばした。振り返る。

スフレがそこにいた。かすかに息を弾ませて、右手にシャルフィの手を握っている。少女教皇のほうにスフレほどの体力はなかったらしく、彼女はスフレに寄りかかるようにして、ぜいぜいと呼吸をしていた。

「……早かったな」

「はい！　急ぎましたからっ！」

スフレは誇らしげに答える。なるほど。スフレの『全速力』に付き合わされたのでは、いくら信仰心の塊であるシャルフィでもただではいられまい。

と、シャルフィが顔をあげた。だらだらと汗を流し、それでも威厳を保つように胸を張って、引きつった微笑《ほほえ》みを浮かべてみせる。

「………、オ、……ヤサ、ン、が、お呼びっ、……と、伺い、まし、て、ただいま、さん、っ、参上、いたしまし、た……」

「……無理しなくていいぞ」

息も絶え絶えといった様子に、幸太郎は思わずそんなことを口にする。すぐ隣《となり》に佇《たたず》むパデルは、汗だくの教皇を前にして目を白黒させている。

「事情を説明する。息を整えながらでいいから聞いてくれ」

「……は、い」

「俺の——、知り合いが『山の国』に迷い込んだ。日本の女の子だ。どうやら神殿への不法侵入者と間違えられ、この牢屋《ろうや》に入れられたらしい」

「——」

シャルフィの表情が青ざめる。口を開きかけるが、それを先んじて幸太郎《こうたろう》は続ける。

「今はもう、別の場所に連れ去られたようだ。それ以降の足取りはわからない。連れ去った人間は、審問《しんもん》長官のゲランとかいう奴《やつ》らしい」

アンバーイエローの瞳《ひとみ》が引き絞られる。猛禽《もうきん》の目は、今この場にいない誰《だれ》かに見定められているようだ。

幸太郎は学生証を指に挟み、シャルフィに見せた。手渡す。

「これが、その子の顔だ。探すのに協力してくれ。俺は、この世界の管理人として、自分の世界の人間として、この子に危険が及ぶことを阻止しなくてはならない」

シャルフィは唾を飲み込み、据わった目で答えた。

「……我が、命に、換えましても、必ずや見つけ出します」

「その意気で、ぜひがんばってくれ」

青ざめたままの顔でそう言って、シャルフィは両手を腹に重ね、深く礼をした。そのまま小走りに立ち去る。まだ息も整っていないというのに、無茶をする。だが、多少の無茶はしてもらわなければならない。なにしろこの国の最高権力者なのだから。

「オー・ヤサン！　わたしたちも、参りましょう！」

意気込んで主張したスフレに、幸太郎は首を振り、

「いや。ゲランは審問長官だ。彼への事情聴取《ちょうしゅ》は、教皇であるシャルフィがやってくれるだろう。俺たちは、シャルフィの手が届きそうもないところを探すべきだ――」

そして、幸太郎はパデルを振り返る。

「パデルさん。最後のひとつ、聞きたいことがある。――教皇猊下《げいか》が、命に換えても探してくれると言ったんだ。当然、あんたもそうしてくれるよな？」

「はっ、はいっ！　当然です‼」

「ゲランは審問庁の長官。なら、この国の上層部に、つながりの深い人間もいるだろう。それが誰かを教えて欲しい。あるいは、それを知っていそうな人物を教えて欲しい」

パデルの喉がごくりと鳴る。幸太郎はその瞳を覗《のぞ》き込み、そして、薄《うす》く唇を歪《ゆが》める。

「知っていいるな？」

パデルは目をそらそうとする。幸太郎はそれを許さない。顎《あご》をがしりと固定して、淀《よど》んだ眼《まな》差《ざ》しを彼の瞳に注ぎ込む。

「言え」

気弱な衛兵は、唇を震《ふる》わせながら答えた。

「ゲ、ゲランさまは――ゴンデル枢機《すうき》卿猊下《きょうげいか》と昵懇《じっこん》の仲であると、聞き及んでおります」

◆

そして、カギが開く音がした。

薄暗《うすぐら》い寝室に光が差し込み、すぐに消える。そのときにはもう、どっしりと大きな人影《ひとかげ》が、部屋の中に現れていた。その人影は室内に垂れる様々なヴェールを掻《か》き分けて、ゆっくりと進んでいく。

「ホホ、ホホホホ……」

女のように甲高い笑い声が響《ひび》く。ベッドの近く、薄明かりの下に来ると、はじめてその容貌があらわになった。

つるつるの禿《は》げ頭と、でっぷり肥《ふと》った体型の、大男だった。その身体《からだ》には薄手の衣服――バスローブのようなものを巻き付けている。それだけで、二の腕に鳥肌が立つのがわかった。

「メナ――？」

かすかに疑問の声を出して、大男はぐるりと部屋の中を見渡した。細い目がしきりに瞬《まばた》きをする。かすかに首をかしげ、何事かをじっくりと考え――不意に、彼は身をのけぞらせるようにして、笑いはじめた。

「ホホッ！　オホホホホホホホ！　ドウェル・ハッゾ！」

なにを言っているのかはわからない。この世界の言語は、小宵《こよい》にはわからない。それでも、男が今の状況を、ある種の遊戯のように感じているということは伝わってきた。小宵にとっては遊びではない。自分の人生がかかっている。

そして、男は捜しはじめる。

捜すとなれば、広い部屋だ。中央にしつらえられた円形ベッドの他にも、多くの家具が存在する。中身のすべてを検《あらた》めたわけではないが、ほとんどが使い方も想像したくない服や道具ばかりだった。小宵はそのうち、もっともスペースがあったところに忍び込んでいた。

ひとつひとつ、時計回りに、男は部屋中をくまなく探している。布をめくり、物陰を確かめ、芝居がかった仕草でクロゼットを開く。そのたびに残念そうなつぶやきを漏らして、また男は別の場所の捜索に移る。

そのうちに——

男の視線が、ひとつのところで定まった。

部屋の隅に雑然と積み上げられた、荷物の山。

小宵は唇を噛《か》む。

クロゼットの中に潜《ひそ》むには、納められている荷物を掻《か》き出すしかなかった。だからそうしたのだ。見とがめられるとはわかっていたが、そうしなければ、ほんの一時の隠れ場所さえ確保することはできなかっただろう。

男は裂けるような笑みを浮かべて、その近くのクロゼットに近づいていく。

小宵《こよい》は身体《からだ》を強《こわ》ばらせ、じっとそれを窺《うかが》っている。

両手を腰にこすりつける。汗ばんだ手のひらが、滑ってしまわないように。呼吸も忘れ、わずかに開いた扉の隙間から、そのときを待ちつづける。

やがて、そのときは訪れた。

「ホホォッ！」

ひときわ高い笑い声と共に、男は目の前のクロゼットを開け放った。

その内部は、空である。

「……メナ？」

男は首をかしげる。小宵は音もなくクロゼットの扉を開く。

荷物をすべて掻《か》き出したクロゼットの反対側、ちょうど男が背中を向けている側のクロゼットを。

荷物を掻き出さなければ潜《ひそ》むことができなかったのは、本当だ。だが——掻き出した荷物を、わざわざ自分のクロゼットの近くに置いておく必要はない。

（食らえッ——！）

小宵は歯を食いしばり、床を蹴《け》って男に飛びかかった。ほとんど同時に、気配を察した男がこちらを振り向いた。そのときにはもう、小宵は両手に握った燭台《しょくだい》――机の上にあった天秤《てんびん》型《がた》の燭台を、男の顔面めがけて振り下ろしていた。

「がっ⁉」

小宵は舌打ちをする。浅い。男がとっさに両腕で頭をかばったためだ。重い燭台に振り回されるようにしながら、小宵は第二撃《げき》を男のスネに叩《たた》き込もうとする。

その手首を――思いのほか素早く動いた男に、つかみ取られた。

「ッ、この！　離《はな》せッ‼」

「ホホホホホッ！　シャミア・エ・ニポーン！」

右手で小宵の手首を摑《つか》み、左手で燭台をもぎ取ろうとする。小宵は暴れた。全身でじたじたと暴れ、カカトや爪を突き立てて男の束縛《そくばく》から逃れようとする。できるわけがなかった。相手は相撲取りのような大男なのだ。彼はほんの片腕で小宵の身体を持ち上げると、易々《やすやす》と小宵の身体を投げつけた。

「ひゃっ⁉」

「オホホホホ。シェニア・コルノ」

子猫のように宙を舞《ま》い、背中から落下する。身を固めていた小宵に、思ったような衝撃《しょうげき》は襲《おそ》ってはこなかった。彼女はベッドの上に着地したからだ。紫色のシーツに施された黄金の刺《し》繍《しゅう》に、小宵はぞわぞわと鳥肌が立つのを感じる。その反応をむしろ喜びとするかのように、男はにやにや笑いを貼り付けながら、ゆっくりとこちらに近づいてくる。

恐怖と、絶望と、嫌悪感。

身体《からだ》から力が抜けそうになる。それでも、小宵《こよい》は涙目になりながらも、ベッドの上に立ち上がり、天秤《てんびん》の燭台《しよくだい》をぶんぶんと振り回した。このまま、ここで奪われるなんて、絶対にイヤだった。そんなことを——初めての相手が、こんな奴《やつ》だなんて！　絶対に、お断りだ！

「このっ——、近づくなぁ！」

悲鳴と共に燭台をなぎ払うと、台座がすっぽ抜けてどこかへ飛んでいった。男の手が小宵の首に巻き付く。呼吸が止まったことにパニックを覚えながらも、小宵は闇雲《やみくも》に燭台を振り回すが——やがてそれも取り落とし、小宵はその上に尻餅《しりもち》をついてしまった。燭台の冷たい感触が、太ももの裏側に押しつけられる。

男の両手が、小宵の両手首を摑《つか》んだ。

贅肉《ぜいにく》の揺れる腹が、小宵の身体を押しつぶした。

その膝《ひざ》が、小宵の太もものあいだに割って入った。

「グッ……、フ、フフフ、ホホホホホッ」

男の顔に凶悪な笑みが浮かぶ。赤黒い舌をぞろりと出して、彼は小宵に顔を近づけようとする。小宵はあまりの恐怖に呼吸をすることも忘れ、身体をぎゅっと硬くする。男は肘で小宵の腕を押さえたまま、制服のリボンに手をかけた。

寝室の扉が激しく叩《たた》かれたのは、まさにそのときだった。

◆

ゴンデルの邸宅の応接室で、幸太郎《こうたろう》はカバンの中身を広げていた。

「この人たちは、なぜこんなにも太ももをさらけ出しているのでしょう？」

隣《となり》でぽつりとつぶやいたのは、ファッション雑誌を広げていたスフレだ。ポーチを開けるべきかどうか迷っていた幸太郎は、それを机に置き、答える。

「そっちのほうが可愛《かわい》いから、と書いてある」

「…………」

スフレは自分のドレスのスカートに目を向けた。その顔が、次第に赤くなっていく。考えていることが手に取るようにわかったので、幸太郎はさっくりと言った。

「やめとけ。おまえには似合わない」

スフレは傷ついたような顔で幸太郎を見たが、幸太郎はまったく気にしなかった。

「もしくは、長宮《ながみや》に聞いてみるんだな。女の子のファッションならあいつのほうがはるかに詳しい」

そう付け加えると、スフレはおずおずと幸太郎を見上げ、

「……オー・ヤサンは、ナガーミヤさまがこの屋敷《やしき》にいると、お思いですか？」

幸太郎は、少し思案した。

「いや。この屋敷にいる可能性は低いだろう。長宮を連れ去ったゲランと、この屋敷の主ゴンデルは、昵懇《じっこん》の仲であるというだけだ。今追うべきはゲランのほうで、ゴンデルはその行方を知っている可能性がある。だからここに来た」

「本当に、それだけですか？」

「……なぜそんなことを聞く？」

スフレはわずかに微笑《ほほえ》む。ルビーレッドの瞳《ひとみ》に、イタズラっぽい光が宿っている。

「だって。オー・ヤサン、そういう顔をしていません。なんて言うのでしょう――追求してやる、って顔をしてます」

幸太郎は自らの顔を撫《な》でた。そんな表情をしていただろうか。あるいは、わずかな変化を見抜くほど、スフレは幸太郎と長く付き合っているということなのかもしれない。

スフレの指摘は、正しい。

自分は、ゴンデルを追求するつもりでいる。

なぜなのかは、自分でもわからない。ゴンデルに疑いを抱く理由などなにもないはずだ。小宵《こよい》が行方不明になったのは不運の重なったことで、そこに、何者かの悪意や利害を見いだすことはできない――少なくとも、今はまだ。

「……俺は、人の目を見れば、なにを考えているかがだいたいわかる」

ややあって、幸太郎《こうたろう》はそう答える。

「ゴンデルの目を見れば、わかることが多くあるだろう。だからここに来た。それだけだ」

スフレは小さく頷《うなず》いた。ゴンデルの持つ情報の質と量を、正しく見極めること——それが自分たちの使命だと、彼女は理解したらしい。

そのとき、扉が開き、男の巨体が部屋に入ってきた。

ゴンデルだ。

「……オー・ヤサン。このようなところまでわざわざお越しとは。いったい如何《いか》なる理由があってのことでございましょう？」

口元は笑んでいるが目は笑っていない。肥《ふと》った身体《からだ》をバスローブのような衣服に包んで、彼がくつろぎの最中にあったことを告げている。さてここからだ、と幸太郎は思った。ここからは、気合いを入れて——疑っていかなければならない。

「審問《しんもん》長官のゲランという男は知っているか？」

一拍の間を置いて、ゴンデルは頷く。

「ええ、存じておりますよ。私めの職務上、あのものとは緊密《きんみつ》に連絡を取る必要がございますゆえ」

「ならちょうど良い。実は、アラシュ・カラドに日本の女の子が入り込んだ」

幸太郎はゴンデルの瞳《ひとみ》を覗《のぞ》き込む。

「その子は不法侵入の疑いで牢獄《ろうごく》に入れられていたらしいが、それをゲラン氏が連れ出していったという複数の証言を得ている。ゲラン氏の行方がわかれば、その子のこともわかるだろう。どこにいるか、心当たりはないか？」

ゴンデルは、沈黙《ちんもく》し、答えなかった。

腕を組み、じっと考え込んでいるようではある。その瞳の奥に流れる感情は、容易にはわからない。だが——それは、幸太郎の目には、ある種の『焦り』であるように映った。

長宮《ながみや》の行方を尋ねられて、焦らなければならない理由とは、なんだろう。

ざわりと胸のうちが騒《さわ》ぐのを、幸太郎は感じ取った。何気なく見回りに来ただけなのに、防波堤のヒビを発見してしまったような、そんな気分だ。

もう一段階、幸太郎は踏《ふ》み込むことにした。

「その女の子は、俺の大切な人間だ」

ゴンデルの表情が動いた。幸太郎はそれを観察する。その瞳をじっと覗き込む。彼の感情の流れを、一筋たりとも見逃さないために。

「俺はなにがあっても、その女の子を見つけるつもりでいる。そのためならばどんな手段でも使うつもりだ。この国は広いが、ヤクタ教会の腕はそれ以上に長いのだろう？　あんたにも、教皇にも、ぜひ協力してもらいたい」

淡々とした口調は、それゆえに、幸太郎《こうたろう》の本気をゴンデルに伝えた。小宵《こよい》を探し出すためであれば、オー・ヤサンとしての全権能を使う用意があるということを。

久藤《くどう》幸太郎と長宮《ながみや》小宵のあいだには、クラスメイトという以上の関係は存在しない。友人ですらないのだ。それでも、幸太郎は小宵を探し出すために全力を使うつもりだった。それは、この世界の、あけぼの荘の管理人である彼の責任だからだ。

責任は、果たさなければならない。幸太郎はそう考えている。

「…………」

ゴンデルは、沈黙《ちんもく》している。汗が一筋、禿頭《とくとう》から頬《ほお》にかけて流れてくる。物置のように狭い部屋に、ぴんと張り詰めた糸が巡らされている。緊張《きんちょう》の糸。身じろぎのひとつでもすれば、今にも断ち切れてしまいそうだ。

やがて――ゴンデルは、口を開いた。

「……その必要は、ございません。オー・ヤサン」

肉厚の唇が、歪《ゆが》む。得体の知れないなにかをねじ伏せるかのように、ゴンデルは顔中の筋肉を使って笑顔を作る。

「なぜと申し上げますに、そのニポーンの婦女子は、私めが保護しているからです」

幸太郎は、ゴンデルのことを凝視《ぎょうし》した。

対するゴンデルは、奇妙にねじくれた笑みを浮かべたまま、両腕を広げる。ぎらりと脂ぎって輝《かがや》く目が幸太郎のことを見据えている。

「申し遅れてしまいましたこと、深くお詫《わ》びいたします。私としたことが迂闊《うかつ》でございました。同じ天界ニポーンの住人たるオー・ヤサンが訪ねてこられたのですから、当然、そのことに思い当たるべきでありましたな」

「……ここに、いるのか？　長宮が」

「ナガーミヤ――と仰《おっしゃ》るのですかな、あのお方は？　なにしろ我々は、『調停の神衣』がなければニポーンの方々と意思を通じ合わせることは適《かな》わぬ身でございます。それゆえに、少なからぬ行き違いがありましてな――」

「行き違い？」

幸太郎は聞きとがめた。ゴンデルは笑みを消し、苦渋の表情を浮かべ、自らの禿頭を示した。よく見れば、そこには強く打ち付けたかのような青あざが浮かんでいる。

「ナガーミヤさまを牢《ろう》に入れてしまったのは我々の不手際でございます。おそらくはそのためでございましょうが、この邸宅に保護しました折りに、あの方は錯乱《さくらん》状態になっておりました。お話を伺うために部屋に入った私を見るなり、こう、ここに一撃《いちげき》」

青あざの周りをつるりと撫《な》でて、ゴンデルは痛みに顔をしかめる。スフレがごくりと唾を飲み、つぶやいた。

「な、殴られたのですか？　枢機《すうき》卿猊下《きょうげいか》が？」

「ええ。いや、危ういところでした。なにしろ燭台《しょくだい》でしたから、当たり所が悪ければ、少しばかり早く天に召されてしまうところでしたよ。ホホホホ」

相手のペースに乗せられている。ゴンデルの笑顔が気に食わない。そういった理由から、幸《こう》太郎《たろう》は無表情に告げる。

「話は、長宮《ながみや》本人から聞きたい。会わせてくれるか？」

「もちろんですとも！　今すぐお連れいたします」

ゴンデルの笑顔が崩れることはなく、その瞳《ひとみ》に浮かぶ焦りも、すでに消えていた。

◆

部屋の片隅で、小宵《こよい》は身を固くしていた。

失敗した――。

頭に浮かぶのは、そんな言葉だ。

そのとおり。小宵は失敗した。唯一にして無二のチャンス、物陰からの不意打ちで大男を打ち倒すという計画が、フイになってしまったのだ。

小宵を組み敷《し》こうとしたあの汚らわしい男は、今、この場にはいない。寝室の扉が激しく叩《たた》かれると、不機嫌な顔でその相手に応答し――そして、そのまま部屋から出て行った。

だが、それは小宵の運命が好転したことを意味しない。ただ、保留されただけだ。すぐにでもあの男は帰ってきて、また行為を再開するだろう。不意打ちを警戒されれば、腕力で劣る小宵に勝ち目などない。あるいは複数でやってきて、完全に自分の自由を奪うかもしれない。

そうなれば、抵抗することさえできず――自分は、汚される。

「ッ……」

恐怖と絶望に、涙が浮かんだ。

なにか、まだできることはないか。ぐるぐると回転する思考にそんな呼びかけをしてみても、答えは戻ってこなかった。ネズミが回す滑車のように、ただ無意味にその場で回転しているだけ。この状況から救われる手立てなど、一切ないように思えた。

そして、そのときは、無情なほど早く訪れた。

寝室の扉が不意に開くと、複数のフード男が入ってきたのだ。

「ひッ」

頭に思い浮かべていた最悪の未来を、現実として目の前に突きつけられ、小宵は瞬間的《しゅんかんてき》にパニックを起こした。だが、男たちの行動はそれよりも素早かった。三方向に展開して、左右と正面から小宵に近づくと、無力な細腕をがしりと摑《つか》んで立ち上がらせる。

「は、離《はな》して……」

かぼそい声を出して、小宵は暴れようとしたが、それすらもできなかった。男たちの束縛《そくばく》は、まるで鋼鉄の枷《かせ》のようだった。ビクともしないとはこのことだ。そのまま、フードをかぶった男たちは、小宵《こよい》の身体《からだ》を寝室から引きずり出していく。有無を言わせぬ圧倒的な力は、小宵に最後に残されたもの——反抗心を根こそぎに奪っていく。

自分は、どうなるのだろう。

どこに連れて行かれるのだろう。

なぜ、こんなことになってしまったのだろう——。

そんな疑問がぐるぐると頭に巡りはじめる。答えの出ない問いだ。なぜ、自分がこんな絶望的な状況に叩《たた》き込まれてしまったかなんて、もう、永久に、わからない——

フード男たちが扉を開け、別の部屋に小宵を運んだ。

奇《く》しくも、そこに小宵の求めた答えがあった。

寝室ではなく、応接室のような部屋だ。数人が詰めていて、その全員が小宵のほうに目を向けている。いつの間にかフード男たちが小宵の束縛《そくばく》をやめ、優しくその肩に手を置いていたが、小宵はそんなことには気づかなかった。

彼女の見開かれた瞳《ひとみ》は、そのうちのひとりに釘付《くぎづ》けになっていた。

自分を組み敷《し》いた大男ではない。オレンジ色の髪を持つ愛らしい少女でもない。

メガネをかけ、エプロンをつけた、ひとりの少年だった。

久藤幸太郎《くどうこうたろう》。

無口で、暗くて、友達のいない、小宵とその仲間が笑いものにしたクラスメイト。

彼は小宵の顔を見て、深々とため息をついた。安堵《あんど》の息だった。それからゆっくりと立ち上がると、小宵に近づきながらこう言った。

「長宮《ながみや》。探したぞ」

小宵は、口をぱくぱくとさせた。

なにか言いたかったが、言葉が出てこなかった。

「……大丈夫か？　怪我、していないか？」

真っ白になった頭の中で、かろうじて「質問に答えなければ」という思考が働いた。小宵は必死で、こくこくと頷《うなず》く。

幸太郎はかすかに笑った。メガネの向こう、いつもは淀《よど》んでいる目が、このときばかりは優しげな光を宿した。

「よかった。もうすぐに帰れるからな。安心しろ」

その言葉を聞いて——

ついに、小宵は決壊《けっかい》した。

床を蹴《け》る。幸太郎に向かって抱きつく。涙が次から次へとこみ上げて止まらなかった。喉からいびつな嗚咽《おえつ》が漏れたが、自分が嗚咽を漏らしているということさえ、小宵には自覚がなかった。

エプロンをかけた胸元にすがりつき、わあわあ声をあげて泣いた。恥も外聞もなかった。絶望的な状況から救われたという安堵《あんど》が胸に満ちて、こぼれた分が涙と嗚咽《おえつ》になった。

幸太郎《こうたろう》は戸惑ったようだ。頭上で視線を巡らせる気配が伝わってくる。周囲は凍り付いたようになにも言わない。やがて、諦《あきら》めたのか、彼は小宵《こよい》の背中にわずかに触れてくれた。

その感触を、心地いい、と小宵は思った。

そう。

そこで、終わっておけば、よかったものを。

幸太郎は、小宵の背中を撫《な》でながら、ぽつりと言った。

「ていうか、なんでおまえ、こんなところに来たんだ？」

ぴくり、と。

幸太郎の胸に押しつけた顔が、引きつった。

なんでだと？　決まっている。おまえが学校をサボりやがったから、プリントを届けに来てやったんだろうが。

「いくらドアが開いてたからって、人の部屋に勝手に入るのは不法侵入だぞ。今回は大事がなかったからいいようなものの、そういうことしてるといつかひどい目に遭う」

ぴくぴくっ、と。

小宵のこめかみが、怒りにうごめいた。

ひ、ど、い、目？　もう十分に遭っている。まだキスもしたことがないというのに、クソデブ親父《おやじ》に犯されかけたのだ！　これがひどい目でなくてなんだというのだろう。心にざくざくとトラウマを刻み込まれた。だというのに、こいつは――！

「まあ、もう過ぎたことだし、今から出口に案内してやるからさっさと帰れ。で、今日のことはとっとと忘れてくれ。じゃないと俺が面倒なことになる――」

ついに小宵は、幸太郎から身を離《はな》した。

赤く泣きはらした目で、幸太郎のことをにらみ上げる。彼はきょとんとした目で、小宵のことを見返していた。

ずっ、と洟《はな》をすすり、小宵はゆっくりと右腕を引いて――

幸太郎の右頬《みぎほお》に、強烈なフックを叩《たた》き込んだ。

「ごっ！」

奇妙な声を出して幸太郎は吹っ飛んでいった。メガネがくるくると宙を舞《ま》い、せめてもの優しさで小宵はそれをつかみ取る。丁重にテーブルの上にメガネを置いてから、呆気《あっけ》に取られている一同の眼前で、倒れた幸太郎につかつかと歩み寄り――マウントを取った。

殴りはじめる。

「まっ、待て！　長宮《ながみや》⁉　なにしてる⁉　俺は、味方――おごっ」

「うっさい！　黙《だま》れ！　しゃべんな！　もとはといえば！　もとはといえば、ぜんぶぜんぶぜんぶ、あんたのせいじゃないの！　それを――このっ、こ、殺す！　殺してやるッ!!」

「オ、オー・ヤサン!?　ご無事ですか!?」

「ご無事に見えるのかこれが!?　早く助け――ごふっ！」

喋《しゃべ》っている口元に小宵《こよい》の拳がクリーンヒットする。それでも小宵は泣きながら、慌てふためいた周囲の人々によって引きはがされるまで、ずっと久藤幸太郎《くどうこうたろう》のことを殴りつづけていた。

3　墓石と宝石

セミが、外でみんみんと鳴き騒《さわ》いでいる。

苛烈なまでの夏の日差しが、カーテンの隙間から室内に差し込んできていた。そのせいかどうかはわからないが、管理人室は蒸し暑いほどだ。クーラーは作動しているが、設定温度は二十八度になっている。省エネではなく、単純に電気代が惜しいかららしい。

「管理人なんてやってるくせに、ケチなのね」

小宵が不機嫌な面つきで文句を言うと、

「かつかつなんだよ。苦学生だからな」

顔を腫らした幸太郎も、仏頂面でそう答えた。

あけぼの荘、管理人室。

小宵と幸太郎と、そしてオレンジ髪をした異世界の少女は、扉を通じて元の世界へと——愛《いと》しき日本の日常生活へと戻ってきていた。

幸太郎は「さっさと帰れ」などとほざいていたが、とんでもない。小宵としては、自分が巻き込まれた世界のことをきちんと説明してもらわない限り、テコでも動く気はなかったのだ。

今も、幸太郎《こうたろう》を逃がすまいと、彼のエプロンの裾をぎゅっと摑《つか》んでいる。その瞳《ひとみ》は糾弾者のそれだ。近距離《きんきょり》からにらみつける小宵《こよい》の視線に、顔をぼこぼこにした幸太郎は気まずげに顔をそらし、決して目を合わせようとはしなかった。

と、そのとき、オレンジ髪の美少女がおずおずとつぶやいた。

「……あの、でも、なぜ先ほどは、オー・ヤサンに暴力を……？」

小宵は不機嫌な顔のまま、美少女のことを見て、ぶっきらぼうに答える。

「こいつがムカつくこと言うから」

本音を言えば——ちょっと悪いことをしたかな、とは思っている。あのときの幸太郎の言葉は無神経だったかもしれないが、それでも、彼が自分を救ってくれたことは紛れもない事実なのだ。恩人に対する態度ではなかったかもしれない。

でもまあ、済んでしまったことは仕方がないし。

プリントを届けに来たことがすべての発端なのだから、無神経発言も併せて考えると、あれでチャラにしといてやろう。

「そういうわけで、説明して。久藤《くどう》！」

「……どういうわけだよ……」

ぼそぼそと文句を言いながら、それでも幸太郎は、話しはじめた。

彼の説明はわかりやすく、丁寧であった。小宵が疑問に思うことはすぐに補足が入ったし、聞き返すこともほとんどしなくてよかった。相づちを打つだけで、小宵は自分が迷い込んだ世界と、巻き込まれた状況を、おおむね理解することができたのだ。

小宵は腕を組み、独り言のように言う。

「異世界。アラシュ・カラド。アパートと、繋《つな》がってる……？」

「そうだ。で、こいつはアラシュ・カラドの一国、『草の国』の王女をしている、スフリャーレ――まあ、スフレでいいか。スフレだ」

幸太郎が親指でスフレを示すと、スフレは緊張《きんちょう》した面持ちで片手を挙げ、「チワッス」と小さな声で言った。小宵は眉を動かす。今のは明らかに日本語だ。なぜ異国の王女が日本語を口にするのか――、という疑問に、幸太郎が先回りして答えた。

「気にしないでいい。あいつにとって、あれが日本の挨拶だと思ってるんだ」

スフレは片手を挙げたまま、首をかしげている。返答がないことを不思議に思っているのだろうか。小宵は唇を曲げ、自分も片手を軽く挙げた。

「……ちわっす」

「!!　チワッス！　チワッス＝ラナ！」

ルビーレッドの瞳を輝《かがや》かせ、スフレはそれはそれは嬉《うれ》しそうに叫んだ。そんなに喜ぶことかなあ、と思いつつ、なんとなくこちらまで嬉しくなってしまう。輝《かがや》ける笑顔、というのは今のスフレの表情を言うのだろう――

うん？

「あの……スフレ、さん？」

「？」

「あたしと、あなたって、さっきまで普通に話してなかった？」

スフレはぱちぱちと瞬《まばた》きをする。それから彼女は幸太郎《こうたろう》に顔を向け、何事かを言った。

異国の言語だ。

幸太郎はそれに答える。それも、やはり異国の言語だった。自分にはわからない言語でなにかを話し合っている、という状況は、小宵《こよい》に否応なしに牢獄《ろうごく》での出来事を思い起こさせた。強烈な不安に囚《とら》われ、反射的に幸太郎のエプロンをぎゅっと掴《つか》んだ。

その途端、再び聞こえるようになった
「――だから、さっきまでは普通に話せてたんじゃないかって」

「あっ、そういえばそうですね。わたしの言うことに、ちゃんと反応してくれていた気がします。どういうことなのでしょう？」

「――――」

手を離《はな》す。意味が通じなくなる。触れる。わかるようになる。

それを三度ほど繰《く》り返して、幸太郎が不審《ふしん》の目をこちらに向けるようになる頃、ようやく小宵は確信を得て口を開いた。

「これに触ってると、わかるようになる」

一瞬《いっしゅん》、幸太郎とスフレは沈黙《ちんもく》して小宵のことを見た。

ややあってから、スフレがぱちんと両手を打ち合わせ、納得したように頷《うなず》く。

「なるほど！　確かに『調停の神衣』ですものね！　それに触れている人は、あらゆる言語を解するようになっているのかもしれません！」

「……着る必要はなかったのか。くそ。初めて知った……」

二人は口々に言い合っている。小宵は微妙な表情を浮かべた。触れるだけで異国の言葉がわかるようになる道具など、小宵の常識をはるかに越えている。これがあれば英語の勉強など必要ないではないか。

とはいえ、小宵はその効果を、身をもって知った。今さら否定することはできない。アパートの向こうに異世界が繋《つな》がっている、などという荒唐無稽《こうとうむけい》な話をすでに実際に体験しているのだ。魔法《まほう》の道具のひとつやふたつ、あったところで不思議はないだろう。

小宵が不思議に思うのは、目の前の少年についてだった。

「ねえ、久藤《くどう》」

幸太郎がこちらを振り向く。小宵は彼に、素直な疑問をぶつけた。

「あんた、なんでこんなことしてるの？　世界の管理人、だっけ？　そんなメンドくさいこと、する必要なんてないと思うんだけど」

その質問は、幸太郎《こうたろう》にとって意外なもののようだった。メガネの奥の目がゆっくりと瞬《まばた》きをし、答えを探すように部屋の隅をたゆたいはじめる。

そのとき、不意にスフレが口を開いた。

「必要は、あります」

どこか真摯《しんし》な口調に、小宵《こよい》は思わずスフレの顔を見つめる。

異世界の王女さま。その顔立ちは愛くるしく、こんな状況でなければ抱きしめたくなるような魅力《みりょく》に満ちている。だが、今の彼女は愛らしさより、むしろ挑むような眼差《まなざ》しを小宵に向けていた。ルビーレッドの瞳《ひとみ》を決然と小宵に向け、小さな拳を握りしめている。

「オー・ヤサンはわたしたちの世界に、どうしても必要なお方なのです。諍《いさか》いや争いを起こすわたしたちの世界を導き、調停し、平和にしてくださっています」

世界。調停。平和。

他の人間が口にすれば、鼻で笑い飛ばしていただろう。ピースボートで世界一周でもしてくるがいい――そんなことを思ったに違いない。

だが、異世界の王女の口から出てくるそれらの言葉には、強い真実味がこもっていた。スフレは頬《ほお》を紅潮させ、たかぶる感情を示すかのように、小さな拳を上下させる。

「わたしの国も、オー・ヤサンのご活躍《かつやく》によって救われました。もう少しで『森の国』との戦争が起きようとしていたところで、オー・ヤサンの調停によって回避《かいひ》することができたのです！　もしもオー・ヤサンがいなければ、何百人もの人々が戦禍の中で命を落としたことでしょう」

「……戦争、回避……」

小宵は幸太郎のことを見た。冗談だよね？　という意味を込めて。

小宵にとって戦争とは、歴史の授業かニュースチャンネルの中でしか使われることのない言葉だった。彼女の祖母ですら戦後の生まれであり、家族に実体験として戦争を味わったことのあるものなどひとりもいない。海外で戦争が起きていることは知っている。けれど、それはやっぱり、『異世界』のことなのだ。

目の前のクラスメイトは、それに介入し、回避させたのだという。

小宵の想像を、絶している。

だが、久藤《くどう》幸太郎は——異世界の管理人は、不機嫌そうに唇を曲げただけだった。自尊や自負はかけらもない。淡々と言うだけだ。

「いろいろ、理由があるんだよ。俺は俺のために、この管理人の仕事をやっている。国同士の調停をするのが仕事だっていうのなら、全力を尽くすしかないだろ」

「…………」

「長宮《ながみや》が迷い込んだ『山の国』にも、調停で訪れただけだ。こいつの『草の国』と諍いを起こしていてな。その交渉と、調査にやってきたんだが——」

幸太郎《こうたろう》の目が鋭《するど》い光を帯びた。その目に見据えられ、小宵《こよい》はどきりと心臓が鳴るのを感じる。

「もしよければ、でいいんだが――牢《ろう》から出されたときのことを詳しく話してくれないか」

あのときの記憶《きおく》を思い返して、辛《つら》くないというのは嘘《うそ》になる。二度と元の世界に戻れないのではないか、家族に会えなくなるのではないか、という限りない不安は、いまだに重苦しく小宵の心に靄《もや》をかけていた。

だが――

「それを言ったら、『あいつら』への仕返しになる？」

自分を捕らえたフード男たち。自分にのしかかってきた大男。彼らへの恐怖は半ば残っていたが、もう半分は、冷たい怒りと化していた。唇を噛《か》んだ小宵の顔を見て、幸太郎は少しだけ笑ってみせた。

「その可能性は、十分にある」

それなら、辛い記憶を掘り返す価値はある。小宵はそう思った。

◆

黒いほど青い空に、三つの白い月が輝《かがや》いている。

夜でもないのに月が見えるというのは奇妙な経験だったが、アラシュ・カラドではむしろ月は昼間に見えるもので、あのうちの二つは夜になると忽然《こつぜん》と消えてしまうらしい。どこに行くのかは誰《だれ》も知らない。そもそもあれが本当に衛星なのか、それすら定かではないのだ。

張り出したテラスから室内へと戻る。ガラス戸を閉じる寸前、不意に潮風が吹き込んできた。

幸太郎は前髪を押さえながらもう一度振り返る。青黒い空と繋《つな》がって、青黒い海がどこまでも広がっている。そんな風景が見えた。

『海の都』の風景だ。

アラシュ・カラドを構成する十二国のひとつである『海の都』は、南方諸島を根城とする海洋国家だ。優れた航海技術を基盤《きばん》として、海洋貿易や金融《きんゆう》取引が盛んな国家である。

『山の国』から長宮《ながみや》小宵を助け出して、二日後。

幸太郎は、ある目的のために、単身でこの国を訪れていた。

「お待たせいたしました。ご用件はなんでしょう、オー・ヤサン」

気障《きざ》ったらしい声に視線を戻すと、そこにはいつの間にか、外交特使アラバルカが立っていた。鍔広《つばひろ》帽子に遮られ、ひげをたくわえた口元しか見ることはできない。

「いくつか欲しいものがあるんだ。『海の都』なら、揃《そろ》ってるんじゃないかと思ってな」

「ほう。どのようなものでしょう」

「情報だ」

アラバルカの青い長衣《ながぎぬ》が揺れた。声を立てずに笑ったのだ。

「それは、オー・ヤサン、正しい場所を選択なさいましたね。この『海の都』には、この世界にあるすべてのものが集まる、とさえ言われております」

「知ってる。だから来たんだ」

「結構。それで、どのような情報をご所望でしょう?」

幸太郎《こうたろう》は、自分が欲しているものを喋《しゃべ》りはじめた。

そのうちに、アラバルカの口元を飾っていた笑みがゆっくりと溶けて、消えていった。幸太郎はかすかな愉快と共にそれを眺める。

すべてを話し終えたそのとき、アラバルカはすぐには答えられなかった。それはそうだ。幸太郎が要求したものをアラバルカが用意するのは——かなりの危険を伴うことだからだ。

だから、幸太郎は確認した。

「用意できるか?」

アラバルカはひげを撫《な》でつけながら、芝居がかった声で答える。

「むしろ、その問いこそ不本意ですな。私はこの『海の都』において、もっとも優秀な商人であるという自負を抱いております。用意できないものなど存在しません。——もちろん、それなりの対価は要求させていただきますが」

ふむ、と幸太郎は息をついた。

「やっぱり金がいるか」

「我が『海の都』は『山の国』とは異なりますゆえ。天秤《てんびん》は尊いですが、それに載せる金貨も等しく尊いのです。それをないがしろにするものは、この国での地位を失います」

むしろ金貨のほうが尊いと思っているのだろう。『沼の国』との係争を調停した経験から、そのことはイヤというほどわかっている。幸太郎は指を一本立てた。

「金貨一万枚でどうだ？」

もちろん、幸太郎の財産ではない。『草の国』外交特使であるスフレに割り当てられた予算から、それだけの金額を引き出すつもりだった。満面の笑顔で了承してくれたスフレとは裏腹に、パルメーニャは渋い顔をしていたが、知ったことではない。

アラバルカの口元に笑みが復活する。商人の笑み。

「畏《おそ》れながらオー・ヤサンに申し上げます。その程度の金額では、ご要求いただいた商品を提供するには、いささか足りないのではないかと存じます」

彼は窓の外へと目を向けた。淡い航跡を残しながら、大きな帆船がゆっくりと港湾を出て行くのが見えた。

「公明正大な取引をすることこそが、我ら『海の都』商人の誇りであり、信仰であるのです。オー・ヤサンの偉大さは十分に承知しておりますが、それを曲げることはできません」

幸太郎は皮肉げに鼻を鳴らした。よく言う。彼らにとっての『公明正大』とは、『自分たちの利益になる』という意味だ。たとえ相手にとって不利益だとしても、それが自分たちに利益をもたらすならば、彼らは知らん顔して取引を続ける。だから貿易摩擦《まさつ》を生み出すのだ。

しかし、幸太郎《こうたろう》がジーンズのポケットに手を入れようとしたとき、アラバルカは「ですが」と付け加えた。

「この取引、お受けいたしましょう」

幸太郎は、意外な思いでアラバルカを見つめる。

「どういう風の吹き回しだ？　今さら義侠心《ぎきょうしん》に目覚めたわけでもないだろう」

「今回、『山の国』と『草の国』のあいだに係争が持ち上がっていることは、すでに承知しております。その上で、『草の国』に勝利していただきたいと、そう考えている次第です」

幸太郎はいくつかのことを考え、得た結論を口にした。

「……供与金か」

アラバルカの口元に、にじみ出るような笑みが浮かぶ。あるいはそれは、敬意の表れのようにも見えた。

「あなたがこの国に生まれておりましたなら、さぞ優秀な商人になったことでしょう。――そのとおりです。『草の国』が敗北し、供与金を支払わされるだけならばなにも問題はございません。問題なのは、その後のことでして」

「教皇シャルフィニアは、『各国から』供与金を募るつもりだと言っていた。教皇が、自身の私財を擲《なげう》って基金を設立するんだ。『草の国』との争いで勝利すれば、それは教皇の言い分に正当性を認めたということになる——」

正当性を与えるのは、他ならぬ自分自身だ。『オー・ヤサンのお許し』という旗印を得れば、シャルフィに怖いものはなにもなくなる。『贖宥状《しょくゆうじょう》』に税をかけていた各国へ、片っ端から供与金支払いを命じるだろう。

「無論、すべての国がはいそうですかと応じるわけがない。『贖宥状』に課税していない国、偽造に関わっていない国はもちろん除外対象になるだろうが——係争になることに変わりはない。過労死の危機だな」

げんなりとした口調で幸太郎はぼやく。それを聞いてアラバルカは微笑《ほほえ》む。

「オー・ヤサンのご心労、まことにお労《いたわ》しく存じます」

「……おまえらは、偽造には関わってないだろうな？」

「当然ですとも。我らは確かに抜け目ない商人ですが、犯罪行為に手を染めるほど落ちぶれてはおりません」

大げさに首を振ったアラバルカに、幸太郎は「ほんとかよ」と思う。利益のためなら倫理を素通りにするのが『海の都』の流儀《りゅうぎ》だということを、『沼の国』との係争でイヤというほど味わっていた。

アラバルカは嘆息するように天を仰ぎ、話題を変えた。

「それにしても、『山の国』が妙なことを言い出すのは今に始まったことではありませんが、今回は特にひどい。もしそのような事態になれば、アラシュ・スード証券取引所は嵐のような大混乱に見舞《みま》われることでしょう。下手をすれば、百二十年前以来の世界大恐慌がやってきかねない——」

鍔広《つばひろ》帽子の下から、青く光る目をちらりと覗《のぞ》かせて、アラバルカは続ける。

「あるいは、それこそがゴンデル枢機《すうき》卿猊下《きょうげいか》の狙いなのかもしれません。なにしろあのお方は教皇庁の御者だ。火に注がれる油の量を調節できるとなれば、あの方に泣き伏してすがりつく仲買人が巷《ちまた》にあふれかえることでしょう」

教皇の歓心《かんしん》を得るために、ゴンデルは自分の全財産を基金に寄付した。それは、こういう事態を見越してのことだったのだ。狂信的な教皇の首根っこを、ある程度は押さえられるとなれば、ゴンデルにすり寄る人間は星の数ほども出てくる。

いや、そもそも設立された基金を運用するのがゴンデルだとするのならば——枢機卿ひとり分のちっぽけな私財とは比べものにならないほど、莫大《ばくだい》な利益が彼の懐《ふところ》に舞い込むことだろう。

「『海の都』にも、それを防ぎたいと思っている人間がたくさんいるってことか」

「そのとおりでございます」

「でも金貨一万枚は持って行くんだな？」

「商人ですから」

アラバルカはぬけぬけと言った。必要手数料ということなのだろうが、なんだか気に食わない。この取引を元にして、幸太郎《こうたろう》がゴンデルの野望をくじくことに成功すれば、アラバルカは盛んにそれを喧伝《けんでん》して自らの信望を高めようとするだろう。ギブアンドテイクといえば聞こえはいいが、これでは一方的に利用されるばかりだ。

だから、幸太郎はやっぱり切り札を使うことにした。

「先に言っておくが、このことは他言無用で頼《たの》む。こちらが調べているということが露見《ろけん》すれば、向こうがどんな手を打ってくるかわからないからな。コトを起こすまでは大人しくしておいてくれ」

「ほう。では、口止め料もいただかなくてはなりませんかな」

「そうか？　じゃあ、これはどうだろう」

幸太郎はかすかに首をかしげ、ジーンズのポケットから携帯を取り出し、写真を呼び出してアラバルカに突きつけた。

アラバルカの唇が、ぽかんと半開きになった。

「おまえが黙《だま》っていることの見返りは、『沼の国』との係争において、おまえが行った不正を黙っていることだ。口止め料は口止め料で相殺しようじゃないか」

青い目が見開かれ、携帯の小さな画像に釘付《くぎづ》けになっている。そこに映っているのは、二枚の帳簿《ちょうぼ》――一枚はスフィード交易商会に提出されたものだが、もう一枚はそれとよく似た、数字だけが異なる帳簿だ。差額はアラバルカの懐に収められている。

『海の国』の商人は倫理よりも利益を優先するが、それはバレなければという前提があってこそだ。国家予算を着服していたなどということが知れれば、アラバルカの信望は吹き飛び、執政官になるという夢は泡と消える。

幸太郎《こうたろう》は携帯をしまい込み、軽い口調で言う。

「俺も本当はこんなことしたくないんだが、どうもおまえは機を見るに敏というか、抜け目のないところがあるからな。向こうに寝返らないという保険をかけておきたい。これなら十分だろう」

「…………」

「コトが終わったら、この画像は消去しよう。成功報酬みたいなもんさ」

アラバルカはぎこちない動きで幸太郎を見る。

「……あなたがそうしてくれるという、保証は？」

「公明正大な取引をすることが、あんた方の誇りなんだろ？　なにが自分にとっての公明正大か、よく考えるんだな」

アラバルカがこの場で取り得る最大の利益行動は、幸太郎の言葉に従うことだ。それ以外のすべては彼の身の破滅を意味する。抜け目ない商人にできるのが、相手を信用することだけというのは、なんとも皮肉だ。

しばらくの沈黙《ちんもく》のあと、アラバルカはため息をつくように言った。

「……本当に、管理人をやめて商人に鞍替《くらが》えしませんか？　あなたなら、百商長の地位から始められますよ」

幸太郎は肩を揺らして笑っただけで、答えなかった。

◆

「拉致。監禁《かんきん》。——強姦未遂《ごうかんみすい》」

小さく落とした独り言は、まるで現実味を帯びていなかった。

スフレの耳にはそう聞こえた。彼女は唇を固く閉じて、パルメーニャのことをじっと見つめる。胸の奥では数多《あまた》の反論が渦巻いていたが、スフレの自制心はかろうじてそれを押しとどめていた。

『草の国』、外交特使執務室。

パルメーニャは一枚の紙を前に、じっと熟考を続けていた。スフレが書き記したものだ。『調停の神衣』を身につけるものは、アラシュ・カラドの言葉を理解することはできるが、その言葉を文章にすることはできないからだ。ナガーミヤ・コヨイの経験を文章に書き起こすことができたのは、スフレだけだったのだ。

『山の国』において拘束されたニポーンの少女、ナガーミヤ。彼女の証言は、それを書き留めたスフレの心を揺さぶるものだった。あるいは、スフレが信じているヤクタ教会、その権威を揺さぶるものと言ってもいいかもしれない。

「にわかには、信じがたいことですね」

やがて、記されている証言を読み終えたパルメーニャが、ぽつりとつぶやいた。

「新教皇シャルフィニア猊下《げいか》の右腕、ゴンデル枢機卿《すうききょう》が、審問《しんもん》長官のゲラン氏と結託し、囚人として捕らえた女性を、自らの所有物として囲っている。——ここに記されている文章からは、そのような事実が読み取れます」

「………そんな、そんなこと」

スフレの声が震《ふる》えた。侮辱を受けたかのように。いや、まさしく侮辱を受けたのだ。スフレの信仰が、教会の権威が、侮辱を受けている。

「そんなこと、あるはずがありません！　教会の、せ、聖職者の方が——そんな、恐ろしいことに荷担しているだなんて！」

スフレは叫び、立ち上がる。その顔は泣きそうに歪《ゆが》んでいる。

ヤクタ教。スフレたちを包む素晴らしい教え。聖職者はその教鞭《きょうべん》を執るものたちだ。スフレは多くの素晴らしい司教から教えを受け、たくさんの人々とひとつの信仰、ひとつの価値観を分かち合うことに穏《おだ》やかな喜びを覚えていた。

その教えを汚すものが、教えの源にいる。

そんなこと、容易に信じられるはずがない。

「きっと、ナガーミヤさまは、錯乱《さくらん》していらっしゃったのだと思います。こちらの世界に迷い込んで、言葉も事情もわからないまま牢《ろう》に繋《つな》がれたのですから、そうなっても無理はありません。ですから、いくら証言をしたといっても、それがそのまま事実とは――」

「『贖宥状《しょくゆうじょう》』問題は？」

ぱたり、と長椅子の背もたれを尻尾で打ち付けて、パルメーニャはスフレの言葉を遮った。

「『贖宥状』の偽造は、ヤクタ教会が自ら明かしたことです。そういう問題が出てくるという以上、教会の内部に腐敗があったことは避《さ》けようのない事実。まさかスフリャーレさまは、それさえ否定するというのですか？」

「そ、それは、違います。『贖宥状』の問題は、確かに嘆かわしいことですが、でも、だからといって、こんなおぞましいことが『山の国』のお膝元《ひざもと》で行われていたなんて――」

「そう。おぞましいことです」

パルメーニャは、またも遮って言う。スフレは大人しく彼女の言葉を聞いた。彼女の金色の瞳《ひとみ》は、自分よりはるか遠くを見据えていると知っているからだ。

「それゆえに、この情報は私たちにとって、良薬にも劇薬にもなり得ます」

「……そ、それは、どういう意味ですか？」

「仮にこの情報が事実だとしたら、教会は全力で隠蔽《いんぺい》しようとするでしょう。『贖宥状』問題から連なって、枢機卿《すうききよう》が巡礼者を拐《かどわ》かしていたなどということが明らかになれば、教会の権威は基盤《きばん》から揺るぎます。新教皇は清廉潔白な方だと聞いていますが、ヤクタ教会というひとつの組織として、事実を、事実でなくそうとするはず」

スフレは目を大きく見開いて、パルメーニャのことを見つめる。

反論したい。教会は、そんな薄汚《うすぎたな》い組織ではない。そう言ってやりたい。

けれど、その言葉は、どうしても口から出てこなかった。

ヤクタ教会は、組織だ。そして組織とは、人の集団なのだ。あらゆる人の利害や信念が絡まり合い、もつれ合うところ。その中で、清らかで厳かな教理が揺らがずにいられるか。スフレはそれに、はっきりとした肯定を返すことはできなかった。

そんなスフレの心を知ってか知らずか、パルメーニャは冷徹《れいてつ》に続ける。

「では、事実でなかった場合、あるいは事実であっても完全に隠蔽《いんぺい》されてしまった場合はどうなるか？　決まり切ったことです。私たちは『背教者』の烙印《らくいん》を押されます。八百万枚の金貨を払いたくないあまり、偉大なる枢機卿を貶《おとし》めようとした『闇《やみ》の国』の手先。ま、そんなところでしょうね。もちろん私の首は飛びます。たぶん、物理的に」

淡々としたパルメーニャの口調は他人事《ひとごと》のようだったが、その目は真剣だった。ゆえに、スフレはそれが事実だと知る。もしそのような事態になった場合、スフレがどう彼女のことをかばおうとも、国王はパルメーニャにすべての責任を押しつけて、処刑するだろう。そして、貴族たちの中でそれを反対するものはいないに違いない。『よそ者の昇進を喜ぶものはいない』――そんなふうに、オー・ヤサンは表現していた。

国家もひとつの組織だ。様々な利害の糸が絡まり合っている。その糸をたぐり寄せて成り上がるものもいれば、首をくくられて死ぬものもいるのだ。

「ゆえに、この紙は、私が預からせてもらいます」

パルメーニャは証言の書かれたメモを丁寧に四つ折りにし、自らの懐《ふところ》に差し込んだ。有無を言わせぬ挙動だった。当然かもしれない。あれは、ある意味では、パルメーニャ自身の死刑宣告書だ。そして、それを書き起こしたのは、自分なのだ。

スフレは唇を噛《か》んだ。ほとんどなにも考えないまま、死刑宣告書にサインをした自分の愚かしさが、どうしようもなく口惜《くや》しい。あるいはオー・ヤサンは予想していたのかもしれない。だからパルメーニャにだけ見せろと言ったのだろう。そのことに今さら思い当たる愚かしさも、また恨めしかった。

申し訳なさに顔をうつむかせながら、スフレはか細い声で、

「わかりました。お願いします」

無表情にスフレを見つめながら、パルメーニャはぽつりと、

「お任せください。物を隠すのは得意なんです。テナミア《犬の人》ですからね」

そう言って、お尻の上から生えた犬の尻尾を、ぱたりと動かした。

スフレは顔を上げ、目をぱちくりとさせた。今ひとつ自信が持てなかったから、彼女は恐る恐る、尋ねた。

「ひょっとして、今のは冗談ですか？」

「……畏《おそ》れながらスフリャーレさま、冗談を冗談ですかと聞き返されることほど不愉快なことは、この世にないと存じます」

少しの間のあと、スフレは、ぷっと吹き出した。

ぱたり。パルメーニャの尻尾が、再び長椅子を強く叩《たた》く。スフレは両手で口元を押さえ、くつくつと笑いながら、イタズラっぽく彼女のことを見た。

「パルメーニャが冗談を言うの、ひょっとしたら初めて聞くかもしれません」

「そうですか。どうでもいいです」

「どうでもよくないです。もっと聞かせてください！」

「どうでもいい、っつってんだろ、このバカ王女」

噛《か》みつくような口調に、いつものような恐怖は抱かなかった。むしろおかしみを覚えて、スフレはまた笑った。

あるいは——彼女は、自分の口惜《くや》しさを救うために、あえて軽口を叩いてくれたのかもしれない。そう思い、スフレの笑みは微笑《ほほえ》みに変わった。

「わたしは、良い家臣を持ちましたね、パルメーニャ。ありがとうございます」

「なんですかいきなり。気持ちの悪い。やめてください」

「もう、照れないでもいいじゃありませんか！」

「照れてません。――やめてください。耳を触らないでください」

しきりに伸びてくるスフレの手を、パルメーニャは苦り切った顔で振り払う。ぞんざいに扱われても、スフレはにこにことしていた。パルメーニャが自分を大事に思ってくれている。普段表に出さないだけ、それは深くスフレの心に染み渡った。

「……ともかく。こんなことをしている場合ではありません。『贖宥状《しょくゆうじょう》』偽造問題を、すぐにでも調べなければなりませんから」

「あ――、はい。そうですね！」

「国家が偽造問題に関わっている場合、『山の国』への供与金を認める――でしたか。よくもまあ、相談もせずにそんな大事を決めてきたものですね」

パルメーニャの目が険を帯びる。だが、スフレは怖《お》じなかった。自信に満ちた表情を浮かべながら、彼女は自らの胸を叩く。

「大丈夫です！　わたしの『草の国』が、そのような問題に関わっているはずがありませんから！」

「……根拠は？」

「ありません！」

パルメーニャは眉間を押さえた。スフレは心配そうな声をあげる。

「パルメーニャ？　どうしたのですか？　立ちくらみですか？」

「……ある意味、眩《くら》んだことは確かですが……いえ、いいです。ともかく私たちがすべきことが、事実関係の究明であることに違いはありませんから」

「そのとおりです！　それで、私はなにをすればよいのですか？」

「司教区に連絡を取ってください。私と私の一族のものが調査に向かいますから、それがつつがなく進むよう、王女殿下からお口添えいただければ。また、それとは別に――スフリャーレさまは、国王陛下にご報告をなさっていてください」

「……へ、陛下に、ですか」

『草の国』国王テルダリオスは、スフレの実父であり、上司であり、師匠でもある。峻厳《しゅんげん》で知られるその人柄は、娘であるスフレにも――あるいは娘であるからこそなのか――容赦なく向けられる。今回スフレが取ってきた条件を、おそらく、国王は気に入らないだろう。

だが、それでもスフレには報告する義務がある。彼女は外交特使だ。その職務において得た情報は、逐一国王に知らせる義務を背負っていた。

「わかりました。そちらは、任せておいてください」

「お願いします。私ではできない仕事です」

貴族になったとはいえ、爵位《しゃくい》すら持たぬ下位の身である彼女には、国王に謁見《えっけん》することなど不可能だからだ。それはスフレがしなければならないことだ。あるいはもうひとり、国王に意見できる存在が、いるにはいるが――

「オー・ヤサンがいれば、あの方に報告してもらったのですけれど」

「ちょうど今、『山の国』に赴いていますからね。あの方をひとりで別の国に行かせるのは、少々、不安ではありますが」

意外だった。自分ならばわかるが、オー・ヤサンのやることに不安があるとは思えない。スフレは首をかしげ、

「そ、そうですか？　オー・ヤサンは、頼《たの》もしいお方では……」

「あの方は、人を怒らせることがなによりの得意技ですから、『山の国』の誰《だれ》かを怒らせていないといいのですけれど」

そう言われると――なんだかスフレも不安になってきた。かすかに引きつった笑みを浮かべつつ、彼女は両拳を握りしめ、声を張り上げる。

「だ、大丈夫ですよ！　オー・ヤサンは、分別のあるお方ですから！　そんな――意味もなく人を怒らせるようなことは、なさらないはずです！」

たぶん。スフレは心の中だけで、そう付け加えた。

◆

「今、なんと?」

アブザイユ司教長は、激怒の一歩手前というような表情をしていた。神経質そうな眉が、先ほどからぴくぴくと痙攣《けいれん》している。幸太郎《こうたろう》はそれを冷静に眺めている。

『天秤宮《てんびんきゅう》』の一室で、二人は向き合っていた。

再びこの国を訪れた幸太郎を応対したのは、この司教長だった。シャルフィもゴンデルも、長宮小宵《ながみやこよい》失踪《しっそう》事件の事後処理に追われていて不在。アブザイユが幸太郎の顔を目にして最初に浮かべたのは、『迷惑』という表情であった。はっきりしていて逆に好感が持てる。

幸太郎は、先ほどの言葉を再び繰《く》り返した。

「長宮小宵は、ゴンデル枢機卿《すうききょう》に暴行されかけたと証言している。そこのところが実際にどうだったのかを、彼に直接聞きたいんだが」

「――――」

絶句、というのだろう。今のアブザイユは、まさにそういう状態にある。驚《おどろ》きと怒りのあまり言葉を失い、それを返すことさえできない。幸太郎はわずかに首をかしげ、アブザイユがその状態から脱するのを辛抱強く待った。

やがて、ようやくアブザイユは口を開いた。

「畏《おそ》れながら、オー・ヤサンに申し上げます。それは、なにかの、間違いではないかと存じますが」

「なぜ？」

問い返した幸太郎に、再びアブザイユは言葉をなくす。らちが明かない。幸太郎はアブザイユの思考を先回りして口を開く。

「ゴンデル枢機卿は教皇補佐官で、この国の実質上のトップであるから？　確かに、どうやらそのようだ」

アブザイユの顔から血の気が引く。その視線が部屋の中を惑う。この部屋には幸太郎とアブザイユしかいない。幸太郎がそう望んだからだ。

「だが、地位と人格には関係がない。アブザイユ司教長。あなたの目から見てどうなんだ？　彼はそういうことを――虜囚《りよしゆう》の女性を辱めるというようなことをしそうな人間かどうか、直属の部下であるあなたに聞いてみたい」

アブザイユはあえぐような呼吸をする。顔色がさらに青白くなる。その目を、幸太郎はじっと覗《のぞ》き込んでいる。

迂闊《うかつ》なほど長い間を置いて、アブザイユは震《ふる》えるように首を振った。

「なにを、仰《おつしや》っているのか、私には見当もつきません。オー・ヤサン。ゴンデル枢機卿は、慈悲に満ちた、素晴らしいお方です。婦女子にそのような真似《まね》をするはずがございません」

「なるほど」

幸太郎《こうたろう》は、それだけを答えた。

そのとき、部屋の扉が開き、当のゴンデル枢機卿《すうききよう》が入室してきた。

「これはこれは！　オー・ヤサンではございませぬか！　ご連絡いただけましたら、『扉の神殿』までお迎えに上がりましたものを」

「ああいう大仰な出迎えはもうしないようにと、シャルフィニア教皇に伝えてある。騒《さわ》がしいのは苦手なんだ」

「ホホホ、左様でございましたか。これは失礼をいたしました」

肥《ふと》った枢機卿は薄《うす》く笑う。底の知れない笑み。気に入らない。思えば最初に見たときから気に入らなかった。その目から、心の奥底を知らせないこの男には、どこか得体の知れない雰囲気が漂っている。

「もうしばらくお待ちいただけますかな、オー・ヤサン。ただいま、シャルフィニア猊下《げいか》がこちらに向かっているところでございますから――」

「いや、必要ない。用件があったのはあなたのほうだ。ゴンデル枢機卿」

「ほう。私に？　いったいどのような」

幸太郎は一度だけ瞬《まばた》きをしてから、アブザイユに告げたことを、もう一度繰《く》り返す。

「先日、この国に迷い込んだ日本人の長宮小宵《ながみやこよい》だが、彼女の話を聞いたところ、あなたに暴行を受けかけたという証言をした。これが事実なのかどうか、確かめたい」

「ほう」

ゴンデルはかすかに目を見開き、驚《おどろ》いたような声を出した。彼はアブザイユのことを見る。アブザイユは、呼吸を忘れたかのように停止している。

「私が、女性を。暴行」

ひとつひとつの単語を確かめるように、ゴンデルはそうつぶやいた。目を細める。ただでさえ細い目が糸のようになり、ゴンデルは軽く首を振った。

「……なんとも、お労《いたわ》しい。よほど恐ろしかったのでしょうな」

幸太郎は眉根を寄せた。

「事実なのかどうかを聞いているんだが」

「では、そのことのみにお答えいたしましょう、オー・ヤサン。事実ではございません」

背筋を伸ばし、ゴンデルはまっすぐに幸太郎のことを見据える。

「ですが、そのように勘違いなさっていたことは、否定することはできません。私どもはナガーミヤさまを保護いたしましたが、なにぶんニポーンの方の扱いには慣れておりませぬゆえ、使用人たちはあの方を私の寝室へと案内したのです」

「……それで?」

「私はあの方を落ち着かせるため、ひとりで会うことにいたしました。服装も、ごくつろいだものに変えて。なんとか話を聞こうとしたのですが——あの方は、入ってきた私を見るなり、その、燭台《しょくだい》で殴りかかってこられましてな。それを防ぐために、あの方を押さえつけたことは事実でございます」

ゴンデルは三角帽を外し、あざの浮いた禿頭《とくとう》をさすった。

それを見つめながら、幸太郎《こうたろう》は得た情報を分析する。

小宵《こよい》が嘘《うそ》をついているとは思わない。証言をするときの彼女の瞳《ひとみ》には、真実が浮かんでいたからだ。だが、『小宵が認識したもの』と『実際に起こった事実』が同一のものであるという確証は、どこにもない。起きたことだけを並べるならば、ゴンデルと小宵の証言は一致しているのだ。小宵は牢獄《ろうごく》からゴンデルの邸宅に移送された。そこで風呂に入れさせられた。ゴンデルの寝室に通された。そして、先に殴りかかったのは、小宵のほうだという。

「私がニポーンの方に無礼を働いたことは事実でございます。とっさに我が身を守ろうとしたことが、このような事態を招こうとは、我が不徳のいたすところ。もしもそれが罪だと仰《おつしや》るのであれば、いかような罰でも甘んじてお受けいたします」

ゴンデルは殊勝な口ぶりでそう言って、腹に両手を重ね、頭を下げた。

アブザイユが、責めるような眼差《まなざ》しで幸太郎のことをにらみつけている。横暴な権力者を見る眼差し。まさに今の自分はそういう立場だろう。

沈黙《ちんもく》する幸太郎に、ゴンデルはたたみかけるように、

「オー・ヤサンが間違った判断を下すはずがございません。私はあなたの仰ることに、粛々と従うつもりであります。ですが、ひとつ考慮《こうりょ》していただきたいのは、ナガーミヤさまは錯乱《さくらん》なさっていた、ということです。それは、オー・ヤサンも、身をもってご存じのはずですが」

「………」

幸太郎は内心で舌打ちをした。

ゴンデルの邸宅で、助けに来た幸太郎を目にした小宵は、なにをトチ狂ったのか幸太郎に殴りかかってきたのだ――いや、まあ、確かに幸太郎の発言が多少無神経だったのは事実だが、それはともかくとしてあれは『錯乱』と表現するしかない振る舞《ま》いであった。大勢の人間が、あの姿を目撃《もくげき》したのだ。その少女がなにを見たと言っても、信頼《しんらい》を勝ち取るのは難しいだろう。

やがて、幸太郎は重々しく口を開いた。

「確かに、あのときの長宮《ながみや》は普通ではなかった。その言葉を、そのまま信じることはできないのかもしれない」

ゴンデルは薄《うす》く笑み、再び頭を下げる。

「ご理解いただけましたこと、心より感謝申し上げます」

「ところでゴンデル枢機卿《すうききょう》。あなたのところに四人が送られてくるのは、今回が初めてのことなのか？」

間髪入れない幸太郎《こうたろう》の質問に、ゴンデルの笑みが強《こわ》ばった。

「……私の疑いは、解けたのでは？」

「俺は単に、錯乱《さくらん》していたであろう長宮《ながみや》の証言は信憑性《しんぴょうせい》に欠けると言っただけだ」

内心で小宵《こよい》に謝りながら、幸太郎はそんなことを口にする。実際のところ、双方の証言だけでは事実を突き止めることは不可能だ。ならば、それを切り口にするしかない。

「話を戻すぞ。――ある人物の証言では、長宮を連れ出した審問《しんもん》長官のゲランは、トラブルを起こした外国人をどこかへ連行する、ということを繰《く》り返していたらしい。長宮はあなたの邸宅に連れて行かれた。では、他の囚人たちはどこに行ったのか？　その答えは、まだ出ていない。なにか知っていることはあるか？」

ほんの少しの間のあと、ゴンデルは答えた。

「ゲランがナガーミヤさまを私のところに連れてきたのは、彼女がニポーンの方であるからです。アラシュ・カラド諸国からの旅人ということでございましたら、我が屋敷《やしき》に連れてくるはずがございません」

ゴンデルの答えに迷いはない。細い目に一瞬《いっしゅん》だけ滲《にじ》んだ動揺は、水に広がる波紋のごとく、すぐに消えてなくなってしまった。幸太郎は言葉を続ける。

「推測でいい。ゲランはそれらの囚人を、どこに連れて行ったと思う？」

「さて――、あの者は『山の国』の秩序を守る審問庁の長でございますからな。おそらく、その連れ去られた旅人というのは、他国の間諜《かんちょう》であるという疑いがあったのではないでしょうか？　だとすれば、それらの者は審問庁に連れて行かれたと考えるのが妥当でしょう」

「なるほど」

幸太郎は短く答え、束《つか》の間、考え込んだ。

ここで、一気に攻め込むかどうか——という思考だ。

『山の国』への巡礼者を、不法に拐《かどわ》かす犯罪。それに、この枢機卿《すうききょう》が関わっているということに、幸太郎は確信に近い思いを抱いている。物証があるわけではない。状況ですら、彼が関わっていると断言するには乏しすぎる。小宵が監禁《かんきん》されたのだって、『保護』と言い換えることは可能なのだ。

だが、幸太郎には、人の目を見てその感情を読むという特技がある。

ゴンデルの目に宿る光は、幸太郎がかつて見たことのないものだった。だが、それに似たものならば何度も見たことがある。たとえば——父の目。感情を読み取るという幸太郎の能力を畏《おそ》れ、自らの息子の目に『目隠し』をしたときの父の眼差《まなざ》し。

限りない、『利己心』だ。

ゴンデルの目にはそれしかない。シャルフィが持っているような『信仰』も『崇拝』も『慈愛』も、なにもない。ただドス黒く渦巻く、今まで見たことがないほどに濃《こ》い情念の塊。それが、この肥《ふと》った枢機卿を満たす、唯一のものだ。

敵は、こいつだ。

だが、それを伝えることはできない。相手に敵意を持っていることを悟られてはいけない。

「オー・ヤサン！」

そのとき、部屋の扉が開き、ひとりの少女が入ってきた。この国の名目上のトップ、シャルフィニア教皇だ。薄桃色《うすももいろ》の髪と、アンバーイエローの瞳《ひとみ》。その表情は、彼女にしては珍しく、不安そうであった。

「シャルフィ。邪魔《じゃま》しているぞ」

「邪魔だなんて、そんな！　この『山の国』は、オー・ヤサンのために用意された玉座にございます。オー・ヤサンが望むのであれば、永遠に留《とど》まってくださってもよろしいのです」

シャルフィの目は本気である。この少女は常に本気なのだ。幸太郎《こうたろう》はわずかに頬《ほお》を引きつらせつつ、首を振る。

「気が向いたらな。今日この国にやってきたのは、確認したいことがあったからだ」

「確認したいこと？　それは、どのような？」

首をかしげ、シャルフィは幸太郎と、そしてゴンデルの顔を見比べた。疑いの色はかけらも持たない。ある意味で、この少女はスフレと同じだ。高貴に生まれついたゆえに、疑いを持つということを知らない。

幸太郎はゴンデルの顔を見た。

あざの浮いた禿頭《とくとう》に、じっとり汗が滲《にじ》んでいるのを目にして、幸太郎は内心で満足する。彼の弱点がわかったからだ。

それがわかれば十分だ。仕掛けるのは、まだ先だろう。

胸中でつぶやいてから、幸太郎はさらりと言った。

「長宮《ながみや》のことだよ。彼女がこの国に迷い込んでから保護されるまでのいきさつを聞きたかった。ゴンデル枢機卿《すうききょう》に尋ねて、それはもう解決済みだ」

「私に、なにかお手伝いできることはございませんか？」

「いや、今は特にないよ。ありがとう。またなにかあったときは、力を貸してくれ」

そう言うと、シャルフィの瞳が潤《うる》んだ。

「はい。是非にでも、私の力をお使いください。私めはオー・ヤサンの道具。あなたに奉仕するためだけに、私はこの世に存在しておりますゆえ」

「……そ、そうか」

両手を組み合わせ、それとなく近づいてきたシャルフィに、幸太郎は引き気味の反応をする。シャルフィの信仰は、幸太郎にとって重荷でしかない。

すり寄ってくるシャルフィを振り切るように、幸太郎はゴンデルに向き直る。

「枢機卿にも感謝する。おかげで前後の事情が把握できた。今後、またなにか不明な点があったら聞きに来るかもしれない。そのときはよろしく」

「……オー・ヤサンの御心《みこころ》のままに」

　ゴンデルは腹に両手を重ね、頭を下げる。その寸前、彼の瞳《ひとみ》に『疑心』が浮かんでいたことを、幸太郎《こうたろう》は見逃さなかった。

　現状をシャルフィに告げれば、彼女は混乱するだろう。腹心の枢機卿《すうききょう》と自らが信仰する対象。双方の言い分が食い違っていたとなれば、混乱するしかない。

　それでも、結局は幸太郎のほうに傾くだろう。彼女の信仰心は鋼のようだ。幸太郎の言葉に間違いはないと信じ切っている。その場で枢機卿を裁くことはしないだろうが、ゴンデルの白黒がはっきりするまで、彼を政務から遠ざけるくらいのことはするに違いない。

　それは、まずい。

　ゴンデルを固める前に、逃げられてしまう可能性があるからだ。

　ならば、逃げなくてもいいような状況を作ったほうがよい。手にしたなにもかもを放り投げて逃げ出すには、今の状況はまだぬるすぎる。様子見と、いくつかの防衛策を講じることだろう。

　そのあいだに——すべてを固めなくてはならない。

「オー・ヤサン？　まだ、なにか、気がかりなことが……？」

　シャルフィが案ずるような声をかけた。そう言われても仕方のないほど、メガネの奥の目は鋭《するど》く淀《よど》んでいる。幸太郎はその目をゴンデルから外し、ふるふると首を振った。

「いいや。ただの考え事だ」

「そうですか。なら、よいのですが――、ところでオー・ヤサン。本日の晩餐《ばんさん》は、いかがいたしましょうか?」

幸太郎は、シャルフィのことを振り返った。

シャルフィはにこにこと笑っている。

その笑顔を崩すのは忍びなかったが、今は時間が惜しい。何事につけても大げさな『山の国』が、幸太郎の望む『簡単な』晩餐を催してくれるとも思えなかった。

幸太郎は残念そうに首を振った。

「それなんだが、シャルフィ、今回は急いでいる。晩餐は、また今度――」

シャルフィはにこにこと笑ったまま、首をかしげた。

「はい。それで、いかがいたしましょう」

「……いや、だから、今日は帰って……」

「いかが、いたしましょう?」

そこで幸太郎は気づいた。

シャルフィはにこにこと笑っている。その目以外は。猛禽《もうきん》のようになったアンバーイエローの瞳を、じっとこちらに向けたまま、薄笑《うすえ》みを浮かべた唇が小刻みに震《ふる》えていた。

「このあいだ、オー・ヤサンがいらっしゃいましたとき、『次は』必ず一緒に晩餐をしてくださると仰《おつしや》いました。ええ、仰いましたとも。疑いなく。間違いなく。この耳でそう拝聴《はいちよう》いたしました。あなたはどうですか、ゴンデル枢機卿《すうききよう》？」

「へっ？　――ああ、ええ、はい。確かにそう仰いましたな、ホホホ……」

話を振られたゴンデルがびくりと贅肉《ぜいにく》を震《ふる》わせ、追従の笑い声を立てた。

シャルフィは、ぱちん、と両手を打ち鳴らし、

「ほら、やっぱり！　私の思い違いではございませんわ。それで――本日の晩餐は、いかがいたしましょう？」

幸太郎《こうたろう》は、自分の逃げ場が消滅したことを知った。

◆

広大なベッドの上に、幸太郎は倒れ込んだ。

「うぷっ……」

青ざめた顔色で、彼は口元を抑える。身体《からだ》を横にして、胎児のように丸めた。そうでもしないと、喉の奥から詰め込んだ『晩餐《ばんさん》』が逆流してきそうだった。

『山の国』教皇シャルフィニアが、オー・ヤサンである幸太郎のために催した晩餐会は――盛大であった。

白金や純銀の宝石に彩られた華やかなホールに、百を超える種類の料理が並べられていた。南は『砂の国』から北は『氷の国』まで、さまざまに用意された大量の珍味を、幸太郎は一口ずつ食べなければならなかった。そうしなければ、シャルフィが死ぬほどに悲しそうな顔をするからだ。

幸太郎を食傷させたのは、最上級の料理ばかりではなかった。人もそうだ。まさしく雲霞《うんか》のごとき数の人々が、権威の王たるオー・ヤサンを一目見ようと——あわよくばその知遇を得ようと、幸太郎に群がってきたのだった。多少の愛想を持って振る舞《ま》えたのは最初の三十人までで、残る二百人近い相手には「話しかけんなオーラ」を放ちまくって威嚇《いかく》するしかなかった。もっとも、あく強き上流階級の人々は、その程度ではビクともしなかったが。

そんな、拷問に近い晩餐会を経て、幸太郎は完全にグロッキーになってしまった。

帰らなければいけないが、今馬車に乗ったら間違いなく吐く。神が反吐《へど》をすることなどあってはならない。そう考え、幸太郎は休憩《きゅうけい》できる場所をシャルフィに乞い——彼女は喜んで、『天秤宮《てんびんきゅう》』の一室を開放したのだ。

幸太郎は今、その部屋で休んでいる。

静かに呼吸をして、身体が落ち着くのを待つ。『山の国』の夜は冷える。標高が高いからだろうか、壁際《かべぎわ》に備え付けられた豪奢《ごうしゃ》な暖炉が、ぱちぱちと燃えさかっているにも関わらず、喉を通る空気は刺すような冷たさだ。幸太郎はベッドシーツを乱暴に摑《つか》み、自分の上にかけた。

そのとき、部屋の扉がノックされた。

「…………」

幸太郎《こうたろう》はそちらに目を向ける。ノックされたきり、扉はうんともすんとも言わない。それだけで、その向こうにいるのが誰《だれ》か、わかるような気がした。

「どうぞ」

扉が開き、入り込んできたのは――案の定、シャルフィだった。

夜だから、だろうか。彼女はいつもの教皇法衣を羽織ってはいなかった。ガウンに似た部屋着を身にまとい、白いふかふかのスリッパを履《は》いている。その手に持った純銀のお盆には、水差しとグラス、そして薬包が載せられていた。

「あの、オー・ヤサン。お加減は、いかがでしょうか？」

「悪い」

幸太郎ははっきり答え、ベッドの上でさらに身を縮こまらせた。

シャルフィの顔から、さっと血の気が引いた。その瞳《ひとみ》に、迷子のような色が浮かぶ。幸太郎は寝転んだまま、シャルフィに向かって告げる。

「なにか用があるなら、部屋に入ってからにしてくれ。寒い」

「あ――、は、はい」

素直に頷《うなず》き、シャルフィは部屋の中に足を踏《ふ》み入れた。ベッドに近づき、サイドテーブルにお盆を載せる。横に倒れている幸太郎のことを、心配そうに見つめる。

「少々、料理が多かったでしょうか？」

「……まあな」

「申し訳ございません――、あの、こちらに、食べ過ぎに効くお薬を、宮廷医師から預かって参りました」

シャルフィはコップに水を注ぎ、薬包を差し出してきた。幸太郎はじっとりとした目でそれを見つめてから、受け取り、服用した。

しばし、沈黙《ちんもく》があった。

シャルフィはなにも言わず、ベッドの近くに佇《たたず》んでいる。幸太郎はぐったりとしていたが、だんだんと、自分が寝ていて女の子が立っているという状況に罪悪感を覚えてきた。腕を上げ、手を伸ばし、暖炉の前にある席を指さす。

「そこに座れ」

命令形なのは、そうしなければ遠慮《えんりょ》して言うことを聞かないと思ったからだ。

シャルフィはその言葉に、素直に従った。暖炉の前の席をずらし、こちらに向けて、そこに腰かける。アンバーイエローの瞳は、絶えずこちらを見定めている。

暖炉の前でじっと座っているシャルフィニアの瞳は――自分と同じ年頃の、ただの少女に見えた。トンネルで見せた狂信や、ゴンデルさえ圧倒した権威などかけらもない、儚《はかな》げな少女に過ぎない。あの重々しい、教皇の法衣を脱いでいるからかもしれない。

「なにか用があるのか？」

幸太郎《こうたろう》がそんなふうに問いかけると、シャルフィはきゅっと唇を結んだ。にわかな緊張《きんちょう》が、少女教皇の身を引き締《し》める。

「――ご休息の最中にお邪魔《じゃま》してしまったこと、まことに申し訳なく思っております。もし私のことを煩わしくお思いでしたら、退出をお命じください。私はいつでも――」

「いいから、用件を言え」

苛立《いらだ》ちを隠そうともせずに言うと、シャルフィは打たれた子犬のように身を震《ふる》わせた。

こいつは、苦手だ。

幸太郎ははっきりそう思った。

彼女は幸太郎のことを尊敬している。その人格に敬意を抱いているのではなく、その権威に、『オー・ヤサン』という肩書きに絶対的な信仰を寄せているのだ。

無論、幸太郎の持つ肩書きにすり寄ってくるものは数多くいる。今日の晩餐会《ばんさんかい》で出会ったほとんどの人間がそうであった。彼らのことが別に苦手ではないのは、その目的がわかりやすいからだ。各国の外交に強い発言力を持つオー・ヤサンに取り入り、あわよくば利益をすすろうとする、そんな下心がある。そういう相手は、逆にやりやすい。

シャルフィは違う。

彼女が幸太郎に近づいてくるのは、利用しようとしているからではなく、純粋に、信仰しているからだ。彼の命令を聞くことを至上の喜びと考えている。幸太郎が「死ね」と命じれば、喜んで死ぬだろう。自分の言葉ひとつで、この少女はどんなことでもする――それが、重荷で仕方がない。その重荷こそが、幸太郎が彼女を苦手とする、なによりの原因だった。

「オー・ヤサン、に、見ていただきたいものがあるのです」

長い沈黙《ちんもく》のあと、シャルフィはぽつりとつぶやいた。ぎゅっと握りしめた両拳を、自らの腹に当てている。うつむいた表情から瞳《ひとみ》を覗《のぞ》き込むことはできないが、ただならぬ『決意』を漂わせている。

彼女は椅子から立ち上がり、部屋の扉へと向かった。

「こちらに、来ていただけますか？」

幸太郎は頷《うなず》く。もらった薬がさっそく効き目を及ぼしたのか、腹はだいぶ楽になっていた。

シャルフィと共に、部屋から出る。

『天秤宮《てんびんきゅう》』上層の、白く磨《みが》き上げられた石造りの廊下を、シャルフィと幸太郎は静かに進んでいく。高い天井にはシャンデリアに似た照明具が取り付けられ、幾百もの輝《かがや》きが彼らの行く先を照らしていた。

進むうちに、幸太郎は疑問を覚えた。

「……衛兵は、いないのか？　不用心だな」

王宮を訪れたことは一度や二度ではないが、王族の居住区画には必ずと言っていいほど衛兵の姿があったものだ。それが、ここには見当たらない。あの客間に通されたときは、衛兵が並んでいた気もするのだが――

「さがらせました」

シャルフィの答えは簡潔で、有無を言わせぬものだった。幸太郎《こうたろう》は前を行くシャルフィのことを――そのうなじを見つめた。わずかに、桜色に染まっているように思えた。光の加減だろうか。

やがてシャルフィは、両開きの扉の前で立ち止まった。

ひときわ大きく、重厚で、豪華な扉だった。金色の天秤《てんびん》が、扉の表面に浮き彫りになっている。上方に嵌《は》め込まれたプレートには、こう書かれていた。

『山の心室』。

「こちらへ、どうぞ」

シャルフィの声は囁《ささや》くようだ。一瞬《いっしゅん》たりとも振り返ることなく、彼女はその扉に両手を当て、ゆっくりと押し開いた。

夜を押し固めたかのような冷気が、幸太郎の足首を撫《な》でていく。

『山の心室』は、広く、冷たく――そして、なにもなかった。がらんどうの倉庫のような場所だ。ただ、四方を囲う壁《かべ》が、仄《ほの》かに光っている。シャルフィは無言のまま、部屋の中央で立ち止まり、幸太郎はその隣《となり》に立ち尽くした。

薄闇《うすやみ》に目が慣れると、光る壁の正体を見て取ることができた。

宝石だ。

一メートル四方ほどの正方形のパネルが、いくつも積み重なって壁《かべ》を形成している。宝石は、その中心に埋め込まれているのだ。赤や青、緑に紫、白金から純銀まで、色とりどりの宝石が淡い輝《かがや》きを放っている。

背後で扉が閉まる、重々しい音がした。

外の光が遮断されると、幸太郎は自分が宇宙の中心に立っているような錯覚《さっかく》を抱いた。四方の壁は漆黒に染まり、ただ規則的に並んだ宝石だけが、星々のように瞬《またた》いている――

「トッカミア族は、子を為《な》しません」

不意に、シャルフィがそんなことを言った。

「トッカミアとは、『山の人』という意味です。その起源は、オー・ヤサンによって作り出された石造りの人形であり、『山のまじない』を使うことができるのも、もともとは私たちが山の一部であったからなのだと、そのように伝わっております」

人形。

生き物では、ない――

「人形は子を作りませぬ。それゆえに、私たちの総数は、決まっております。トッカミア族からなるトッカノール皇家の総数は、五十二名。そのうち残っているのは、私ひとり——」

幸太郎《こうたろう》はシャルフィの横顔を見た。そこには、どんな感情も浮かんでいない。まさしく人形のように無機的な表情は、壁《かべ》に埋め込まれた輝石《きせき》の照り返しを受け、複雑な色に染め上げられていた。

「……子供を作らないなら、トッカミア族は減っていくだけなんじゃないのか?」

幸太郎は、そう尋ねた。唐突にぶつけられた事実に、頭が追いついていかない。ただ純粋に浮かんだ疑問を、口にしただけだった。

シャルフィは、隣《となり》にいる幸太郎のことを、首をねじ曲げて見た。唇が笑う。幸太郎に声をかけられたことが、嬉《うれ》しくて仕方がない、というように。

「私たちは生まれるのではなく、生じるのです。その周期は定まってはおりませんが、ひとりよりも少なくなることは決してありません。もし、今この場で私が死んだとしても、新たなトッカミア族がこの部屋から生じるだけ。この国は、教皇を必要としておりますから」

「生じるって、どこから」

夢見るような口調で、彼女は答える。

「ここです。オー・ヤサン。この部屋こそが、私たちの、母胎なのです」

そうして、シャルフィは、ガウンを結ぶヒモを解《ほど》きはじめた。

ぎくりと胸の奥が鳴り、手足が硬直した。シャルフィは、呼吸を止める幸太郎に見せつけるように、その衣服を脱いでいく。

　ぱたりと音を立ててガウンが床に落ちると、白い肩があらわになった。ネグリジェに似たレース状の寝具は、その下の肌着を薄《うす》く透けさせている。シャルフィはさらにネグリジェの肩紐《かたひも》を外し、上半身をほとんどさらけ出した。羞じらいに頬《ほお》を上気させ、視線を絡めることを恐れるように顔を背けながら、それでも少女教皇は、『それ』を幸太郎に見せつけていた。

　鎖骨《さこつ》の下、ちょうど心臓のある位置に——琥珀色《こはくいろ》の輝石が、埋まっていた。

　壁に埋まっているものと、まったく同じ形をしている。

「私は、ここで生じました」

　シャルフィの胸に輝《かがや》く琥珀色の石は、とくん、とくん、と鼓動に似た速度で明滅している。それだけが、ただぼんやりとした光を放つだけの壁の輝石とは異なっていた。

「取り上げたのは、先代のヤクタ教皇。私の、母です。ただひとりのトッカミア族として、長いあいだ教会を取りまとめてきた母は、原石に過ぎなかった私を、研ぎ、削り、磨《みが》き上げてくださいました。ヤクタの完璧《かんぺき》な信徒として、教皇の法衣と信仰を受け継いでいく、最後のトッカノール皇家として——」

　幸太郎は、呼吸を忘れたかのように、彼女の輝石を見つめていた。

　胸の輝石と同じ色をしたシャルフィの瞳《ひとみ》は、なにかの期待に濡《ぬ》れていた。ねだるようにうわずった声で、彼女は囁《ささや》く。

「触れてみますか？」

「…………」

幸太郎《こうたろう》は手を伸ばし、その宝石に、触れた。

「んっ……」

指先が宝石の表面に触れると、シャルフィは痛みをこらえるような声をあげ、きゅっと目を閉じた。幸太郎の心臓が跳ね上がる。それでも、指はなぞるのをやめようとはしなかった。冷たい見た目とは裏腹に——宝石は人肌の温かさを有し、これが、シャルフィニアという少女の身体《からだ》の一部であることを示していた。

手を伸ばしたまま、幸太郎は尋ねる。

「なぜ、俺に、この部屋を見せたんだ？」

シャルフィの真意を、幸太郎は測りかねている。

今の彼女を突き動かしているのは、信仰だけではないように思えた。なにか、もっと別の目的があるのではないか。だから、こうして自分に接触してきたのではないか——敬虔《けいけん》なる教皇に、初めて『裏側』を見いだして、幸太郎は戸惑っていた。

「オー・ヤサンに、知っていただきたかったのです。私のことを」

そう言って、シャルフィは、自らの手を幸太郎の手に重ねた。

混乱する。なにが言いたいのか、ますますわからない。シャルフィの瞳《ひとみ》に宿る色はなんだ？

見たことのない色だった。『尊敬』ともまた違う、熱を帯びて、なにかを欲するかのような輝《かがや》き——

「ヤクタの信徒にとって、至上の栄光がなにか、オー・ヤサンはご存じですか?」

「……いや」

「結婚をすることです。別々に生まれたもの同士が、ひとつの生を歩むということは、調和の最たるもの——ヤクタ教会にとって、それ以上に祝福すべきことはなにもありません」

いつの間にか、少女の顔が近づいていた。幸太郎《こうたろう》の手を、逃がすまいと握りしめて、ふかふかのスリッパを履《は》いた足がにじるように接近している。

小さく息を吸い込んで、顎先《あごさき》を決然と跳ね上げて、彼女は挑むように、

「そして、なによりも栄光に満ちた結婚とは、異世界の主たる管理人——オー・ヤサンとの婚姻に他なりません」

そう言った。

「それは、教皇である私にとっても、同じこと……、いいえ。いいえ! 他の誰《だれ》よりも、どんなヤクタ信徒よりも、私は、それを強く、強く希《ねが》ってきたのです!」

にわかにシャルフィの声が高くなった。アンバーイエローの瞳《ひとみ》が猛禽《もうきん》の気配を帯び、その奥で情念の炎が揺らめく。信仰を告白するかのように、背教者を断罪するかのように、裡《うち》に秘めた情熱が彼女の瞳を彩っていた。

「ヤクタの第一人者として、ただひとりのトッカミア族として。母の、娘として。それが、今まで信仰に生きてきた私の、ただひとつの願い。ただひとつの希望です」

唇を噛《か》みしめる。勇気を振り絞るように、シャルフィニアは息を吐き出した。

そうして、彼女は言った。

「オー・ヤサン。私に、その栄光を、与えてはいただけませんか」

幸太郎の目が、メガネの奥で瞬《まばた》きをした。

「私を、あなたの、妻にしてください」

熱っぽい口調で、シャルフィはそう繰《く》り返した。

幸太郎は口を開き、また閉じ、もう一度開いた。しかし、言葉は出てこない。言っていることはわかるが、その意図がわからない――、いや、意図もなにもない。今し方、彼女が口にした言葉がすべてだ。

自分は、今、求婚されたのだ。

告白すら、したことも、されたことも、ないというのに。

「…………」

幸太郎の沈黙《ちんもく》は長かった。長すぎたほどだ。シャルフィに握られた手は熱く、じっとりと汗ばんできている。彼女は答えを、辛抱強く待った。振り絞った勇気の滴、その最後の一滴がしたたり落ちるまで、じっと耐えつづけた。

少女教皇の表情が、不安に塗りつぶされる頃、ようやく幸太郎《こうたろう》は口を開いた。

「俺は、この世界の、管理人だ」

「はい」

「おまえは、『山の国』の、指導者だな?」

「はい」

「なら、その二人が婚姻を結ぶことなど、不可能だ。『古《いにしえ》の盟約』に、反する」

『古の盟約』第一条第三項。『管理人は、すべての部屋の住民に対して、中立にして公平であるよう努めなくてはならない』。

「結婚、なんてすれば、中立でいられるわけがない。たとえ俺がそう努めようとしたところで、他の国は、俺の判断が『山の国』を贔屓《ひいき》していると受け止めるだろう。そうなった時点で、管理人はその権威を失う――」

「その折りには、私は教皇の座から退き、ひとりのヤクタ信徒として、オー・ヤサンのお側《そば》にお仕えする所存にございます」

あっさりと言ったシャルフィに、幸太郎は反論する術《すべ》を失った。

「オー・ヤサンとヤクタ教皇の結婚は、前例のないことではございません。過去に二度、そのようなことがあったと教史には記されております。『聖婚』と呼ばれる儀式《ぎしき》は、アラシュ・カラドにおけるすべてのヤクタ信徒から祝福され、罪人ですら恩赦を受けて牢《ろう》から解き放たれたのだと――」

シャルフィはうっとりと語る。その視線は幸太郎に据えられていたが、見ているものは想像の世界だ。その中では、シャルフィニアと幸太郎が、盛大な『聖婚』の式を挙げている――。

幸太郎は自らの知力を総動員して、どうすればシャルフィニアを刺激しないよう、この求婚を断ることができるかを模索しはじめた。

確かにシャルフィニアは可憐《かれん》で、美しく、忠実な少女であろう。妻とするには理想的な女性であるのかもしれない。

だが、おそらく彼女と一緒に生活するようになれば、幸太郎の精神は一ヶ月を待たずしてズタボロになる。管理人としての職務という以上に、自らの精神衛生を守るため、幸太郎はなんとしてもこの求婚を躱《かわ》さなければならなかった。

だが――シャルフィは、先ほどのように辛抱強く待とうとはしなかった。

「オー・ヤサン。どうか。どうか、お願いいたします。ご一考を――！」

ずい、と近づいてくる。熱情に揺れる瞳《ひとみ》に、幸太郎は自らの口元が引きつるのを自覚した。一歩近づかれた分だけ一歩引こうとするが、手を摑《つか》まれているから逃げることができない。そのあいだにも、シャルフィが、どんどん近づいてくる――

逃げようとした幸太郎の足が、もつれた。

「きゃっ⁉」

「うわっ!」

共に悲鳴をあげ、管理人と教皇は、もろともに床に倒れ込んだ。幸太郎《こうたろう》の目の前に火花が舞《ま》った。一瞬《いっしゅん》だけ意識が遠くなるが、強いて頭を振ることで、かろうじて気絶せずに済んだ。

『山の心室』の冷たい床に後頭部を打ち付けて、かろうじて気絶せずに済んだ。

シャルフィは、幸太郎を押し倒すような格好で彼と身体《からだ》を重ねていた。驚《おどろ》くほどに軽い。一度、スフレの身体を持ち上げたことがあったが、あの少女は小柄な割にずっしりと重かった——そんなことを、思う。

それから幸太郎は、シャルフィに無事を尋ねようとして、絶句した。

シャルフィの表情が、真っ青になっていたからだ。

「——私は、——なんと、いう、ことを——」

震《ふる》える唇を開き、シャルフィはそんな囁《ささや》き声を漏らした。アンバーイエローの目は大きく見開かれ、幸太郎に向けられているのに幸太郎を見てはいない。ぶつぶつと何事かをつぶやきながら、シャルフィは、その両手を掲げ——

自らの首に、手をかけた。

ぎゅうっ、と。

音が鳴るほどに強く、シャルフィは自らの首を絞めはじめた。その顔色が、物理的理由により、さらに青くなっていく。

幸太郎はぽかんと開いた唇を慌てて閉じ、シャルフィの手首を掴《つか》んだ。

「なにしてる!?　おい、やめろ！」

意外なことに、シャルフィはやめた。即座にその手から力を抜いて、だらりと両腕を下げる。胸の宝石も、二つのふくらみも、すでに隠そうとさえしていない。アンバーイエローの目をうつろに見開いて、彼女はぽつりと、

「なぜですか」

「え？」

「私は、オー・ヤサンを傷つけました。オー・ヤサンを傷つけるものは、罰さなくてはなりません。だから、私は私を罰さなくてはなりません」

幸太郎は、シャルフィの目が自分を見ていないことに気づいた。

「ヤクタ教典、第十三章四節。『神は調和をもたらす天秤《てんびん》である。天秤を損なうものは調和を損なうものである。剣を持て、我が子らよ、損なうものを打ち払え』――お母様。お母様。大丈夫です。私は、信仰に満ちています。あなたがいなくなったとしても、私は、私自身を罰することができます――」

震える指が胸の先で円を描く。ぶつぶつと聖句をつぶやきながら、一点を凝視《ぎょうし》する視線の先を、幸太郎は振り返った。

正方形に区切られた壁《かべ》の中心に、銀色に輝《かがや》く宝石が埋め込まれていた。

そこで、ようやく幸太郎《こうたろう》は、思い出した。

いくつもの正方形に仕切られた『山の心室』は、なにかに似ていると思っていたのだ。実際に目にしたことがあるわけではない。ただ、フィクションの中でこういった光景を見たことがある。それがなんだったのか、ようやくにしてわかった。

この部屋は、死体安置所に似ている。

「あぁ」

ふと、シャルフィがため息のような声をあげた。

「違いました。間違っていました。私には、もう、オー・ヤサンがいるのでした」

幸太郎は、もう一度シャルフィのことを見た。そのアンバーイエローの瞳《ひとみ》を、『敬意』と『思慕』と『信仰』と——『狂気』が混ざり合う炎を覗《のぞ》き込む。

「オー・ヤサン。私を罰してください」

恋人に睦言《むつごと》を囁《ささや》くような声で、シャルフィはそう言った。

「オー・ヤサン。私を、救ってください——」

可憐《かれん》な唇に浮かぶ微笑《ほほえ》みは、あるいは、物狂いのようにも見えた。

幸太郎の手を取り、自らの首にまで持ってくる。少女は笑みを浮かべたまま、少年に自分の首を絞めさせようとしている。母から受けたであろう仕打ちを、自身に強いている——

これをつけろ、と言われた。

どうして、と尋ねた。

少年の知識の中では、それは視力の弱い人が使う道具だったはずだ。だから、遠くのものも近くのものもよく見える少年に、それは必要のない道具だ。むしろ最近では、父のほうが視力が弱まっていたはずだ。

だから、お父さんがつければ。少年はそう言った。

うるさい。父はそう怒鳴りつけた。

頰《ほお》を張られて倒れた少年に、父は道具を投げつけた。フレームが赤らんだ頰に当たって痛みを倍増させる。恐怖に縮こまる少年は、それでも父のことを見上げた。父の瞳にもまた、少年と同じ『恐怖』が現れていた。少年にはそのことがわかった。彼にはそれがわかるのだ。

なにを怖がっているの。お父さん。

純粋に心配して言った少年に、父は顔を歪《ゆが》めた。

それをつけない限り、飯は食わせないからな。

吐き捨てるように言って、父は叩《たた》きつけるように扉を閉めた。

あとに残されたのは、少年と、使う必要のない道具だけだった。

少年はのろのろとした動作で、その道具を顔につける。

視界が歪んだ。それは、道具のせいなのか、あるいは別の理由のせいなのか、さだかではなかった。

そのときから、少年の世界は、歪《ゆが》んだのだ。

手を払いのけた。

「あっ――」

呼気のような声を出して、シャルフィは仰向けに床に倒れた。

幸太郎《こうたろう》は、そんなシャルフィのことを見下ろした。その姿に、かつての自分が重なっていた。メガネを最初につけたときの自分。理不尽な圧力に屈した、哀れな子供の自分。

こいつは俺と同じだ。

いや。俺はこいつとは違う。

二つの言葉が、ウロボロスの蛇のように互いの尾を食い合いながらぐるぐると巡っている。哀れを誘う表情で、じっと自らを見上げる半裸のシャルフィが、その思考をさらに混乱させる。

「帰る」

短く、それだけを言い、踵《きびす》を返す。シャルフィを助け起こそうなどという気は微塵《みじん》も起きなかった。そんな余裕はなかったし――彼女に、そんなものは必要ないという確信を抱いていたからだ。

「――おやすみなさい。オー・ヤサン」

案の定、背後から、そんな声が響《ひび》いてきた。うつろに響く人形の声。幸太郎は顔をしかめ、『山の心室』の扉を開き、裸の教皇をひとり、冷え切った故郷へと置き去りにした。

◆

闇《やみ》と香料が、その空間に満ちていた。

天井に接続された鎖《くさり》が、かすかな軋《きし》みをあげた。ゲランはわずかに目を細める。そこには一切の情動が存在しない。のっぺりとした、艶《つや》のない暗黒だけが宿っている。

「起きろ」

短い声に、女が反応した。

女は、裸だった。その白い肌を隠すものはなにもない。剝《む》き出しの乳房の下、脇腹の辺りにいくつもの赤い筋が走っている。その筋から流れる同色の液体が、女の腰を、腿《もも》を、ふくらはぎを伝い、宙に浮かんだカカトから床に落ちた。

女は顔を上げた。そうしてゲランを見た。その瞳《ひとみ》は許しを乞うていた。ゲランはその目を見返した。のっぺりとした暗黒の眼差《まなざ》しで、わずかに首をかしげ、彼は問う。

「起きたか？」

「…………、は、い…………」

「起きたら、最初の一言は？」

女の喉が上下する。瞳《ひとみ》に涙が盛り上がる。それでも彼女は唇をつり上げ、泣き笑いの表情を作りながら、つぶやいた。

「おはよう……ございます……」

「よろしい」

小さく言って、ゲランは右手に持った鞭《むち》を一閃《いっせん》させた。

「イッ――、な、なんで……！」

「俺がおまえを鞭打つのに、理由が必要か？」

そうして、ゲランはまた女の身体《からだ》に傷をつけた。

闇《やみ》に吸い込まれる悲鳴を聞き届けるものは、ここにはいない。この部屋にも、この屋敷《やしき》にも。

ここは屋敷の奥深く、現在の所有者であるヤクタ教会ですらその存在を知らない地下室だ。ここを知るものは限られており、そのすべては、『教育』の行き届いたものである。

と、知られざるその鉄扉が、激しい音を立てながら開いた。

濃《こ》い闇に満たされていた部屋に、光が差し込む。その光をもたらしたものは、しかし、女に救いをもたらしにきたわけではなかった。彼は憤怒《ふんぬ》の形相を浮かべたまま、つかつかとゲランに近づき、憎々しげに女のことを見た。

「まだこんなことをしておるのか、ゲラン。さっさと処分しろ！」

「ヒッ——、あぎぁっ！」

ゲランは自らの主人——ゴンデル枢機卿《すうききょう》に目を向けながら、鞭《むち》を閃《ひらめ》かせる。赤い筋が太ももに走った。あばらや胸から流れる血と合流して、床に滴り落ちる。

「ご主人様の顔を見たときは？」

「………、な、にか、ご用は、ございますでしょうか………？」

涙とよだれと鼻水に濡《ぬ》れた顔に、女は笑みを作った。天井から鎖《くさり》で吊《つ》り下げられ、全身を血に濡れさせながら、笑顔で主人に仕えようとする姿は——異様だったろう。ゴンデルはそれを見て、怒りの炎をやや鎮《しず》め、気味悪そうにゲランのことを見た。

心外だ、とゲランは思う。

自分は務めを果たしているだけなのに。

「猊下《げいか》。たった今、処分と仰《おつしや》いましたが、それはこの娘のことを指しているのですか？」

「当たり前だ！　オー・ヤサンが私の周りを嗅ぎ回り始めたのだぞ⁉　これ以上、我が身を危険に晒《さら》すわけにはいかん！　『証拠品』はすべて処分しなければ‼」

ゴンデルはいきり立って叫ぶ。女の顔に紛れもない恐怖が浮かぶ。ゲランは内心で舌打ちをしながら、足下に転がっていた丸い玉——香料が入れられた籠《かご》を取り上げて、女の顔に突きつけた。

鎖を軋《きし》ませて暴れかけた女の身体は、すぐにだらんと弛緩《しかん》した。目はうつろになり、口の端からよだれを垂らしはじめる。『沼の国』産の植物にある加工をすると、強力な麻薬作用を発揮するようになる。ゲランはそれを『教育』に使っていた。

「ですが証拠はございませんな」

女が意識を失ったことを確認してから、ゲランは厳かに言った。

「報告は受けております。オー・ヤサンがなにを言ったのかも、どのような侮辱を猊下《げいか》に加えたのかも」

「まったくだ！　あの若造、神の名を借りているというだけで、あのような暴言をこの私に向かって吐くとは！　怒りを抑えるのに苦労したわっ！」

ゴンデルの声は獣《けもの》のうなりに似ていた。獣の欲望と人の知性を併せ持つのが、このゴンデルという男の最大の長所だ。

「奴《やつ》は勘づきはじめている。そうである以上、一刻の猶予もない。私は清廉潔白であらねばならんのだ！　あの忌々しいシャルフィニアが、私の頭上から取り除かれるまで、息を潜《ひそ》め、身をきれいに保っておかねばならん！」

「そしてすべてが終わったあと、また一から蒐集《しゅうしゅう》をはじめると？」

主人の欲望をたくみにくすぐるように、ゲランはそうつぶやいた。

「先ほども申し上げましたとおり、たとえ疑いを抱かれたとしても、まだ証拠はないのですよ。枢機《すうき》卿《きょう》猊下。その『疑い』のために、これだけのものを――これだけに仕上げたものを、すべて投げ捨てると仰《おっしゃ》るのですか？」

ゲランはゆっくりと腕を伸ばし、気絶した女の乳房を摑《つか》んだ。手の圧力に合わせて形を変える肉を、ゴンデルは見開いた目で凝視《ぎょうし》している。

「処分ならばいつでもできます。一瞬《いっしゅん》で、秘密裏《ひみつり》に。それだけの手順と設備が備わっておりますれば。ですが『蒐集』のほうは、そうは参りません。入念な準備と長い時間を要しませんと、猊下の欲しておられるものは手に入りませんからな」

ぎり、とゴンデルの歯が軋《きし》んだ。贅肉《ぜいにく》のついた顔に浮かぶのは、悪鬼のごとき憎しみと欲望の集合体だ。柔和な態度と温厚な性格で知られる『山の国』教皇補佐官、ゴンデル枢機卿の真の姿は、こちらの顔のほうだ。

この男にあるのは『欲望』に過ぎない。ゲランは冷静にそれを眺めながら、そんなことを考える。財欲、物欲、色欲、権勢欲といった、ありとあらゆる種類の『欲望』を凝縮させて手足をつければ、それがゴンデルとなるだろう。

もちろんゲランは、そのことを侮ってはいない。尊敬すらしている。『欲望』とは人の根幹にある原動力だ。人並み外れた欲望があってこそ、ゴンデルは自らをよく律し、利害の異なる人々を屈服させ、教皇補佐役という地位にまで上り詰めたのだ。およそ常人にできることではない。

そのゴンデルが、今望むものは、ただひとつ――

「……教皇の座が、すぐそこに見えているのだぞ！　我が手に、もう少しで！　あの座が――至高の地位が！　私を待っているのだ！」

ゴンデルは両手で顔を覆《おお》った。指の隙間から血走った目が覗《のぞ》く。側《そば》にいるだけで、魂を引き裂くほどの葛藤《かっとう》が伝わってくる。

「我が財産の半分を擲《なげう》って、ようやくこの機会を得ることができたのだ！　忌々しい小娘シャルフィニア！　あの女さえいなくなれば、トッカノール皇家に跡継ぎはいなくなる……この国に、真の指導者を戴《いただ》くときが来る！」

ゲランは神妙な表情で頷《うなず》いた。

それこそが、ゴンデルの目的だった。『山の国』の少数民族にして、支配民族であるトッカミア族。彼らを支配階級の地位から引きずり下ろし、アミア族による、史上初の教皇を打ち立てること。主人の野望を達成するために、ゲランは様々な陰謀《いんぼう》を練ってきた――今も、練っているところだ。

もっとも手っ取り早い方法は、シャルフィニアを抹殺することだ。『事故』に遭って命を落とす王は少なくないし、信仰しか頭にないシャルフィニアを謀殺することは容易《たやす》い。だが、その瞬間《しゅんかん》、『山の心室』に新たなトッカミア族が生まれてしまう。それではゴンデルの望みは達成できない。『山の国』は生まれたばかりのトッカミア族を教皇に据え、ゴンデルは補佐官としてそのトッカミア族に仕えることになってしまうだろう。

ゴンデルが、あの金色に輝《かがや》く法衣を身にまとうためには、シャルフィニアを生かしたまま、教皇から退位させる必要があるのだ。

その算段はすでについている。しかし、ゴンデルは頭を抱えたまま、ぶんぶんと首を振った。

「だが――ああ、だが！　惜しい！　惜しいのだ！　これは、こ、これは、私のものだ！　私のものだ!!　私のものだっ!!　誰《だれ》にも渡すものか！　誰にも！　誰にも！」

狂ったような叫び声をあげながら、ゴンデルは眼前でうなだれる裸の女に抱きついた。鞭《むち》の傷跡から流れる血ですらも惜しいとばかりに、舌を伸ばして舐《な》め取りはじめる。

凄《すさ》まじいばかりの執着心。教皇になりたいという欲望と、手にしたものを失いたくないという欲望がせめぎ合い、ゴンデルの心に嵐を巻き起こしている。

ゲランはその姿を無情に見下ろしながら、ぽつりと、

「準備はしておきましょう」

そう言った。

「処分の準備です。先ほども申し上げましたとおり、それなりの手順と設備があれば、処分自体は一瞬《いっしゅん》で済みます。いよいよとなればそれを作動させ、すべてをなかったことにすればよろしい。ですが――」

「……今の段階では、そこまでする必要はない」

絞り出すようなゴンデルの声に、ゲランは頷いた。

ゲランの立場からすれば、ここは『保留』ではなく『処分』に傾いておくべきだ。髪の毛一本ほどの危険も負うべきではない。それを言わなかったのは、教育を施した女たちを破棄したくないという思いがあったからだし、また、その必要はないと考えたからだ。

「左様でございます。それに——彼らは、すぐにそれどころではなくなるでしょう」

「……なに？　どういう意味だ？」

「話に聞けば、オー・ヤサンは『草の国』の王女殿下と昵懇《じっこん》の仲にあるようです。その王女殿下が罪を得たとなれば、平静ではいられなくなるでしょうな」

罪。

その一言に、ゴンデルの顔に笑みがにじみ出た。ゲランの『計画』は、彼の主人に前もって説明してあった。その計画から始まる筋道を、ゲランは静かに見据えている。その筋道を通れば、自分たちの勝利が待ち受けているだろう。

「ホホ——では、ついに実行に移すのか？」

「すでに手は打ちました。今がもっとも相応《ふさわ》しい頃合いであろうと判断したゆえです。もう少々、お待ちください。猊下《げいか》のお心を煩わせるものは、なにもなくなるはず」

「ゲラン、ゲランよ。おまえは本当に、素晴らしい審問《しんもん》長官であることよ！　私が相応しい地位に就いた暁には、必ずやその忠誠に報いようぞ！　ホホホホホ！」

「恐悦至極に存じます」

口では礼を述べながら、しかしゲランの心は凪《な》いだように静まり返っている。

ゴンデル新教皇が誕生すれば、配下の自分は彼の懐刀《かいとう》として、凄《すさ》まじいばかりの権勢を振るえるようになるだろう。それはそれで、ひとつの完成形ではある。彼の目的は権勢を振るうことではないが、権力は目的達成を早める要素であるからだ。

だが、今まで完璧《かんぺき》であったその計画に、わずかな瑕疵《かひ》が見えはじめていた。

無視していい傷かもしれない。このままなにも起きず、計画が完遂する可能性のほうが高いのだ。しかし、あるいは、そのわずかな瑕疵を見逃さないものがいるかもしれない。そのものは、その傷に指を突っ込み、広げ、ついには計画そのものを瓦解させてしまうかもしれない。

だとするなら――

「ああ、それにしても、ゲランよ。罪を得る王女殿下というのは、なんともこう、そそる題材であることよな？」

不意に、ゴンデルはそんなことを言いはじめた。

ゲランは酷薄《こくはく》に目を細める。つい先ほどまで証拠品を処分せよといきり立っていたのに、今はもう正反対の欲望を抱いている。ぎらぎらと脂ぎって光るゴンデルの目がなにを要求しているか、長年仕えてきたゲランには手に取るようにわかった。

王女殿下を献上せよ、と言っているのだ。

「難しいですな。しかし、努力はしましょう」

「期待しておるぞ。おまえは私の期待を裏切ったことはない。そうだな？」

「そのように、自負しております」

もう一度、ゲランは両手を腹に重ね、深々と腰を折った。ゴンデルは甲高い声で笑い、それから、欲望にぎらつく目で隣《となり》にいる裸の女を見た。

「ニポーンの女子は逃がしたが……『草の国』王女ならば、申し分ないことよ。ホホホ……」

すでに主人の興味は自分から離《はな》れている。そのことを知ったゲランは踵《きびす》を返し、地下室の出口へと向かった。先ほどの思考を続ける。

――だとするならば、計画を、見直す必要があるかもしれない。

フードの奥、酷薄《こくはく》な瞳《ひとみ》のさらに裏側で、ゲランはそんなことを考える。大筋を変えることはないにしろ、結末に至るまでの経路を変更する必要が生じたかもしれない。

確か倉庫の奥に、『星の国』産の禁制品があったはず。彼はそれを確かめるために、屋敷《やしき》のさらに地下へと降りていった。

◆

国家と教会の結びつき方は、その国によって異なる。

ヤクタ教会はアラシュ・カラドのほぼ全国家に普及されている世界宗教であるが、国家にお

ける それらの受け止め方というものは、国家の政治体制や民族性に大きく左右されるのだ。

たとえば『森の国』では、ヤクタ教会が国政に口を出すことはない。主要民族であるキリラミア族が誇り高い種族であり、『神は神、人は人』という原則に忠実に従って行動しているためだ。世俗権力である国家のことに、超俗権力である教会が口を出すことは、『卑しいこと』として忌避《きひ》される。だからといって軽んじているわけではなく、女王が司教長の前に膝《ひざ》をつくこともある。区別がはっきりしている、と言ったほうがよいだろう。

反対に、『砂の国』などでは国家と教会はほぼ不可分のものである。司教長は国政に口を出す、どころか、議会の席のひとつに教会用のものが用意されているほどだ。司教長も国家の都合でばりばり変わる。教会が国家に飲み込まれているのだ。

では、アミア族を主要民族とする『草の国』において、国家と教会はどのように結びついているか？

はっきり言えば、冷遇されている。

官僚であるパルメーニャは、そのことを知っていた。しかし、知識と実感は別のものだ。王都の片隅、日の当たらない城壁《じょうへき》の裏側に割り当てられた礼拝堂は、ひっそりとして人気がなく、庭もろくに手入れをされていないようだった。

——ここまで寂れているとは。

庭の片隅に雑然と積み上げられた木箱から、天秤《てんびん》の像が覗《のぞ》いている。在庫であろう。ああいった天秤《てんびん》様式の装飾品を販売するのは、教会の収入源のひとつである。それがここまで売れ残っているというのは、庶民ですら礼拝堂をあまり訪れていないことの証左だ。

そのとき、礼拝堂の扉が開き、ひとりの男が現れた。服装から見て、この教会に仕えている従僕だろう。白く長い眉を震《ふる》わせながらパルメーニャを見つめ、襟元《えりもと》に記されている貴族の証を見いだして、慇懃《いんぎん》に礼をする。

「ようこそいらっしゃいました、外交官さま。さ、こちらへどうぞ……」

従僕は身振りで示し、礼拝堂の中へと入っていく。パルメーニャはそれに続いた。人影《ひとかげ》の少ない礼拝堂を横切って、その奥の応接間へと足を踏《ふ》み入れる。

すでにその男は、応接間の椅子の上でくつろいでいた。

紫の聖帽を身につけている。つまりこの男は、一国の教会組織を統率する司教長ということだ。だが、その顔に見覚えはなかった。いくらパルメーニャでも『草の国』の司教長の顔くらいは覚えている。ジアフという名の、白く長いひげを持つ老人だったはずだ。

男はパルメーニャに気づいても、立ち上がろうとさえしなかった。無礼に当たる。だが、パルメーニャはそれを責めなかった。代わりに尋ねる。

「失礼ですが、あなたは？」

男は口元を歪《ゆが》めた。笑ったのだ。それで、初めて口ひげを生やしていることに気づいた。薄《うす》い口ひげは、どこかネズミのヒゲを連想させる。一度そんな連想を抱くと、顔立ちまでネズミに似ているように思えてきた。

「ああ、どうも、はじめまして、パルメーニャ外交官殿。私はアブザイユ・アミア・エ・クイル・スーと申します。『山の国』における司教長を勤めております」

パルメーニャの尻尾が、ぱたりと振られた。

「……なぜ『山の国』の司教長がこちらに？　私が面会を申し込んだのは、この『草の国』のジアフ司教長であるはずですが」

「まことに遺憾《いかん》ながら、ジアフ司教長はつい昨日、『山の国』の審問官《しんもんかん》によって拘束されました。司教長の肩書きは剥奪され、身柄は本国へと移送されています。あちらに到着し次第、厳重な審問が行われる予定です」

あまりといえばあまりの台詞《せりふ》に、パルメーニャはしばし、言葉を失った。

金色の目をゆっくりと瞬《しばた》かせながら、彼女はネズミに似た司教長に告げる。

「ジアフ殿は、『草の国』における『贖宥状《しょくゆうじょう》』偽造問題の最重要参考人です。勝手に連れて行かれては困ります。ただちに身柄の返還《へんかん》を要求したい」

「おや、パルメーニャ外交官殿は耳が遠いのですかな？　彼はすでに司教長ではありません。『前』司教長です。この国の現在の司教長は、この私、アブザイユが兼任することになっておりましてな」

ンなことは、どうでもいいんだよ。

思わずこみ上げてきた台詞《せりふ》を、どうにか飲み込む。その代わりに、パルメーニャは官僚として当然言うべきことを口にした。

「今回の偽造問題は『山の国』だけのことではありません。そこから得た税金を不当とするかどうかは、『草の国』が偽造に関与していたかどうかによるのですから。そうである以上、彼の身柄を『山の国』が拘束するというのは、筋が違います」

アブザイユのにやにや笑いは消えることがない。パルメーニャはその顔を切り刻む空想をして、かろうじて怒りと苛立《いらだ》ちを押さえ込んだ。

「その点でしたらご心配なく。すでに解決しております」

「……どういう意味でしょう」

「ジアフ前司教長を拘束したのは昨日ですが、その折りに短く審問《しんもん》を行いました。偽造に関わっていたとはいえ、彼も聖職者の端くれ。すぐに罪を認め、懺悔《ざんげ》したのです。彼は偽造について知っているすべての情報を開示しました。曰《いわ》く――」

そこで、アブザイユは小さく息を吸い込み、朗々とした声で、

「『贖宥状《しょくゆうじょう》』偽造には、『草の国』が積極的に関与していた。その首謀者《しゅぼうしゃ》の名前は――スフリヤーレ・シャノ・エ・アルフ・エ・ササラノール。この国の、王女殿下である」

しばしのあいだ、沈黙《ちんもく》が応接間に漂った。

パルメーニャはそのあいだ、じっとアブザイユのことを見つめていた。おまえの目は刃《やいば》のよ

うだ、と表現したのは、一族の誰《だれ》だったか。覚えていない。だがパルメーニャは敵に刃を向けることを躊躇《ちゅうちょ》する人間ではない。

そう。敵だ。

スフリャーレの名前を出した瞬間《しゅんかん》、こいつはパルメーニャの敵になった。

剣呑《けんのん》に目を細めて、パルメーニャは低い声で言う。

「自分がなにを言っているのか理解しているのですか？」

攻撃的《こうげきてき》な口調に、アブザイユの顔色が変わった。ネズミが牙を剝《む》くように、彼は立ち上がり、パルメーニャを指さした。

「今のはれっきとした『草の国』前司教長の証言ですよ。私はそれを忠実に再現したに過ぎない。それともこの国では、忠実であることを侮辱と呼ぶのですか？」

「なんの根拠もなく王族を貶《おとし》める妄言を口にすることを、私たちは侮辱と呼んでいます。アブザイユさん。今の発言に対し、我々は教皇庁へ正式に抗議させていただきます」

それを聞いて、アブザイユは再び笑みを浮かべた。

「根拠なら、こちらにありますよ」

そうして、彼は懐《ふところ》から一枚の紙切れを取り出し、パルメーニャに突きつけた。

パルメーニャはその紙をさっと読み取る。発行許諾書《きょだくしょ》。そう書いてあるようだ。

『贖宥状』は一種の公文書であるため、その素材には特殊な紙が使われていて、業者が発行するためには公的な許可を必要とする。パルメーニャはここに来るまで、その許可が取り付けられているかそうでないかが争点になると考えていた。

その証拠が、目の前にある。

そして、『許諾者《きよだくしゃ》』の欄《らん》には、彼女の主人である、スフリャーレの名が刻まれている。

偽造だ。

パルメーニャは反射的にそう考えた。もともとアブザイユの言葉など一片も信用していない。『贖宥状《しょくゆうじょう》』を偽造するような奴《やつ》らなのだ。許諾書を偽造したところで驚《おどろ》くことはなにひとつない。そもそも、スフリャーレ王女殿下が不正に関わっているなどとは、ありえることではない。あの王女の善良なる魂とからっぽの頭は、そういったことからもっとも遠い場所にあるのではないか。

だが――

「どうです。これで満足していただけましたか。でしたら、今し方の発言を謝罪し、撤回《てっかい》していただきたい。根拠もなく根拠がないと決めつけたことを」

「その前に、そちらの許諾書を見せていただけますか」

差し出された手のひらを、アブザイユは馬鹿にするように見た。

「自分がなにを言っているのか、理解しているのですか？」

先ほどのパルメーニャの口ぶりをまねて、アブザイユはそんなことを言う。パルメーニャはこの男の喉を嚙《か》みちぎる空想をして、なんとか怒りを堪《こら》えた。

「この証書は、きわめて、きわめて重要な証拠なのですよ。あなたがた『草の国』が、積極的に偽造に関与していたという。金貨にすればおよそ八百万枚の価値がある書類だ。それを、はいそうですかと渡すことなどできませんな」

アブザイユは許諾書を大事そうに懐《ふところ》にしまい込んだ。テーブルの上の鈴をちりんと鳴らすと、隣室《りんしつ》から複数の男が入り込んでくる。いずれも屈強な体格をしている。アブザイユの護衛だろう。パルメーニャとアブザイユのあいだに割り込むように立つ。

「謝罪をするなら今のうちですよ、外交官殿。スフリャーレ王女殿下が失脚すれば、あなたを守るものは誰《だれ》もいなくなるのでしょう？　よそ者の新興貴族さまは、次の軒先を見つけたほうが賢明《けんめい》なのではないですかねえ」

ねっとりと尾を引くような口ぶりに、パルメーニャの瞳《ひとみ》が凍った。刃《やいば》は絶対零度を帯びて、並ぶ護衛と、その合間に隠れているアブザイユの顔を撫《な》でた。

屈強な護衛たちが、動揺を浮かべて身じろぎをする。中には、腰に吊《つ》している剣の鞘《さや》を握ったものまでいる。アブザイユは哀れなほどに怯《おび》え、口を噤《つぐ》んで完全に護衛の背中に隠れてしまった。

パルメーニャは凶悪な形に唇を歪《ゆが》めると、押し殺した声を漏らした。

「ネズミが。後悔するのがどっちなのか、すぐはっきりさせてやる」

「なっ――」

アブザイユは絶句する。その表情に塗られた色が、恐怖から怒りに変わっていく。それを見届ける前に、パルメーニャは踵《きびす》を返した。

「は、栄えあるヤクタの司教長に向かって、なんたる発言だ！　後悔だと？　いいだろう！お望み通り、後悔させてやるからなぁっ‼」

わめき散らすネズミの鳴き声を背に、パルメーニャは部屋を出る。やるべきことは数多くある。そのほとんどには、あの年少の管理人の協力が必要だろう。

だが、たとえオー・ヤサンの手助けがあっても、今回ばかりはどうなるかわからない。

あの許諾書《きよだくしよ》に書かれていた、スフリャーレの筆跡。

一目見ただけだが、あれは、本物と寸分違《たが》わぬ出来だった。どこから引っ張ってきたのかはわからないが、相当腕のいい偽造職人がいるのだろう。

パルメーニャはスフリャーレの無実を確信している。彼女のことを信じているからではない。スフリャーレに、『贖宥状《しよくゆうじよう》』の偽造などという知的犯罪に関わる『能力』がないということを知っていいるからだ。

だが――他国の人間にとっては、ことに彼女を犯人に仕立て上げようとする人々にとっては、彼女の性格や能力など関係がない。証拠。それがすべてだ。そして、それは、あのネズミに似た司教長の懐《ふところ》に収められている。

パルメーニャは舌打ちをした。ややこしいことになるのは、どうやら確実のようだったからだ。

それから、三日後。

ヤクタ教会は、『贖宥状』偽造問題の重要参考人として、『草の国』王女スフリャーレを召喚することを決定した。

4　主なる神の御名《みな》に於《お》いて

考え事をしていたらしい。

それに気づいたのは、目の前に自分の顔が現れたからだ。コンパクトに映った自身の顔は、ちょっと現実のものと認めたくないくらい気の抜けた顔つきをしていた。そのことに思わずぎょっとし、それから彼女は我に返った。

放課後の教室で、リコとミナが小宵《こよい》の顔を覗《のぞ》き込んでいた。

「あ。やっと目ぇ覚めた」

「なに？　おねむ？　昨日の晩から寝てないの？　彼が寝させてくれなかったの？」

小宵は不機嫌そうにつぶやく。

「そんなんじゃないよ」

「じゃあなに？　風邪でも引いた？　そんなの履《は》いちゃって」

ミナが指さした先、小宵の太ももは、スパッツに覆《おお》われていた。今は夏の真っ盛り、こんなものを履いていたら暑いわ蒸れるわでロクなことがない。小宵とてこんなものは履きたくないが——そうしなくてはいけない、理由がある。

が、リコはもちろん、そんなことを気にかけない。ぽんぽんと小宵《こよい》の肩を叩《たた》き、同情するような眼差《まなざ》しで、

「違うよね、ヨイ？　お腹くだしちゃったんだよね？」

「えっ、どんな特殊なプレイしたの⁉」

「違うっつーの！　いい加減そこから離《はな》れろっ！」

小宵が牙を剝《む》くように叫ぶと、二人の親友はけらけらと声を立てて笑った。その笑い声を聞くうちに、自然と小宵の表情も緩《ゆる》んできた。もう何十回と繰《く》り返してきた、馬鹿馬鹿しくも楽しい放課後の会話——。

ほんの数日前、異世界に囚《とら》われたことが、夢のようだ。

ふと、そんなことを思った。

事実、小宵は夢に見る。護送されたときの風景。山をくり抜いて作った都。蜘蛛《くも》の巣のように張り巡らされた空中街路。螺旋《らせん》状に交差する二つの大通りは活気に満ちあふれ、あちこちに天秤《てんびん》をかたどった彫像が建ち並んでいる。行き交う馬車。歌声が響《ひび》く。頭上を見上げれば、円く拓《ひら》いた空に三つの白い月が浮かんでいる。

あれほど恐ろしく、おぞましい経験をしたというのに、なぜかそれは胸の躍《おど》る風景だった。

あの牢獄《ろうごく》に二度と戻りたいとは思わない。

だが、あの世界に二度と行きたくないかと言われれば――

「……久藤幸太郎《くどうこうたろう》」

ぽつりと耳元で囁《ささや》かれた言葉に、小宵はがくんと反応した。座った椅子ががたりと音を立て、小宵は思わず周囲に視線を送る。

「えっ⁉　どこ⁉」

そんな声を発してから、気づいた。

幸太郎は、本日は休みだ。おそらくはサボリだろう。彼の席は放課後になる前からずっとカラッポで、そのことは意識・無意識にかかわらず何度も確認したから、よく知っている。

そして、彼の名前を囁いた親友たちは――病人を見守る医者のような眼差しを、小宵に向けていた。

「ヨイ。あんた、マジ？」

「よりによって……えぇ？　あいっ、あいつ？　冗談でしょ？」

小宵は自分の顔が赤くなるのを自覚した。

「ちっ、違うから！　やめてよ！　そんなんじゃないし！」

叫んで、立ち上がる。常の長宮《ながみや》小宵は決してしなかったような動作だ。冗談半分にからかっていた二人の友人は、それがある程度の『マジ』を含んでいることを知り、愕然《がくぜん》とした表情になった。

「〜〜〜〜〜っ、あ、あたし、帰る！」

顔を真っ赤にしたまま、小宵《こよい》は再び叫んだ。カバンを摑《つか》み、足早に歩き出す。二人の友人はぽかんとして、その背中を見送ることしかできなかった。

そして小宵は、あけぼの荘の前にいる自分を発見した。

「…………」

なにが『違う』というのか。自問してみても、もちろん答えを出すことはできなかった。たとえば自分がリコやミナの立場だとして、同じことをしている人間を見たら、「やっぱりそうなんじゃん」という感想を漏らすだろう。

久藤幸太郎《くどうこうたろう》。

顔はそこそこいいけど、誰《だれ》かと話しているところはほとんど見たことがない。高校生にとって、コミュニケーション能力に難のあるヤツは、ルックスに難のあるヤツ以上に致命的だ。だから友達がいない。だから、クラスで目立たない。というより消極的に無視されている。いてもいなくても関係のないヤツ。彼はそういうポジションだ。

異世界では、違う。

あのアラシュ・カラドという世界では、久藤幸太郎は誰からも尊ばれ、敬われる存在であるらしい。アラシュ・カラドの人々は、決して幸太郎を無視することはできない。彼が口を開けばみなが押し黙《だま》り、彼の命令にはほとんど無条件で従う。まるで神さまかなにかのように、扱われている。

そのギャップを飲み込むことが、小宵にはどうしてもできなかった。

なによりも不可解なのは——神さまのように扱われている幸太郎が、それを少しも嬉《うれ》しく思っていなさそうなところだった。

教師やクラスメイトから雑用を押しつけられたときの態度と、ほとんど変わるところがない。与えられた役割を淡々とこなしている。そういう態度に、見えたのだ。

自分だったら、嬉しい。

誰もが自分のことを尊重し、自分の意見に耳を傾けてくれる世界。そういう世界に身を置くのは、快感だ。小宵は普段そういう立場にあるからこそ、その快感をよく知っている。『中心』にいることの安堵《あんど》と、認められることの喜び。それは——小宵の中の、大きな部分を占めている。

けれど、幸太郎はそうではないようだ。

それが理解できない。というより、はっきり言って、不快だ。自分が大切に思っているものに、あの少年は毛ほどの価値も見いだしていないのではないか。そんな思いが、小宵の胸の奥にもやもやとわだかまっている。

ここに来たのは、たぶん、そこのところをはっきりさせたいからだ。

か。

久藤幸太郎《くどうこうたろう》は、いったいどういう理由で、異世界の管理人などという務めをこなしているの
『管理人室』というプレートを見上げながら、小宵《こよい》はそのことに思い当たった。

「……よ、よし」

小さく気合いを入れて、唾を飲み込み、小宵はインターホンを押そうと片手を上げた。

まさにそのとき、『管理人室』の扉が内側から開いた。

「――――」

絶句する小宵の目の前に、幸太郎の顔が現れる。メガネをかけていない、素の表情だ。

意外と可愛《かわい》らしい顔をしている。

彼の表情に驚《おどろ》きが浮かんだのは、一瞬《いっしゅん》のことだった。すぐにいつもの不機嫌な顔に戻ってしまう。が、メガネをつけていない幸太郎がそういう顔をすると、なんというか、子供が拗《す》ねているような印象を受ける。

「長宮《ながみや》。なにか用か？」

小宵は瞬《まばた》きをした。

「用？」

「なんで聞き返すんだよ」

幸太郎は呆《あき》れたような声をあげる。それはそうだ。小宵の家は近所だが、用もないのに家を

訪ねるような間柄ではない。

幸太郎は唇を曲げ、歩き出した。小宵は思わず横にどいてしまう。

「用がないならあとにしてくれ。今から、また向こうに行かなくちゃいけないんだ」

向こう。異世界。そうだ。自分は彼に、そこのところを問いただそうとしていたのだ。異世界の管理人を行っているクラスメイトに、その職業をどう捉えているのか、そこのところをはっきりさせようと――

幸太郎は柱に頭をぶつけた。

「っ……！」

立ち止まり、ぐらりとよろめき、しかしかろうじてうずくまることはしなかった。痛烈にぶつけた額を右手で押さえ、痛みが過ぎるのをじっと待っている。小宵はその背中をまじまじと見つめ、それから尋ねた。

「コンタクトに変えたんじゃなかったの？」

「……そんな金はない」

「じゃあ、なんでメガネ外してんの」

幸太郎は小宵のことを振り返った。

幸太郎の素顔には――傷ついたような感情が浮かんでいた。への字に結んだ唇は泣くのをこらえているかのようで、薄茶色《うすちゃいろ》の瞳《ひとみ》はゆらゆらと揺れ動いている。純粋な疑問を口にしただけなのに、そんな表情を向けられたことに、小宵《こよい》は新鮮《しんせん》な驚《おどろ》きを覚える。

「関係ないだろ」

ぼそりとした声に、小宵は頰《ほお》を掻《か》きながら、

「まあ、関係ないけどさ。頭ぶつけるくらいならメガネかけたほうがいいんじゃないの？」

幸太郎《こうたろう》は、沈黙《ちんもく》した。

やがて、のろのろとポケットからメガネを取り出し、それをつける。いつもの傲岸不遜《ごうがんふそん》な久藤《くどう》幸太郎が戻ってきた。しかしその表情には、隠しようもない敗北感が漂っている。

意味がわからなかった。

こいつでも意味のわかんないことをするんだ、と小宵は思った。

幸太郎なりに意味のあることなのかもしれない。しかし、小宵に反論され、憮然《ぶぜん》として口を噤《つぐ》んだ幸太郎の表情は——

「結構、かわいいところもあるじゃん」

小宵の素直な感想に、幸太郎は、馬鹿にされたと感じたらしい。エプロンを翻《ひるがえ》して足早に歩きはじめた。小宵もそのあとを追う。苛立《いらだ》ちが空気を通じて伝わってくるが、特に怖くはなかった。子供が拗《す》ねている程度にしか感じない。

幸太郎は101号室の前に立ち、鍵《かぎ》を開けてドアノブを回した。開かれた扉の向こうに、異世界の風景が広がっている——。

と思いきや、扉の前には、ひとりの女性が腰を落ち着けていた。

金髪に浅黒い肌はギャルのようにも思えるが、軍服のようにきっちりとした身なりをしている。それなのに頭から犬耳アクセサリが生えているのがミスマッチだ。女性はそれをユーモアだとは思っていないようで、冷たく光る眼差《まなざ》しをこちらに向けている。

女性がなにかを言った。

幸太郎が、それになにかを答えた。

いずれも異世界の言葉だ。ぞわぞわとした牢獄《ろうごく》の寒気が忍び寄ってきて、小宵は慌てて幸太郎のエプロンを後ろから摑《つか》んだ。

途端、聞き捨てならない言葉が飛び込んできた。

「――スフリャーレさまは『山の国』からの証人喚問に応じ、あの国へと向かったようです。その旨を告げる書き置きが、今朝、あの方の私室から発見されました。現在、スフリャーレさまの身柄は、『山の国』に拘束されていると想定されます」

小宵は息を呑《の》んだ。スフリャーレという名前には、聞き覚えがあった。幸太郎と共に、自分のことを救出してくれた少女だ。

幸太郎の横顔は、凍り付いたようになっている。彼は乾いた声で尋ねた。

「ひとりで、向かったのか」

「そのようです。ひとりで馬車を借り上げ、国境を越え、『山の国』に入ったという調査結果が届いています。——行動力のあるバカほど手のつけられないものはありませんね」

怜悧《れいり》そうな外見にそぐわない、乱暴な言葉遣いに、小宵《こよい》は思わず目を瞬《しばた》かせる。

と、女性の視線がこちらに振れた。小宵の存在を訝《いぶか》るように眉を寄せる。なんとなく怖くなって、彼女は幸太郎《こうたろう》の背中に隠れた。

少しの沈黙《ちんもく》のあと、幸太郎は言った。

「すぐ『山の国』に向かう」

「そうしてください。私も早馬を使います。向こうで落ち合いましょう」

「ああ」

短いやり取りを最後に、幸太郎は部屋の扉を閉めた。

「……あの子、捕まったの？」

小さく尋ねた小宵のことを、幸太郎は凄《すさ》まじい形相でにらみつけた。さすがにぎくりと身をすくませると、彼は気まずそうに顔を背け、また歩き出した。

セミの鳴き声が騒《さわ》がしい通路を通り、うねる階段を上って——『トッカノール』の表札がある扉の前に立つ。

「ついてくるつもりか？」

小宵のことを見もせずに、低く、幸太郎は言う。小宵はそれに答える術《すべ》を持たない。この扉をくぐったあとの出来事は、悪夢のように小宵にまとわりついている。

力なく首を振った小宵に、幸太郎は意外なほど優しい声で、

「用事がなんだったか、聞きそびれてたな。でも、今はちょっと立て込んでいる。あとにしてくれ」

「……う、うん」

そう答えるしかなかった。幸太郎はひとつ頷《うなず》くと、鍵《かぎ》を使って扉を開け、その向こうに広がる異世界に迷いなく足を踏《ふ》み入れた。

セミの声が、ひときわ大きくなったような気がした。

「用事、か」

独り言をつぶやいて、小宵は自らの爪先を見下ろした。

ある意味では、小宵の用件は済んだと言っていい。彼女は幸太郎に問いただしに来たのだ。異世界の管理人という、あまねく人々から尊敬を集めるようなことを行っているのに、どうしてそんな不機嫌な顔をしているのかと、尋ねに来た。

その答えは、今のやり取りで、なんとなくわかってしまった。

幸太郎の表情がいつも厳しいのは――彼は、受ける尊敬に相応《ふさわ》しいだけの重責を、担っているからだ。

国家を。世界を。想像もつかないほど複雑に絡まり合っている人々の糸を、管理して、解きほぐすということ。

たぶん、いや、絶対、小宵《こよい》には真似《まね》することができない。そんなものを押しつけられたとしたら、三日で投げ出すか、一週間でパンクするだろう。責任と呼べる責任など、今まで一度も抱えたことがないのだから。

夏の木漏れ日が差し込む中、『トッカノール』のプレートを見上げながら、小宵は、別の疑問が湧き上がってくるのを感じていた。

自分と同じ歳のクラスメイトは、なぜそんな重責に身を浸しつづけていられるのか？

帰ってきたら、また聞いてみよう。小宵はそう考え、踵《きびす》を返した。

◆

「オー・ヤサン、お待ちください——お、オー・ヤサン？」

背後から聞こえてくるのは、慌てふためくシャルフィの声だ。早歩きに——ほとんど小走りになって先へ進む幸太郎《こうたろう》に、仰々しく重々しい教皇法衣を身にまとった彼女は、ついていくことができないのだった。

『山の国』に入ってから、三十分も経《た》っていない。そのあいだに、幸太郎はスフレが幽閉されている場所を聞き出し、彼女と面会する権利を強引にもぎとった。教皇が直々に会いに来ても、ろくに受け答えもしなかった。彼女に対する印象は——『山の心室』での会話以来、がらりと変わっている。

「面会の手続きは済ませた。おまえがついてくる必要はないぞ、シャルフィ」

「そ、そういうわけには、参りません！　オー・ヤサンの、赴かれる、先が、私の、行く先にございますから――」

息も絶え絶えに主張するシャルフィを黙殺《もくさつ》して、幸太郎は一段飛ばしに階段を上がっていった。

『天秤宮《てんびんきゅう》』の一角、そびえ立つ尖塔《せんとう》の最上階が、スフレの拘留場所だ。

尖塔の内部はよく清められ、貴賓《きひん》を遇するに相応《ふさわ》しい瀟洒《しょうしゃ》な調度品が並んでいる。だが、最上階にたどり着くまでには、複雑な分岐を経なければならなかった。脱走を防ぐためだろう。

いかに丁重に扱われようと、ここが牢獄《ろうごく》であることに変わりはないのだ。

やがて幸太郎とシャルフィは、最上階にたどり着いた。扉の前に佇《たたず》んでいる衛兵が、管理人と教皇という組み合わせの訪れに目を丸くしている。幸太郎はそれを無視して、扉を開けようとして――呼吸を整えているシャルフィのことを振り返った。

「シャルフィ。おまえは、ついてこないでくれ。スフレとは二人きりで話がしたい」

シャルフィは物言いたげな表情をした。唇を結び、アンバーイエローの瞳《ひとみ》に猛禽《もうきん》の気配が滲《にじ》む。だが、それは、次の幸太郎の言葉を聞いて、ぴたりと止《や》んだ。

「これは、命令だ」

信徒にとって、神の命令は絶対である。

シャルフィは――信仰のために、自らの首を絞めるほどの狂信者は、ふっと瞳《ひとみ》から色を消して、深く辞儀《じぎ》をした。

「御心《みこころ》のままに」

幸太郎《こうたろう》は唇をへの字に結ぶ。すべきことをしたはずなのに、なんともいえない後味の悪さが残る。彼女の信仰心を利用したこともそうだが――言葉ひとつで表情を消す、人形のようなシャルフィに、苦々しい感情を抱いたのだ。

だが、その感情をもてあましているヒマはない。

幸太郎は部屋の扉を開け、その中に足を踏《ふ》み入れた。

スフレは汗だくになっていた。

「………」

幸太郎は絶句する。スフレはまだ、こちらに気づいていない。

集中しているのだろう。右足だけで立ち、左足はまっすぐ天井に向けている。ほとんど百八十度の角度で開いている股関節は、バレエダンサーもかくやというほどの柔軟性だ。その体勢でいったいどれだけの時間を過ごしているのか、足下の床には水たまりができている。

ふと、ルビーレッドの瞳が、こちらを見た。

「オー・ヤサン！　来てくださったのですね？」

汗に濡《ぬ》れた顔をぱっと輝《かがや》かせ、スフレは足を収めると、こちらに駆け出してきた。そのまま抱きつこうとする王女の頭に、幸太郎は片手を当てて制する。ぺちゃりと手のひらが濡れる音。幸太郎は不快を隠そうともしない。

「……抱きつくな。汗臭い」

「なっ⁉　く、くさいだなんて、あんまりな言い方です！」

「事実なんだから仕方ないだろう。ていうか、なにしてんだ、おまえ」

「訓練です！『オン・ハッゾ』の！」

王室拳術『オン・ハッゾ』は、ササラノール王家に伝わる一子相伝の拳法だ。その威力は勇壮無双、鍛《きた》え抜かれた戦士であっても、一撃《いちげき》を受けただけで昏倒《こんとう》するほどだ。この少女の身体《からだ》に秘められた破《は》壊的《かいてき》なまでの力を、幸太郎は今まで数回目にしたことがある。

「……なにも、こんな場所で身体を鍛えなくてもいいだろ」

「そうなんですけど、毎日やっていたことですから——こうして身体を動かさないと、なんだか気持ちが悪くて」

幸太郎は天井を仰いだ。笑うべきか呆《あき》れるべきか、迷う。

ただ、スフレらしいな、と思った。

幽閉されている身であっても、彼女らしい快活さが失われていないことに、幸太郎は自分でも意外なほどの安堵《あんど》を覚えていた。

と同時に、むくむくと胸中に湧き上がるものがあった。

それは——誰《だれ》にも、なにも相談せず、ひとりで喚問に応じたスフレへの、怒りであった。

ふっと幸太郎《こうたろう》は微笑《ほほえ》む。微笑んだまま、両手を上げる。

「スフレ。ホウレンソウ、って言葉、知ってるか？」

「へっ？」

目をぱちくりさせるスフレの頭を、二つの拳で挟み込み、

「仕事の基本だ。——報告！　連絡！　相談!!」

「あっ、いたっ、いたたたたたたた！　痛いです！　オー・ヤサン！　痛いっ！」

幸太郎は、スフレのこめかみに両拳をぐりぐりとねじ込んだ。スフレは足をじたばたと暴れさせて抵抗したが、本気で振りほどこうとはしなかった。その気になれば幸太郎のひとりや二人、ひねり潰《つぶ》すのはワケのないことだ。それをしないのは、自分でも、心配をかけたという自覚があるからだろう。

「ご、ごめんなさいっ！　でも、仕方なかったんですよう！」

「なにが仕方ないんだ！　国王にもパルメーニャにも知らせず、ひとりで全部を決めたそうじゃないか！　俺の到着を待つくらいのこと、できなかったのか!?」

「で、でも、でも！　このままでは、『草の国』の名誉が失墜《しっつい》してしまうと思ったのです！」

スフレの叫びに、幸太郎は手から力を抜いた。

「……説明しろ」

むっつりとした顔で、幸太郎はそうつぶやいた。おまえの行動原理を説明しろ、と言っているのだ。この王女がバカであることは確定事項だが、それゆえに、ときとして幸太郎やパルメーニャが想像もつかないような結論を出すことがある。

なによりも腹が立つのは、その結論が、正しい場合があるということだ。

「せ、説明したら、痛くしませんか……?」

「それは、聞いてから考える」

「ううう っ……」

スフレは涙目になって両のこめかみを押さえた。それでも、幸太郎が拳を握りしめるのを見て、ようやく話しはじめる。

「つ、つまり、ですね。今、わたしの国は、とてもよくない立場にありますよね。『森の国』に引き続き、『山の国』とも争いを起こしているのですから。そこに『贖宥状《しょくゆうじょう》』の偽造や、基金を立てるという問題が絡まり合っていますし」

「……まあ、そうだな」

『海の都』のアラバルカから聞いた風聞を思い出しながら、幸太郎は答える。

「今回の係争は、諸国も注目している。ほとんどが、『草の国』に勝って欲しいと思っているようだ。『草の国』に好意を持っているからじゃないぞ。『草の国』が供与金を支払ってしまったら、次は自分の番になるんじゃないかと怯《おび》えているからだ」

スフレは真剣な表情で頷《うなず》いた。

「もしもわたしが――『草の国』の王女が『贖宥状《しょくゆうじょう》』の偽造に関わっていて、そのため供与金を支払わされたなどということになれば、どうなると思いますか？　そこを口火として、シャルフィニア猊下《げいか》が諸国に供与金を持ちかけたとしたら――」

「『草の国』の信用は、地に落ちるだろうな」

幸太郎《こうたろう》は簡潔に答えた。

「王女が不正に関わり、その賠償《ばいしょう》をさせられたなんてことになったら、王国としては恥もいいところだ。そのとばっちりが他の国に行くなんてことになったらなおさらさ。具体的には、『草の国』が発行している貨幣《かへい》や国債が、ゴミ同然になるだろう」

王国が名誉を重んずるのは、偉そうにふんぞり返るためではない。政府の信用が失われれば、貨幣が価値を持たなくなってしまうからだ。金貨や銀貨はそれ自体が希少価値を持つゆえに価値を失うことはないが、世に流通している貨幣の大部分は、テルダリオスの顔が刻印されている銅貨だ。そんな事態になれば、それはたちまち銅のガラクタと化すだろう。

それは、『草の国』の経済が、半身不随になるということを意味している。

「もしも『山の国』の喚問に素直に応じなければ、その瞬間《しゅんかん》、わたしは偽造の関与者と見なされるでしょう。そうなれば、手遅れになってしまうと思ったのです。一度評判が落ちれば、それを持ち直すことはとても難しいですから」

自明の理を語るように、スフレは説明をする。

幸太郎はそれに口を挟もうとした。できなかった。彼の思考は、スフレの論理が正しいことを理解したからだ。

代わりに、別の角度から質問をする。

「なぜ誰《だれ》にも言わなかった。少なくともパルメーニャにだけは相談するべきだったろう」

「相談すれば、パルメーニャは私を止めます。いえ、止めなくてはなりません。わたしの判断が正しいとわかっていても、それを間違っていると言わなければならない立場です」

そのとおりだった。パルメーニャの仕事は正しい判断をすることではない。『王国にとって利益のある外交活動をすること』、そして、『王女を守ること』だ。今回の場合、この二つは矛盾している。王女の身を危険に晒《さら》すことが、王国に利益をもたらすことになるからだ。相談をされた瞬間、パルメーニャの進退は立ちゆかなくなるだろう。

唾を飲み込み、幸太郎はさらに尋ねる。

「国王は？　国王の命令なら、誰も……」

スフレは首を横に振った。悲しそうに笑う。

「それでも、やっぱり、お父様はお困りになったと思います。わたしは——自分で言うのもなんですが、民や貴族から慕われておりますから。わたしを差し出したと広まれば、国内におけるお父様の信望が失われてしまいます」

国内の信望を失うことは、国外の信望を失うことよりもまずい事態だ。こちらの世界の歴史を紐解《ひもと》いてみても、国王の首が飛ぶときに、斧《おの》を握りしめていたのは同国人であったという例のほうがはるかに多い。

「なぜ俺に相談しなかった」

ついに、幸太郎《こうたろう》はそう言った。

スフレは外交特使である。外交特使は、国家でただひとり、扉を通じて『外』に出てくることのできる人材だ。夜に管理人室を訪れれば、いくらなんでも応対できたはずだ。そこで相談さえしてくれれば、あるいは——

「……止められると、思ったからです」

ぽつりと、スフレはつぶやいた。

「オー・ヤサンに止められてしまったら——わたしは、きっと、止まってしまうと思ったのです。だって、オー・ヤサンはいつだって正しくて、賢《かしこ》くて、頼《たよ》りになりますから。きっとオー・ヤサンに説得されてしまう。甘えてしまう。そう思ったから、オー・ヤサンに相談することは——できませんでした」

ついに、幸太郎はなにも言えなくなってしまった。

スフレの判断は正しい。今ならばそうわかる。愚かだが愛されている王女が、誰《だれ》にも相談をせず、自分だけの判断で『山の国』に赴いた――、そういうストーリーが必要だったのだ。他のどんなやり方でもいけなかった。スフレの取った方法でのみ、パルメーニャも、テルダリオスも、幸太郎自身も、犠牲《ぎせい》を払わずにこの局面を乗り切ることができたのだ。

自分には、そんな判断を下すことはできなかっただろう。

幸太郎は、低い声で尋ねる。

「……それだけのことを、考えて、実行に移したのか」

愚問と言うべきだろう。だからこそスフレは今ここにいる。

しかし、彼女は恥ずかしそうに笑い、ちろりと舌を出した。

「いいえ。今までのは、単に、『わたしの行いは、こういうことなんじゃないかな』って、あとから理屈づけただけのことです。本当は、なんとなくそう感じただけ。今一番正しいのは、誰にも相談せずに『山の国』の喚問に応じることなんだなって、そう思ったんです」

「つまり、直感か」

幸太郎は呆《あき》れた。直感に自らの運命を委ねるなど、まさしくバカの所行だ。

「喚問に応じたのはいい。だが、どうやって審問会《しんもんかい》を切り抜けるつもりなんだ？　向こうには、証拠も証人も揃《そろ》っている。どうせでっち上げたものだろうが、ここはおまえにとって敵国のただ中なんだぞ」

スフレは、じっと幸太郎のことを見つめた。

ルビーレッドの瞳《ひとみ》を覗《のぞ》き込んだことは、過去に幾度もあった。むしろ、スフレこそが、幸太《こうた》郎《ろう》がアラシュ・カラドを訪れてから、もっとも長い時間を一緒に過ごしてきた人間であろう。

だが、このときのスフレの瞳は、今までに見たことのない色を映し出していた。

「……それは、オー・ヤサンがなんとかしてくださいます」

「なんだと？」

「オー・ヤサンとパルメーニャは、わたしなど及びもつかないくらい、聡明《そうめい》で、物事によく気がつくお方ですから。きっと、審問会《しんもんかい》を覆《くつがえ》すほどのなにかを見つけてくれると思ったのです」

今度こそ、幸太郎は呆《あき》れた。

「……おまえな。さっき、甘えちゃいけないとか言ってなかったか？」

「ご、ごめんなさい。でも、そこは甘えさせてください。わたしには、どうあってもできないことですし、それに――」

そこで、スフレは言葉を切った。二つの手をぎゅっと組み合わせ、お腹に当てる。ルビーレッドの瞳が、潤《うる》んだような光を帯びる。

「クドさまなら、きっと、わたしを助けてくださると、そう信じてますから」

幸太郎は、瞬《まばた》きをした。

その反応を、どう受け取ったか――スフレは顔を赤らめさせたまま、つと目を伏せる。もじもじと指を絡み合わせ、言葉を続ける。

「……あのときの御返事《お》、まだできていなくて、ごめんなさい。あの、わたしとしても、殿方からああいうことを言われるのは、はじめてでしたから——どうすればいいか、わからなくて」

話がさっぱり見えない。

が、声をつっかえさせ、顔を真っ赤にしながら喋《しゃべ》るスフレの姿に、口を挟むことはできなかった。せいぜい唇を結んで、じっと見守ることしかできない。

「内容が、内容ですから、誰《だれ》かに相談することもできませんし——あっ、パルメーニャには相談しましたが、固く口止めしておりますから！　というか、パルメーニャは、あんまり真面目に聞いてくれなくてですね、そのう——」

「…………」

「ご、ごめんなさい。今は、そんなことを言っている場合ではありませんよね。あの、つまりですね、わたしが言いたいのは——」

小さく息を吸い込んで、スフレは意を決したように言う。

「あのときの、クドさまの御言葉、とても、嬉《うれ》しかったということです」

あのときって、どのときだろう。

頭に渦巻いた疑問を口にすることはできなかった。それを言った瞬間《しゅんかん》、なにかこう、自分の命に関わる事態が起こるような気がする。女の子に対して無神経な発言をするということは、ときとして強力な物理的打撃《だげき》で返ってくるということを、幸太郎《こうたろう》は身をもって知っていた。

しばしの沈黙《ちんもく》が、部屋に満ちた。スフレは居心地が悪そうにもじもじしている。幸太郎はなんと言っていいのかわからない。時間だけが無情に過ぎていき——

「っくしゅん！」

やがて、スフレがくしゃみをした。

無理もない。薄着《うすぎ》で、しかも汗に濡《ぬ》れている。『山の国』の低い気温が身体《からだ》を冷やしている。

幸太郎は歩み寄り、スフレの肩にタオルをかけてやった。

「おまえのことは、必ず、助け出す」

そう言った幸太郎に、スフレのルビーレッドの瞳《ひとみ》が輝《かがや》いた。

「だから、風邪を引かずに待ってろ」

「……はい！　クドさま！」

なんだ、その呼び方。久藤《くどう》さま、ということだろうか。オー・ヤサンに比べればマシだが、妙な発音にむずむずする。そのむず痒《がゆ》さに唇を歪《ゆが》め、幸太郎は手を振って、部屋を後にした。

◆

部屋から出た幸太郎を迎えたのは、忠犬のようにじっと待っていたシャルフィと、そして

「おお、これは、オー・ヤサン、教皇猊下《げいか》。ご機嫌うるわしゅう」

ゴンデル枢機卿《すうききょう》の、福々しい顔だった。

「なにやらスフリャーレ殿下にご面会にいらっしゃったのだとか。オー・ヤサンのお優しさには、まことに頭の下がる次第でございます。ホホホホ……」

「事情を、聞きに来ただけだ」

ぼそりとした自らの声に、幸太郎は苛立《いらだ》ちを覚えた。ゴンデルは完璧《かんぺき》に本性を隠しているというのに、自分はそれができていない。その分だけ余裕がないということの証左だ。

この肥《ふと》った枢機卿は、犯罪に手を染めている。

罪もない巡礼者に罪をかぶせ、その足跡を巧妙に消し去って拐《かどわ》かし、自らの欲望を満たすための道具とする――考えただけで胸糞《むなくそ》が悪くなるような行いだ。神の名を語りながら、神を信じるものたちの人生を奪っている。

だが証拠がない。悪魔《あくま》から聖職者の皮を剝ぐだけの大義名分がどこにもない。幸太郎は神と崇《あが》められているが、全能からはほど遠い存在なのだ。海を開いたり雷を落としたりすることはできない。

なによりも、我慢ならないのは――

「……おまえは、なにしにここまで来たんだ？」

「ホホホ、それはもちろん、王女殿下の懺悔《ざんげ》を聞き届けに参ったのですよ。『贖宥状《しょくゆうじょう》』に関連していても、そうでなくとも、罪は日々の生活に降り積もる埃《ほこり》のごときもの。それを取り払うのは、我々聖職者の務めにございます」

そんな汚濁《おだく》にまみれた手が届くところに、スフレの身柄があるということだった。

「そうか」

幸太郎《こうたろう》は、それだけを、かろうじてつぶやいた。

審問会《しんもんかい》のあとに行動を起こしたのでは、手遅れになるかもしれない。王女に対して滅多なことをするとも思われないが、このゴンデルという男の穢《けが》れた精神性がどのように発揮されるのか、確信が持てなかった。

助け出す、と自分はスフレに豪語してみせた。

だが、その当てがあるのかと言われれば、首を横に振るしかない。

いくつかの証拠は集めてあるが、いずれもゴンデルの犯罪を糾弾するには足りない。なにしろ、相手は『山の国』の教皇補佐官——ナンバー2なのだ。シャルフィに政治的能力が皆無であることを考えれば、実質的な指導者であると言っていい。そんな相手を仕留めるには、生半な証拠では話にならない。

だが、それを集めている時間的猶予は、なさそうだ。審問会が開かれるまで、もう幾日もない。パルメーニャが『山の国』に到達したところで、傍聴《ぼうちょう》することくらいしかできないだろう。

すべてが後手に回っている。できることは、もうなにもないように思えた。

そのとき、幸太郎の脳裏に、『山の心室』の出来事が閃《ひらめ》いた。

そこで交わした会話を思い起こしながら、シャルフィのことを見る。

「管理人と、ヤクタの信徒が結婚をすることを、聖婚と呼ぶのだったな」

それが自分の夢なのだと、この少女教皇はそう語っていた。神に嫁ぐことこそ、ヤクタに仕える女の最上の栄光であり、最高の幸せであるのだと。

シャルフィが顔を上げる。その瞳《ひとみ》に『喜び』を見いだした。幸太郎は眉を寄せる。嫌悪感が湧き上がってくる。シャルフィに対するものではない。自分に対するものだ。

「……そして、聖婚が行われると、罪人に対して恩赦が施される、と」

最低のことを言っている、と自覚していた。

結婚を行う。自分と、目の前の少女で。それは、幸太郎がシャルフィのことを愛しているからではない。スフリャーレ王女を虜囚《りょしゅう》の身から救うために、仕方なく、結婚をしようとしているのだ。

そんなことを口走っている自分に虫酸が走った。

だが、手段は手段だ。スフレのことを救おうと思うのなら、それは取るべき手立てのひとつである。自分はそのために、なんでもすると決めた――

「オー・ヤサン」

シャルフィの表情が輝《かがや》く。自らの夢が叶《かな》うかもしれないという喜びに。その輝きに、幸太郎《こうたろう》は痛みを覚える。自分は彼女を利用している。そのことを自覚したからだ。

「私を、妻にしていただけるのですか？」

「聞いただけだ」

細い喉をこくりと上下させる。その瞳《ひとみ》に浮かぶ『喜び』と『期待』の色は、幸太郎の冷たい言葉を聞いてもいささかも減じていなかった。シャルフィは胸の前で小さく円を描き、幸太郎の質問に答えた。

「はい。では、お答えいたします。――この世界と天界ニポーンを繋《つな》ぎ、和を深める行為である聖婚は、なによりも祝福されるべきものであり、その際に『山の国』では数々の恩寵《おんちょう》を民に与えることが前例となっております」

付け加えるように、ゴンデルが口を開いた。

「スフリャーレ殿下は、おそらく恩赦の対象になられるでしょうなあ。もしもあの方が自らの罪を潔く認め、深く反省するのであれば――ですが」

それは、実質上の、降伏勧告だ。

スフレの身を救うために、幸太郎がシャルフィニアと結婚し、恩赦によってあの王女を自らの国に帰す。スフレが罪を認めれば、『草の国』は資金供与を免れない。他の多くの国も巻き添えになるだろう。それは、『草の国』の、スフレの、そしてなによりも、この世界に調和と中立をもたらすべき、異世界管理人・久藤《くどう》幸太郎の敗北だった。

だが、それ以外に取り得る道はあるだろうか。

幸太郎はゴンデルのことを振り返らなかった。今の自分の顔を彼に見せたくなかった。苦渋と敗北感に歪《ゆが》む顔を、敵に見せたいと思うものはいない。

「……また来る」

ぽつりと、幸太郎はそれだけを言った。シャルフィに一瞥《いちべつ》だけをくれて、足早に歩き出す。

シャルフィは幸太郎を追おうとはしなかった。ただ熱っぽい視線だけを、幸太郎は背中にひしひしと感じていた。

ゴンデルの横を通り過ぎる瞬間《しゅんかん》、彼は小さな声で囁《ささや》いた。

「よき御《お》返事をお待ちしておりますよ、オー・ヤサン。ホホホホホ」

幸太郎は立ち止まり、驚《おどろ》きに目を見はってゴンデルを――彼の瞳を見た。

そして――

そこに、鬼火のように揺らめく、欲望の炎を見た。

瞬時に、幸太郎はあらゆることを理解する。ゴンデルの目的。彼がなにを欲しているのか。

なぜ彼が、スフリャーレを生け贄《にえ》として選んだのか。その理由を、すべて。

幸太郎とシャルフィが聖婚を行えば、シャルフィは教皇の座から降りなければならない。

次にその座に座るのは、誰《だれ》か。

教皇補佐役であり、『山の国』の政務を両肩に担うゴンデル枢機卿《すうききょう》は、そのことを誰《だれ》よりもよく知っているのだ。

敵の目的を知ることができたのは僥倖《ぎょうこう》だ。だがそれも、対策を立てられれば、の話である。チェックメイトではない。その二歩手前と言ったところ。そして、持ち時間は刻一刻と失われていく。

結局幸太郎《こうたろう》は、なにも答えることができなかった。女のように甲高い笑い声を背中に受けながら、彼は『山の国』をあとにした。

◆

チャイムが響《ひび》いても、幸太郎はそれに気づきさえしなかった。

「久藤《くどう》？　いないのー？」

聞き慣れた声と共に、どんどんと管理人室のドアが叩《たた》かれている。幸太郎はやはり気づかない。『山の国』から戻ってきて一日以上が経過していたが、彼はじっと書類とにらめっこをしたまま、微動だにしていなかった。

痺《しび》れを切らしたかのように、ドアノブがぐるりと回った。そのままドアが開かれる。敷居《しきい》をまたいだ訪問者は、不服そうな顔つきで幸太郎の前に立ち、腕を組んだ。

「……いんじゃん。返事くらいしなよ」

幸太郎は、顔を上げない。彼女の存在に気づいていないのだ。ぱらりと書類をめくり、じっくりと読み込んでから、深くため息をつく──

訪問者、長宮小宵《ながみやこよい》のこめかみが、ひくりと動いた。

「返事を！　しろ！」

小宵は幸太郎の脳天に、ぐーぱんちを叩き込む。

ごっ、と鈍い音がして、幸太郎の視界と意識が揺れた。ぐらりと上体が傾《かし》ぎ、後ろに倒れかかって、壁《かべ》に支えられる。片側だけメガネをずり下ろしながら、幸太郎は小宵のことを見上げ、呆然《ぼうぜん》と口を開いた。

「……長宮？　なにしてんだ、俺の部屋で」

「あんたが今日もまた学校をサボりやがったから、様子を見にきてやったんでしょーが」

長宮はカバンを畳の上に放り投げた。幸太郎の正面、ちゃぶ台を挟んだ向こう側にどかりと腰を下ろす。

幸太郎は仏頂面になり、メガネを正しい位置に戻した。

「そんなこと頼《たの》んでないぞ」

「うっわーその言い方ムカつくわー。そこはにっこり笑って『ありがとう』でしょ？」

小馬鹿にしたように小宵は言い、幸太郎はさらに不機嫌な顔になる。

「どうでもいい。俺の邪魔《じゃま》をしないでくれ」

そう吐き捨てて、幸太郎《こうたろう》は作業に戻る。

小宵《こよい》はちゃぶ台を眺め回して、ぽつりとつぶやいた。

「つーか、これ……なにしてんの？」

ちゃぶ台の上には、数々の書類が所狭しと並べられている。半分は『贖宥状《しょくゆうじょう》』偽造に関わる証言や証拠品のリストであり、もう半分は『海の都』から取り寄せたとっておきの情報だ。

これらは来る審問会《しんもんかい》において強力な武器となり得る。だが、その武器を使うかどうかの判断は、まだ保留中だ。

幸太郎は没頭しかかった意識で、ぶっきらぼうに答えた。

「関係ないだろ」

どうも自分には、物事に集中していると態度がひどくぞんざいになってしまうという短所があるようだ――ということを、幸太郎は二発目のぐーぱんちで理解した。

「いっ……、な、なにするんだよ⁉」

「あ、よかった。やっと顔上げてくれたね。それで、なに？　もう一度今の台詞《せりふ》言ってくれる？　あたしの目を見て」

小宵は笑っていたが、口元の笑みは引きつっていた。沸点にたどり着いた怒りが瞳《ひとみ》の奥で煮えたぎっている。

「関係ない、ない？　うわーこりゃまいったびっくり、あたし関係なかったんだねー。あのクソ脂ぎったクソオヤジにレイプされかかった被害者なのにね。ふうん。そっかあ。関係なかったんだー」

幸太郎は口を開き、閉じた。異世界の国家間係争を調停し、数多くの外交特使たちを説き伏せてきた舌は、このときばかりはぴくりとも動かなかった。ただひとつの言葉しか作ることができない。すなわち、

「………ごめんなさい」

小宵は、ふんと鼻を鳴らした。

「わかりゃいいのよ。――それで？　あのあと、どうなったの？」

「……悪い方向に転がっている」

幸太郎は、事態をかいつまんで小宵に説明した。『草の国』王女スフリャーレが拘束され、『贖宥状』偽造の罪を押しつけられている。明日、開かれる審問会でその潔白を証明しなければ、『草の国』は――否、アラシュ・カラドの諸国は、教皇シャルフィニアが打ち立てた『基金』とやらに供与金を吸い上げられることになる。

「よくわかんないけど」

と、小宵は不満そうに唇をとがらせながら言った。

「つまり、向こうの思い通りになりそうってことなのね？　なんかムカつく」

幸太郎《こうたろう》はその言葉におかしみを覚えた。『向こう』というのはどこのことなのだろう。小宵《こよい》は純然たる『こちらの世界』の人間であり、アラシュ・カラドの諸国はすべて『向こう』なのではないだろうか。

が、そんな思いは、小宵の次の台詞《せりふ》にかき消えた。

「あのクソデブ親父がそれで得意満面になってるかと思うと、最高に腹立つ」

「……おまえにとっては、ゴンデルだけが敵ってことか」

「当たり前じゃん」

敵の敵は味方、というのなら、小宵は間違いなく自分の味方なのだろう。もっとも、頼《たよ》りにすることはできないだろうが。

「そんで、あいつはどうなったの？　あたしの証言で死刑になった？」

「まだ調べている途中だ。ゴンデルは——そんなことはしていない、長宮《ながみや》の勘違いだ、の一点張りだ。確かに目撃者《もくげきしゃ》がいない密室である以上、それを実証するのは難しい」

「はあ⁉　なにそれ！　あたしヤられ損ってこと⁉」

「ヤられたわけじゃないだろ……。それに、損ってこともない。おまえの証言をきっかけにして、いろいろと調べられたからな」

書類の一部を手にして、小宵のほうに放り投げようとして、そういえばエプロンがなければ言葉がわからなかったことに気づく。どうしようか、と思案していると、それに気づいた小宵のほうが立ち上がり、幸太郎の隣《となり》に座った。

エプロンの端を握りしめ、瞬《まばた》きをひとつして、小宵は書類に羅列《られつ》してある文字を読みはじめる。やがて彼女は首をかしげ、問うた。

「なにこれ？　人の名前？」

「商品の名前だ」

小宵はこちらを見る。幸太郎は説明した。

「アラシュ・カラドにも、こちらの世界と同じように、ブラックマーケットというものが存在する。表の社会で取り扱うことのできない非合法な取引を行う場所のことだ。そこでは、武器や麻薬といった禁制の品を取り扱う。これはそのうちのひとつ――人身売買のリストだよ」

小宵の表情が凍った。

「そこに記されているのは、不法に拐《かどわ》かされ、『商品』としてブラックマーケットに流された人々の名前だ。先日、ある国が大規模な摘発を行ってな。その際に接収したリストを、写させてもらった」

「………なんで、そんな、ものを」

「使えると思ったからだ。事実、使えた。そこに記されている名前のうち、頭にチェックがついているものがあるだろう。それは、『山の国』への巡礼中に、行方不明になった人々の名前だ」

もう一枚の紙を示しながら、幸太郎はそう説明する。巡礼中に行方不明者になった人々のリスト——幸太郎《こうたろう》が各国をかけずり回って作りあげたものだ。あけぼの荘を通じて、一瞬《いっしゅん》で何百キロという距離《きょり》を移動できる管理人にしか、できない芸当だった。

「これはつまり、巡礼中に冤罪《えんざい》で捕らえられた人々が、そのままブラックマーケットに流された、ということを意味している」

「あのときの、あたしみたいに？」

小宵《こよい》は乾いた声で尋ねる。幸太郎は、その質問にすぐ答えることができない。彼女もまた、一歩間違えれば、奴隷《どれい》市場に商品として並ぶことになったのだから。

黙《だま》り込む幸太郎のことを、小宵は強い目で見上げた。

「聞いてんだけど」

「……ああ。おそらくは、そういうことだろう。巡礼者のうち、めぼしいものに冤罪をかけて捕まえ、それをゴンデルの邸宅に運び込む。そこを経由して、ゴンデルはブラックマーケットに捕らえた人々を売り払っていた。そういう推測ができるな」

「そこまでわかってるなら、なんでこれを突きつけてやんないのよ？」

「さっきも言ったが証拠がない。『巡礼中に行方不明になった』と『行方不明者が人身売買にかけられていた』は、イコールでは結ばれないからな。そのあいだに、『教会の手引きで巡礼者が拐《かどわ》かされていた』というピースが欠けている。これを揃《そろ》えない限り、うかつに告発はできない」

小宵はじっくりと考えてから、意見を口にした。

「この人たちを証人として集めるっていうのは、どう？　もう助け出してあるんでしょ？」

その提案に、幸太郎は首を振った。

「話を聞ける相手は何人かいたが、誰《だれ》もゴンデルのことは知らないようだった。手ひどい目には遭わされたが、相手は顔を隠していて、男ということしかわからなかったと――」

小宵は苦々しげな顔をする。幸太郎の顔にも、同じような表情が浮かんでいるのだろう。

ゴンデルは、凄《すさ》まじいまでの欲望の持ち主だ。そして同時に、その欲望を押し隠すほどの慎重さを有している。彼は自分の『使い古し』をマーケットに流すような真似《まね》はすまい。ならば彼女たちはどうなるのか――考えただけでも気分が悪くなる。

だが、その気持ちに反して、あの男を追い詰める手がかりはどこにもない。

「……くそっ」

口の中で悪態をつき、幸太郎は時計を見上げた。もうすぐ午後七時、外には夜の帳《とばり》が落ちかけていた。審問会《しんもんかい》は、日本時間における明日の午前十時からだ。イチから証拠を集めるには、あまりにも時間が足りない。

それから、彼は小宵のことを見た。

小宵は書類に視線を落とし、必死に考え込んでいた。その手で幸太郎のエプロン――『調停の神衣』をぎゅっと握りしめたまま。なぜ彼女がここまで首を突っ込んでくるのか、幸太郎にはその理由がわからない。

そんな時間はないとわかっていたが、幸太郎《こうたろう》は、その疑問を口に出した。

「長宮《ながみや》」

「なに。今考えてるんだから邪魔《じゃま》しないで」

「これは、おまえにとっては、文字通り、違う世界の話なんだぞ」

怒るだろうか、と内心で危惧しながらそんなことを言う。だが、小宵《こよい》は怒らなかった。ぽりぽりと頬《ほお》を掻《か》きながら、書類の海を撫《な》で回している。

「異国の、しかも異世界の話だ。そこでなにが起きようが、おまえの生活にはなにも変わりがない。関わりがないって言ったことを、さっき怒ったな。でも、本当にそうなんだぞ。向こうでなにが起きようと、おまえには――」

「あんたはなんで管理人なんてやってんの？」

幸太郎の質問を遮って、小宵はそんなふうに問い返してきた。

面食らう。それでも、その問い返しに答えようとする。

「なんでって。仕事だからだ」

「あのさ、あんた高校生でしょ？　バイトならもっと別の、もっとマシなのがあんじゃないの？」

「……それは……」

「こんなふうにたくさんの書類用意して、うんうん頭悩ませて、ガッコまでサボってさ――それで、なんにも解決できなかったりすることもあるんでしょ？　そんな大変な仕事、なんでやってんのよ。お金がたくさんもらえるの？」

幸太郎は首を振る。バイト代は月に十五万。アパート代を除くすべての生活費を、そこから捻出しなければならない。わりとかつかつである。

「じゃあ、なんで？　あんたなら、もっと良い仕事見つかるんじゃないの？　頭いいんだし」

小宵の疑問は純粋なものだった。それはおそらく、幸太郎が小宵に抱いた疑問と同じものだろう。

その疑問に、幸太郎は、答えられない。

模範的《もはんてき》な答えを口にするとしたら、それ以外に術《すべ》がなかったからだ。このあけぼの荘を紹介してくれた叔父は、自分に管理人の仕事を託した。自分はどうしても、実家に戻りたくなかった。あの最低の家族と一緒の空気を吸うことは耐えられそうになかった。ひとりで生きていくためならどのような仕事でもすると心に決め、異世界管理人を務める決意をしたのだ。

だが――

「もう、関わっちゃったからな」

小さく響《ひび》いた言葉は、自分でも思いも寄らないものだった。

「関わらないままだったら、知らないでいることもできたかもしれない。異世界が大変なことになっているなんて話を聞いても、『ふうん、それで？』で済ませられた。でも——」

幸太郎《こうたろう》は言葉を切る。脳裏に、さまざまな人々の顔が浮かぶ。スフリャーレ。パルメーニャ。シャルフィニア。セラナリオン。ティールジェンド。テルダリオス。

そして、フェニリットとハルバネイジ。

自分が管理人として関わり、その人生を変えてきた、数多《あまた》の人々。

「今は、もう違う。俺はアラシュ・カラドの大勢の人々と関わってしまった。管理人という、大きな力を持つ存在として。だったら——今さら、知らないふりはできない。それが、たぶん、仕事を一度始めた、責任だと思う」

小宵《こよい》は幸太郎のことを、まじまじと見つめた。

幸太郎は気まずげに目をそらした。らしくないことを言ったかもしれない。他人に関わるのも面倒事も嫌いだ。調停者など、まったく向いていないということは自覚している。それでも、関わってしまったのだから、仕方がないではないか——

「人を外見で判断するのはやめましょう、っていうけど、ほんとだね」

やがて、小宵はぽつりとそんなことを言った。にやりと笑う。

「あんたって、もっと冷たい人なんだと思ってた」

「……なんだそれ。ていうか、俺の質問に答えろよ。おまえはなんで関わってるんだ？」

「んー？　じゃ、それでいいよ。一度関わっちゃったから、なんとなく無視できなくって」

ずるい。反射的にそう思った。牙を剝《む》くように幸太郎は糾弾する。

「人の台詞《せりふ》をパクんなよ」

「パクってないし。うーん、そうだね、もうちょっと正確に言うなら——復讐《ふくしゅう》かな」

小宵はあっさりそう言って、再びちゃぶ台の書類を眺めはじめた。そのうちの一枚を、いかにも話の間を持たせるためだけに摑《つか》みましたという感じで手に取って、ぴしっと弾《はじ》く。

「あたし、やられたらやり返さないと気が済まないタチなの。あのデブオヤジがボロクズみたいになって土に埋められるところを見たいから、首を突っ込んでる、のかな」

「………」

意外と恐ろしい女だ。高校のクラスで中心を担うには、それくらいの気概が必要なのかもしれない。だが、首を突っ込まれても、彼女がこれ以上できることは——

「あれ?」

ふと、小宵がそんな声をあげた。

なんとなく手に取った紙を、小宵は両手で摑んでいた。瞬《まばた》きをひとつして、じっとその紙を眺めている。今は『調停の神衣』に触れていないから、文字は読めないはずだが、読む必要はないだろう。それは書類というより、絵画に近いたぐいのものだ。

ヤクタ教会の、『贖宥状《しょくゆうじょう》』である。

本物ではない。偽造されたもののほうだ。中央に大きく『贖宥状』と記され、その周囲をヤクタ教典の聖句が美々しく飾っている。

小宵《こよい》は『贖宥状《しょくゆうじょう》』に捺《お》された天秤《てんびん》の紋章を、じっと見つめていた。

やがて、彼女はぽつりと、

「あたし、これ見たことがある」

そんなことをつぶやいた。

だからなんだ、としか思わなかった。『山の国』において天秤は神聖なモチーフと見なされている。民家・商店・公共建築物を問わず、あらゆるところに溢《あふ》れかえっているのだ。小宵が監禁《かんきん》されている途中に目にしたとしても不思議ではない。

そう指摘すると、小宵は何度も天秤紋章を叩《たた》きながら叫んだ。

「違うの。これとまったく同じマークを、見たことがあるの!」

「……まったく同じ?」

その言葉が、引っかかった。

天秤のモチーフが多用されていたとしても、神聖なる『天秤の印璽《いんじ》』とまったく同じマークが使われているということは考えられない。『天秤の印璽』はこの世にひとつしかなく、インクとして使う染料でさえ、厳しく管理されているのだ。『天秤宮』に保管されているものを、小宵が目にしたという可能性は——

いや。

それが、本物である必要は、どこにもないのだ。

「長宮《ながみや》。大事なことだ。よく思い出して、答えてくれ」

ある可能性が脳裏に閃《ひらめ》き、それは闇《やみ》を照らす一条の光となって、今の状況に差し込んできた。

幸太郎《こうたろう》は必死の形相で小宵に詰め寄る。

「それを、どこで見たんだ！」

しばしの逡巡《しゅんじゅん》のあと、小宵はその場で立ち上がった。短いスカートから伸びる健康的な太ももは、今はスパッツに覆《おお》われている。

小宵は顔を真っ赤にしながら、スカートをまくり上げ、そのスパッツを引き下ろした。

その下にあったものを見て、幸太郎は目を見開いた。

思わず腰を浮かせて、手を伸ばす。その証《あかし》を人差し指でなぞって、幸太郎はにやりと笑った。

これなら——。

確信ではない。だが、そこに至る筋道を手に入れることができた。明日の審問会《しんもんかい》に披露《ひろう》できる切り札を手にしたのだ。

幸太郎は薄笑《うすえ》みを浮かべながら小宵の顔を見上げ、礼を言った。

「長宮、感謝する。これがあれば——」

そこで、言葉を途切れさせる。なぜかといえば、小宵の真っ赤に染まった顔が、『怒り』の表情を浮かべていたからだ。その目の端に涙まで浮かべて、彼女は怒りのあまりぷるぷる震《ふる》えている。

なぜだろう、と内心で首をかしげて、すぐにわかった。

幸太郎《こうたろう》の手のひらが、小宵《こよい》の太ももに、ぺったりと触れているからだ。

女子高生を相手に、そういうことをすれば――

「――っ、この、セクハラ野郎っ!!」

そう叫ばれて、カカトを顔面にめり込まされても、仕方のないことであった。

◆

審問会《しんもんかい》は、予定通り、日本時間の午前十時に開かれた。

場所は『天秤宮《てんびんきゅう》』の最上層、審問場だ。

以前、幸太郎とスフレが『調停の儀《ぎ》』を行うために訪れた部屋である。『草の国』が偽造問題に関与しているということがあきらかになれば供与金を支払う――この部屋でそう主張したのは、ほかならぬスフレだった。

彼女は今、その疑惑の関与者として、再び審問場を訪れることになった。

審問場の中央に据え置かれた黒石の円卓は、ドーナツのように中央がぽっかり開いている。

そこにスフレの席はなかった。今の彼女は兵士たちに守られながら、壁際《かべぎわ》に用意された証人席に腰かけている。幼い王女の表情には、さすがに緊張《きんちょう》の面持ちが隠しきれなかった。

円卓の半分には、『山の国』の聖職者たちが座っている。ほとんどが白銀の法衣を身にまとい、手元の資料に視線を落としながら小声で囁《ささや》き合っている。聖職者というよりも、官僚団というような雰囲気だ。

もう半分を占めるのは、『草の国』からはるばるやってきた外交使節団だった。外務大臣・トックボロス侯爵《こうしゃく》をはじめとする貴族官僚たちは、容疑者として拘留されているスフレの弁護役である。王女の汚名を晴らさなければならないということもあって、さすがにその表情は緊張に強《こわ》ばっている。その末席には、パルメーニャの姿もあった。

幸太郎は、いずれの陣営でもない、ちょうど境界線に座っている。

やがて、『天秤宮』の最上層に、高く遠く、鐘《かね》の音が響《ひび》きはじめた。定刻を告げる鐘は、同時に、審問会の始まりを告げる合図でもあった。

幸太郎の隣《となり》に座っていたシャルフィが、立ち上がった。

「それでは、これより『贖宥状《しょくゆうじょう》』偽造問題に関する審問会を始めたいと思います」

鈴が鳴るような声が響き渡り、部屋の空気がぴしっと引き締《し》まった。

それを肌で感じながら、幸太郎は、思う。

おそらくは、この部屋が、最終決戦場となるだろう。

幸太郎の『敵』――ゴンデル枢機卿《すうききょう》は斜め向かいの席に座り、素知らぬ無表情を押し通していた。普段の穏《おだ》やかな笑みも、今だけは鳴りを潜《ひそ》めている。幸太郎《こうたろう》は、あえてそちらのほうを見ないようにしていた。向こうが自分をどう捉えているかはわからないが、敵意が伝わってしまってはまずい。

ゴンデルを仕留めるために、幸太郎は、さまざまの用意をしてきた。

だが、それで十分かどうか、自信が持てない。

彼の犯罪を証明できなければ、幸太郎も、そして『草の国』も、進退が窮《きわ》まることになる。スフレは『贖宥状《しょくゆうじょう》』偽造という大罪を押しつけられ、『草の国』の信用は地に墜《お》ちる。そして、自分は——そんな彼女を救うために、シャルフィと婚姻を結ぶハメになるかもしれない。

と、そのシャルフィの視線が、幸太郎に振れた。

「よろしいでしょうか、オー・ヤサン」

「……ああ。始めてくれ」

頷《うなず》いた幸太郎に微笑《ほほえ》みを返し、シャルフィは中央の演壇《えんだん》に上った。

「この審問会《しんもんかい》は、このたびヤクタ教会を揺るがすことになった許されざる大罪——『贖宥状』の偽造、その真相を究明するために開かれたものです」

ぐるりと周囲を見渡す。静寂だけが審問場に満ちている。ゴンデルをはじめとする『山の国』の聖職者たちも、トックボロス率いる『草の国』外交団も、誰《だれ》もがきつく唇を結び、シャルフィニアの宣言に聞き入っていた。

「偉大なるオー・ヤサンと、我らアラシュ・カラドの民のあいだに結ばれた『古《いにしえ》の盟約』をないがしろにするような行いを、私は、決してそのままにしてはおきません。必ずや関係者を白日の下に引きずり出し——相応《ふさわ》しい裁きを下すつもりでいます」

アンバーイエローの瞳《ひとみ》は、猛禽類《もうきんるい》のように小さくなっている。教皇があらわにした、苛烈なまでの信仰に、慣れない『草の国』外交団は動揺をあらわにした。トックボロスなどは、孫のようなシャルフィの瞳を恐れるように目をそらしている。

ただひとり、堂々と教皇を見つめているのは、パルメーニャくらいのものか。

まったく、と幸太郎は関係のない思考を弄ぶ。有能な上に性根が据わっているとは。こいつが外務大臣になったほうがいいんじゃないか。

「では、アブザイユ司教長、詳細の説明をお願いいたします」

「はっ、教皇猊下《げいか》」

シャルフィが戻ると同時に、ひとりの男が立ち上がった。ネズミに似た顔つきの司教長だ。大きめの白銀の法衣を引きずるようにして、中央の演壇に立ったアブザイユは、小馬鹿にするような目で『草の国』外交団を見た。

「このたび我々のほうで調査を進めましたところ、『贖宥状』偽造に関連する重大な証拠を発見いたしました。『贖宥状』の発行は、一国につき年千枚と定められておりますが——なんと『草の国』においては、その三倍もの贖宥状がばらまかれ、不法な収益をあげたとのこと。まったくもって、嘆かわしい限りでありますな」

にわかに『草の国』の外交団が色めき立った。ひとりの貴族官僚などは、怒りもあらわに立ち上がり、アブザイユの顔に指を突きつけた。

「なにを言う！　そもそも『贖宥状《しょくゆうじょう》』の偽造品を発行したのは、教会側ではないか！」

「ええ、ですから嘆かわしいことと申し上げました。まさかこのような恐るべき犯罪に、教会も、そして、国家も関わっているなどとは。ヤクタの中心地である『山の国』においては、あり得ないことです」

アブザイユは嘆息して首を振る。言外に、『草の国』の信仰が薄《うす》いからこそ、そのような犯罪の起きる余地があったのだ、ということを匂わせていた。立ち上がった貴族は怒りに顔を赤くしたが、トックボロスが手を挙げると、歯ぎしりをして腰を落ち着けた。

「まずその断定的な言い方をやめていただきたい。――教皇猊下《げいか》に確認したいのですが、これは弾劾裁判であって、審問会《しんもんかい》ではなかったのでしょうか？　我々の関与が規定のものであると捉えられるのは心外です」

シャルフィは目を瞬《しばたた》かせる。その瞳《ひとみ》はゴンデルのほうへと向けられていた。ゴンデルは如才なく微笑《ほほえ》み、頷《うなず》く。

「トックボロス侯の仰《おつしや》るとおり――控えなさい、アブザイユ。まだ決まったわけではありませんからな。ホホホホ……」

「は。失礼いたしました」

卑屈に身をかがめ、アブザイユはゴンデルのほうに身体《からだ》を向けて、礼をした。トックボロスは顔をしかめる。頭を下げる相手が違う、その横顔は、そう物語っていた。

「『草の国』において『贖宥状』の偽造を行ったのは、当該司教区の司教長であるということが、すでに我々の調べで明らかになっています。いえ、そのものはすでに破門されましたから、『元』司教長と称したほうがよろしいですな」

アブザイユがにやにやと笑っているのは、その後釜に座ったのが彼だからだ。

「我々はその司教長に尋問を行い、その結果、ただならぬ事実を突き止めました。『草の国』における偽造『贖宥状』の発行に——なんと、『草の国』王族が関わっているというではありませんか！」

張り上げたアブザイユの声に、審問場にざわめきが持ち上がった。この場にいるほとんどの人間が、その事実を知っているとはいえ、王族が犯罪に関与していたという事実は、なおも衝撃力《しょうげきりょく》を有していた。

アブザイユは胸元から大事そうに一枚の紙を取り出した。

「これは、発行許諾書《きょだくしょ》——『贖宥状』の用紙を発行するため、『草の国』の製紙職人に与えられたものです。皆様はご存じのことと思いますが、『贖宥状』は赦しを与える神聖なる書状でありますから、それを構成するすべての素材が厳重に管理されなければなりません。用紙もそのひとつであり、司教長と、侯爵《こうしゃく》以上の貴族の許諾《きょだく》がなければ発行することはできません。そして、この許諾書の責任者として記されている名前が――」

アブザイユの目が、部屋の隅、壁際《かべぎわ》に座っているスフレへと向けられていた。

「スフリャーレ・シャノ・エ・アルフ・エ・ササラノール。『草の国』の、王女殿下にございます」

再び、静寂が部屋に満ちた。

それは決して、平穏《へいおん》を示すものではなかった。人は怒りが頂点に達するとなにも言えなくなる。少なくとも『草の国』側の人々は、そういう意味で沈黙《ちんもく》していたに過ぎない。

だが、ネズミに似た司教長は、それを衝撃《しょうげき》による沈黙だと捉えたらしい。得意満面に自らの貧相なヒゲをこすり、彼はさらに言いつのる。

「いやはや。世も末と言いますか、救いようがないと言いますか！　『草の国』はヤクタへの信仰が薄《うす》い国柄と聞いておりましたが、それは下賤《げせん》な民草のあいだだけのことだと思っておりました。それが、まさか、国家の筆頭たる王族にまで及んでおりますとは――私はひとりの信徒として、実に悲しい思いで――」

「なあ」

不意に発言して、アブザイユの長広舌を遮ったのは、幸太郎《こうたろう》だった。

びくりと舌を止めて、ネズミの目がこちらを見る。幸太郎は、いっそのんびりした表情で彼を見返した。椅子の背もたれにだらしなく身体《からだ》を預けながら、小さな声で言う。

「『ヤクタ教会は調和を重んじる』と聞いたような気がするんだが、俺の勘違いか？」

「――――」

凍り付くアブザイユの視線の先で、幸太郎はゆっくりと立ち上がった。

「おまえの発言は、『草の国』を無用に挑発しているようにしか聞こえない」

「アブザイユ」

発言したのは、シャルフィだった。アンバーイエローの瞳《ひとみ》に『怒り』が滲《にじ》んでいる。

「オー・ヤサンの仰《おつしや》るとおりです。『草の国』への侮辱を取り消し、謝罪しなさい」

「――は、は――」

ぱくぱくと口を開閉するアブザイユに、幸太郎は近づいていく。まるで武器を突きつけられたかのように狼狽《ろうばい》する司教長の手から、幸太郎は許諾書をもぎとり、『草の国』側へと示した。

「以上が『山の国』の言い分だそうだ。これが王女の犯罪の証拠だと。『草の国』側の反論はあるのか？」

幸太郎は謝罪すら許さなかった。そんなことをしている時間はない、とでも言いたげに、アブザイユの隣《となり》に立ち、彼の存在をまったく無視して議論を進める。

それに乗ってきたのは、パルメーニャだった。彼女は立ち上がり、言う。

「その記名は偽造されたものであり、スフリャーレ殿下はこの件に対してまったく関わりを持ちません」

金色の眼差《まなざ》しはまっすぐ幸太郎《こうたろう》に向けられている。幸太郎はそれを受けて、尋ねる。

「根拠は？」

「スフリャーレさまに、そのような案件を行うだけの資質が欠けているからです」

にわかにざわついたのは、『草の国』側だった。ある意味では非礼とも取れる発言だ。いやまあ、非礼もなにもはっきりバカにしているのだが、それがわかるのは幸太郎だけである。

パルメーニャは怪訝《けげん》そうな『山の国』陣営に目を向けて、一礼をした。

「申し遅れましたが、私は外交特使付き外交官、パルメーニャ・エ・アギン・カラと申します。外交特使であるスフリャーレさまの補佐をする役割を担っています。スフリャーレさまに関しては、私以上に知悉《ちしつ》しているものはどこにもおりません」

外交団のトップであるトックボロスは苦い顔をしている。が、事実なのでなにも言えない。陰に日向《ひなた》に、外交的資質に欠けるスフレを誰《だれ》が補佐してきたのか、『草の国』の人間が一番よく知っている。

パルメーニャが目配せをすると、従者が一同に資料を配りはじめた。

「ただいまお配りしている資料は、スフリャーレさまの財務状況に関するものです。偽造問題が判明したのは先月のことですが、『贖宥状《しょくゆうじょう》』の発行が為《な》されたのは今年のはじめですから、その間の収支状況を取りまとめました」

ぴくっと、壁際《かべぎわ》のスフレが反応した。目を丸くしている。それはそうだ。自分の金の使い道が、衆目の前で暴露《ばくろ》されようとしているのだから。

パルメーニャはまったく気にすることなく、文面を読み上げた。

「その間、スフリャーレさまが購入《こうにゅう》されたのは、お茶、お菓子、人形の服や靴、天秤《てんびん》の玩具《おもちゃ》、木の実の首飾りなど——すべて読み上げるのもバカバカしいのでこの辺にしておきますが、要するに、子供が自分の小遣いで買うようなものばかりです」

思わず、というように、双方の陣営から失笑が漏れた。

スフレは顔を真っ赤にして立ち上がり、

「くっ、首飾りは『森の国』のお土産屋さんで買ったものです！　銀貨十枚もしたのですよ!?」

幸太郎は冷たい目で王女を見て、宣告する。

「参考人は勝手に発言しないように」

「————っ、————！」

「つまり、王女スフリャーレが偽造に関与し、『贖宥状』が生み出す莫大《ばくだい》な富を手にしていたとしたら、もう少しマシなものを買うはずだと言いたいのか？」

「仰《おっしゃ》るとおりです」

そのとき、幸太郎の隣《となり》でカカシのように立ち尽くしていたアブザイユが、汗に濡《ぬ》れた顔を上げた。口を開き、

「そっ――」

「それは根拠にはならないな。『贖宥状《しょくゆうじょう》』偽造で得た利益は、彼女の懐《ふところ》ではなく、『草の国』王室に入った疑いもある。だとすれば、王女自身の支出は変わらないだろう」

アブザイユをまったく無視して、幸太郎《こうたろう》はそう指摘する。言葉を取られた司教長は、金魚のようにぱくぱくと口を開閉させている。その顔色は病人を通り越して死人のようであった。

そのとき、トックボロスが椅子を蹴立《けた》てて立ち上がり、うなるように言った。

「オー・ヤサン――あなたはいったい、どちらの味方なのですか！」

幸太郎はわずかに眉根を広げる。以前にもこんなことがあったような気がする。『草の国』と『森の国』の係争のとき、御前会議で自分に食ってかかってきたのは、この外務大臣であった。そのことに、若干のおかしみを覚えながら、幸太郎は口を開く。

「俺はどちらの味方でもない。中立公平の管理人だからな」

「では、なぜ『山の国』側の主張ばかり口にするのですか⁉」

「『山の国』側の論者が、質疑応答のやり方さえ知らなかったからだ」

あっさりと言った幸太郎に、審問場《しんもんじょう》が凍り付く。

「無用な挑発や侮辱を行うような人間がいては、進む話も進まない。その程度のこと、ここにいる全員が承知していると思ったが、違うのか？」

ぐるりと審問場を見渡して、幸太郎は尋ねる。異論を差し挟むものはいない。重苦しい沈黙《ちんもく》が降りる中、幸太郎の冷たい声だけが響《ひび》く。

「残念なことに、調和を重んずる『山の国』には、そういうものしかいないようだ。代わりが出てこないのでは仕方がないだろう。俺がここに立ち、質疑応答をするしか――」

「オー・ヤサン」

ゴンデルが立ち上がった。柔和な笑みは、やや引きつっていた。

その原因は、言うまでもない。教皇シャルフィニアの瞳《ひとみ》が、凄《すさ》まじいまでの怒りを帯びて、小さく収縮しているからだ。無論、彼女の怒りは幸太郎に向けられたものではない。正論を言われてぐうの音も出ないアブザイユ――そして、彼を論者に据え置いた『山の国』の面々に向けられたものだ。

「お心遣い、まことに恐縮でございます。しかし、これ以上オー・ヤサンのお手を煩わせることはありません。以降はこの私、ゴンデルがその役目を担わせていただきます」

幸太郎は、きっかり一秒、ゴンデルのことを見た。

――下っ端なんぞに任せてないで、さっさとテメエで出てこい。

彼の内心は、ゴンデルに伝わっただろうか。少なくともその敵意は伝えられたようだ。肉に埋もれたゴンデルの瞳にも、幸太郎のうちに燃える『敵意』が灯《とも》っていた。

踵《きびす》を返す寸前、幸太郎はようやくアブザイユの存在に気づいたかのように、蒼白《そうはく》になっている彼の顔をにらみつけた。

「まだいたのか？　消えろ。邪魔《じゃま》だ」

　それを受けて、アブザイユは、轟沈《ごうちん》した。

　風に吹かれる紙切れのような足取りで、アブザイユが自分の席に戻っていく。それとすれ違うように、ゴンデルが円卓の中央へと歩み出てきた。いつも浮かんでいる柔和な笑みはかき消え、厳粛なる枢機卿《すうききょう》の顔で、彼は『草の国』に相対する。

　一礼をしてから、ゴンデルはなめらかにしゃべり出した。

「さて。話の腰が折れましたが、要するにあなた方は、この支出明細とやらで王女殿下の無実が証明できると、そう仰《おっしゃ》るわけですな。ホホホ——それはまた、なんとも、のどかなことでございます」

　ゴンデルはパルメーニャが用意した資料を親指と人差し指でつまみ、ひらひらと振ってみせた。

「申し訳ありませんが、このようなものはなんの証拠にもなりません。スフリャーレ殿下の個人的な支出が、たとえ子供の小遣い並であったとしても、そもそも『贖宥状《しょくゆうじょう》』偽造によって得られる富は莫大《ばくだい》なもの——個人の受け皿に入れられるとは、とても思えませぬ。先ほどオー・ヤサンが仰ったとおり、『草の国』王室の金庫に入れられたのでしょう。実に狡猾《こうかつ》な手口であると存じます」

「狡猾ですか？　この明細を見ても？」

歯に衣着《きぬ》せないゴンデルの言葉に、パルメーニャはすかさず反論をした。

「私の部族にはこんな諺《ことわざ》があります。『どんなものに価値を置くかで、その人間の価値が決まる』――私はスフリャーレさまの善悪を評したいのではありません。能力を評したいのです。お菓子や玩具《おもちゃ》や人形の服を買って喜ぶような方が、『贖宥状』偽造などという大胆にして精密な悪事を行うことができるかどうか、そこを正しく判断していただきたいのです」

「能力がないからできないと？　ホホホホ――では、あなたはなんのためにいるのですかな、パルメーニャ殿？　外交特使付きの外交官は、いったいなんのために存在しているのです？」

ゴンデルの言いたいことを理解したか、パルメーニャの表情が険しくなった。

「スフリャーレ殿下を補佐するためでしょう。然《しか》り。オー・ヤサンとの折衝《せっしょう》を行う外交特使は重責であるゆえに、ひとりの能力では支えきれないときがある。それでは今回の件はどうですかな？　王女殿下に悪事をする資質がない？　ならば簡単なことです。王女殿下は発行にだけ関わり、実務は配下の何者かにやらせたということでしょう」

理路整然としたゴンデルの言葉に、『草の国』側から反論の声はなかった。壁際《かべぎわ》のスフレも、息を呑《の》むようにして事態を見守っている。

ゴンデルは、そこだけは女のように細い指を立て、それを『草の国』陣営に向けて、ゆらりと振ってみせた。

「これは、国家ぐるみの犯罪なのです。スフリャーレ殿下個人がどうこうという話ではない。

お菓子だの、お人形さんだの、善良だから犯罪を行うはずがないだの、そのようなのどかな言い分が通じるのは『草の国』の中だけにございますよ」

『山の国』側からかすかな笑いが起こった。パルメーニャは沈黙《ちんもく》し、トックボロスの顔が怒りに赤くなる。

円卓に内側から寄りかかっていた幸太郎《こうたろう》が、ぽつりとつぶやいたのは、そのときだった。

「まるで糾弾しているみたいだな」

ゴンデルがこちらを振り返る。かすかに揺らめく『敵意』の炎。だが、幸太郎はそれ以上はなにも言わない。それは自分の役目ではない。

パルメーニャの役目だった。

「国家ぐるみの犯罪？　どうも、認識がずれているようですね」

パルメーニャは、笑っていた。牙を剝《む》く狂犬のように。

「私は今回の偽造を、教会ぐるみの犯罪と認識していましたが、『山の国』、ならびにヤクタ教会では違うのですか？　教皇猊下《げいか》」

彼女はシャルフィに直接尋ねる。ゴンデルが口を開きかけるが、「あなたに聞いたわけではありません」と飛んだパルメーニャの言葉に、忌々しげに口を噤《つぐ》んだ。

「……いいえ。その認識で正しいように思います」

少しの沈黙のあと、シャルフィは神妙な表情でそう答えた。

「『贖宥状《しょくゆうじょう》』偽造問題は、どのようないきさつであれ、教会側の主導で行われたものに相違ありません。それを指示したエンロデア元枢機卿《すうききょう》とその一党には、すでに処分を下しましたが、各国において偽造を行ったものは、いまだにすべて捕捉することはできておりません」

「つまり？　偽造を行ったのはどちらですか？　国家？　それとも教会？」

ゴンデルが素早く口を挟んだ。

「この審問会《しんもんかい》は、スフリャーレ殿下が今回の件に関わっているかどうかをあきらかにする場です。どちらが主犯でどちらが従犯であったかを究明する必要は――」

「あ、あ、ありますぅ。なぜならば、偽造された『贖宥状』は、きわめて精巧なものだからです。――オー・ヤサン」

パルメーニャの呼びかけに応じて、幸太郎は手にしていたカバンの中から二つのクリアファイルを取りだした。どちらにも『贖宥状』が収められているが、片方は本物であり、片方は偽物である。円卓の中央を横切って、それをパルメーニャに渡す。

「ありがとうございます。――さて、ゴンデル枢機卿にお聞きしたいのですが、こちらの『贖宥状』、どちらが本物かわかりますか？」

ゴンデルは黙《だま》り込んだ。二枚の『贖宥状』を凝視《ぎょうし》する。彼の背後の聖職者たちは、戸惑うように顔を見合わせている。

十分な時間を待ってから、パルメーニャは頷《うなず》いた。

「わかりませんよね。当然のことです。なぜなら、偽物は本物と寸分違《たが》わぬ出来をしているからです。用紙、押印、染料、文字の配列からその筆跡に至るまで――本物となにひとつ変わるところがない、精密な模造品です」

クリアファイルを円卓の上に置き、パルメーニャは光る目で一同を睥睨《へいげい》する。

「これは、『贖宥状《しょくゆうじょう》』を実際に偽造した職人が、きわめて優秀であるということを意味しています。そして、その職人は――おそらくは複数なのでしょうが――まだ捕まっていない。そうですね？　ゴンデル枢機卿《すうききょう》」

ゴンデルの禿頭《とくとう》に、じわりと汗が浮かんだ。

幸太郎《こうたろう》は、後ろから、それをじっと見つめている。

沈黙《ちんもく》を守る枢機卿に、パルメーニャは声を張り上げる。

「私は質問しているんです。答えていただけませんか、枢機卿猊下《げいか》？」

ゴンデルの表情が悔しげに歪《ゆが》んだ。彼は不承不承というように、首を振る。

「……まだ、捕まえることは、できておりません」

――だろうな、と幸太郎は内心で思う。

『贖宥状』偽造を行ったのは、ゴンデルであるという確信を、幸太郎は抱いている。彼はエンロデア枢機卿をスケープゴートにして、自らの犯罪を完全に隠蔽《いんぺい》した。だが、そんなゴンデルでも、処分できなかったものがある。

偽造職人だ。

なにかの偽物を作る、という行為は特殊技能である。口封じならいくらでもできただろうが、ゴンデルは彼らの腕を惜しみ、それを闇《やみ》に葬ることを否とした。

なぜならば、『贖宥状』偽造は、莫大《ばくだい》な富を生むからだ。

規定枚数の本物を発行しただけでも、それだけで課税されるほどの利益を生む。元手は特殊な紙とインクだけなのに、民衆の信仰心が——あるいは虚栄心が——その紙に価値を付与するのだ。それをいくらでも作ることができるとなれば、これはもう、紙を金貨に変えているに等しい。

その錬金術《れんきんじゅつ》の元となる偽造職人を、欲深なゴンデルが手放すとは思えない。ほとぼりが冷めれば、また使うつもりでいるのだ。だからどこかに隠しているだろうし——必要とあらば、その腕を使うだろう。

ちょうど、今のように。

「つまり、こういうことですね？　偽の『贖宥状』制作は、優秀な職人が行っている。彼らの作る偽物は、神に祝福された聖職者の皆さんであっても見抜けないほど精巧なものである。そして、その職人は、今どこで、なにをしているかわからない。——つまり」

ばん！　とクリアファイルを叩《たた》き、パルメーニャは一同の意識に平手打ちをした。

「発行許諾書《きょだくしょ》に書かれた王女殿下の記名も、偽造であるという可能性は十分にある」

「それは、こじつけだ！」

ゴンデルが吠《ほ》えるように主張した。

「王女を助けたいがための、口から出任せに過ぎない！　これが偽造であるという根拠は、あなたの勝手な妄想だけではないか！　そのような微少な可能性まで考慮《こうりょ》に入れていたら、なにも論じることはできなくなってしまう！」

柔和な枢機卿《すうききょう》の仮面をかなぐり捨てたゴンデルに、シャルフィが目を丸くしている。ぎゅっと拳を握りしめ、円卓のあいだに舞《ま》う火花を見つめている。幸太郎《こうたろう》はその光景を、それとなく観察していた。

パルメーニャは一歩も引かなかった。真っ向から声を張り上げる。

「妄想？　いいえ、事実ですよ。なぜなら偽造職人は実際にいるからです。この件に関わっていて、そしてまだ捕まっていない！　王女殿下をハメようとしている何者かが、その職人の手を借りたという仮定は、十分に成り立つものです！」

「それは『王女が関わっていない』という結論ありきの仮定ではないか！　そんな言い分を、神聖なる審問会《しんもんかい》で認めるわけにはいかない！　――トックボロス侯、それがあなた方『草の国』の言い分なのですか？　お粗末きわまる！　末代までの恥になりますぞ！」

ゴンデルはにわかに矛先を変えた。外務大臣であるトックボロスは、ゴンデルの舌鋒《ぜっぽう》に耐えるかのように顔をしかめ――しかし、はっきりと告げた。

「スフリャーレさまが、そのようなことをなさるはずがない」

揺るがぬ信頼《しんらい》に満ちた言葉は、まさしく、外務大臣の威厳に相応《ふさわ》しいものだった。

「我々は一同、そのことを心から信じておる」

「……っ」

ゴンデルは、言葉に詰まったかのように黙《だま》り込んだ。

トックボロスだけではない。彼と共にいる外交使節団――その誰《だれ》もが、王女への強い信頼をあらわにしていた。善良なる王女スフリャーレが、これほどまで人々の敬愛を集めているということは、ゴンデルの計算外だったのだろう。

ゴンデルは咳払《せきばら》いをし、首を振った。

「は、話にならんな。ともかく、我々としては――」

「これ以上は、水掛け論だ」

ゴンデルの言葉を遮って、幸太郎はそうつぶやいた。背後のシャルフィを振り返り、尋ねる。

「そろそろ参考人への質疑に移ろうと思うが、どうだろう？」

「はい。オー・ヤサンの、仰せのままに」

シャルフィは優美に頷《うなず》く。彼女はこれまで、意見らしい意見はひとつも口にしていなかった。

あの馬車の上で打ち解けたスフリャーレ王女が、恐るべき犯罪の片棒を担いでいると聞かされて、なにを思ったのか――

なにも思ってはいまい。

人形は、なにも思わない。罪があれば断罪する。なければ調和する。それが、教皇シャルフィニアの持つ、ただひとつの判断基準だ。

幸太郎《こうたろう》は『草の国』側へ目を向ける。

「そちらは?」

「構いません」

短いやり取りのあとに、幸太郎は円卓の中央へと歩み寄る。ゴンデルは不満そうな顔をしていたが、やがて自らの席へと戻っていった。

「では、重要参考人、『草の国』前司教長ジアフ、ならびに『草の国』王女スフリャーレ、中央に来てくれ」

衛兵が立ち上がり、次いでスフレと——そして、その隣《となり》に座っていた老人が腰を上げた。白く長いひげを生やし、その目はなにかに怯《おび》えるように惑っている。

少女と老人は、円卓の中央に立った。背はジアフのほうがだいぶ高いが、腰が曲がっているため、まっすぐ背筋を伸ばしているスフレとは同じくらいの目線になっている。

「では、質疑応答に入ってくれ。まずは『草の国』から」

幸太郎が促すと、パルメーニャは頷《うなず》き、ジアフに狂犬の眼差《まなざ》しを向けた。

「では、ジアフ前司教長に質問いたします。あなたが『贖宥状《しょくゆうじょう》』偽造に関連したというのは、事実ですか？」

老いた前司教長は、目を弱々しく瞬《まばた》きさせ、頷いた。

「……はい。相違、ございません」

「それは、あなたが『贖宥状』偽造の用紙発行から染料の調達、偽の印璽《いんじ》の作成、偽造職人への依頼《いらい》まで、すべてを指示したということで合っていますか？」

流れるようなパルメーニャの質問に、ジアフは『当惑』を目に浮かべた。その目が『山の国』側に流れ――しかし、それを踏《ふ》みとどまり、ジアフは首を振った。

「すべてでは、ございません。ほとんどはエンロデア枢機卿《すうききょう》の指示によるものにございます」

「それは、今挙げたもののうち、どれのことを言うのですか？」

「私が行ったのは、『贖宥状』の用紙を発行する手続きを行っただけでございます。そのほかのことは、すべてエンロデア枢機卿の配下のものが行いました」

「それは、なんという名のものですか？」

「……名は、存じておりません。顔も。いつも目深にフードをかぶっておられましたので」

パルメーニャの目に苛立《いらだ》ちが浮かぶ。それではなにもわからないのと同じだ。だが、しょぼくれた犬のような司教長は深くうなだれ、誰《だれ》にともつかぬ謝罪を口にした。

「――このたびのことは、すべて私の責任で行ったことです。まことに申し訳ありません。偉大なるオー・ヤサンに仕える身でありながら、一時の迷いに流され、畏《かしこ》くも『古《いにしえ》の盟約』を穢《けが》すことになろうとは……悔やんでも、悔やみきれません」

「そのとおりですね」

ぽつりと感想を述べたのは、シャルフィニアだ。背教者に向ける彼女の眼差《まなざ》しは、まったく容赦がない。ジアフははっと顔を上げ、思わずゴンデルのことを見た。ゴンデルは苦い顔で黙《だま》り込んでいる。

それだけで、この二人の関係が、幸太郎《こうたろう》にはわかるような気がした。

「では、私からも質疑をよろしいですかな、オー・ヤサン？」

「……ああ」

ゴンデルの言葉に、幸太郎は頷《うなず》く。彼は中立であらねばならない。機会は均等に、与えなくてはならない。

「では、私もジアフ前司教長にお尋ねいたします」

「えっ？」

素っ頓狂な声をあげたのは、スフレだ。幸太郎も意外の面持ちでゴンデルを見つめる。『山の国』側はスフレに質問をするとばかり思っていた。それが——

「ジアフ前司教長。あなたが用意した、こちらの発行許諾書《きよだくしよ》ですが——これが偽造されたものであるという疑いが出ております。それは、事実ですか？」

ジアフは戸惑うようにゴンデルを見つめ、それから、首を横に振った。

「い、いいえ。事実では、ありません」

ゴンデルは笑みを浮かべる。

「ホホホ、そうですよね、ありがとうございます。では、この記名を行ったのは、そこにいらっしゃるスフリャーレ王女殿下で、間違いがございませんね？」

「間違い、ありません」

「あなたはそれを、その目で御覧になった？」

「…………はい」

「ホホホホホホッ！　なるほど、なるほど――ありがとうございます」

ゴンデルは、自らの席から、反対側にいるパルメーニャに愉快そうな目を向けた。

「だそうです。先ほど、偽造だなんだと仰《おつしや》っていましたが――やはり、単なる妄想に過ぎませんでしたな。いや、王女殿下への敬愛が見せた、悲しき幻と申せましょうか」

「……その証人が、偽証をしているという可能性は？」

低くつぶやいたパルメーニャの言葉に、ゴンデルは「偽証？」と目を丸くした。

「パルメーニャ殿。この者は、自らの罪を悔いておるのですよ？　後悔し、反省し、その罪を雪《すす》ごうとするからこそ、真実の究明に役立てようとしているのではありませんか！　それを――偽証とは！　聖職者の言葉を信じることができないなど、それこそあなたの信仰が薄《うす》いということの証左に他なりません！　猛省しなさいッ！」

　烈火のようなゴンデルの説教に、パルメーニャは、ぐるる、と凶暴に喉を鳴らした。なにが聖職者だ、偽造を画策した犯罪者じゃねえか——、彼女の表情ははっきりそう物語っていたが、さすがに口に出すことはなかった。

「さて。『草の国』の方は、他になにか質疑がございますかな？　王女殿下にしても構いませんよ、ホホホホ——」

　だが、パルメーニャたちは動こうとしない。スフレになにかを質問しても、しょせんは身内からの質問だ。空々しく聞こえるばかりだろう。逆に立場を危うくすることになってしまうかもしれない。

「質疑はない？　ホホホ、そうですか、それでは——」

「あの」

　不意に、そんな声が、円卓の中央から響《ひび》いた。

　スフレだった。

　小さなその手を大きく上に挙げて、背伸びまでしている。ルビーレッドの瞳《ひとみ》に影《かげ》はなく、ただきらきらと輝《かがや》いてゴンデルのことを見据えていた。

　予想外のことだったか、ゴンデルは目を瞬《しばた》かせた。その視線が幸太郎《こうたろう》に振れ、それからすぐスフレに戻る。

「困りますな、王女殿下。参考人は質問されたことにだけ答えていただきたい。勝手な発言は

──」

「私も質問したいのですけど、よろしいですか？」

幸太郎は、思わず笑い出しそうになった。

重要参考人を召喚したのは、参考人『に』質疑するため──だが、確かに参考人『が』質疑してはいけないという取り決めはどこにもない。

「いいぞ。許す」

ゴンデルが焦りに満ちた目で幸太郎を見た。

「オー・ヤサン。それは──！」

「真実を究明する手がかりになるかもしれない。なにか問題があるか？」

幸太郎が問い返すと、ゴンデルは顔を歪《ゆが》め、やがて首を振った。

視線を戻すと、スフレは嬉《うれ》しそうに頷《うなず》いた。それから、彼女はその目を──ジアフ前司教長に向ける。

スフレを貶《おとし》めようとしていた老人は、狼狽《ろうばい》したように目を泳がせていた。彼にしてみれば、今、目の前にいるのは、自分の虚偽を絶対的に知っている証人なのだ。それを前にして動揺をせずにいられるほどの器は、ジアフにはないらしい。

スフレは、しかし、ジアフに向けて、ぺこりと頭を下げた。

「お久しぶりです、司教長さま！　お変わりはありませんか？」

審問場《しんもんじょう》が、しん、と静まり返った。

ジアフは妙な形に顔を歪《ゆが》めている。今のは、質疑、だろうか？　幸太郎《こうたろう》にも自信が持てない。

質問であったことには、間違いがないのだが――

「……ええ、あの、まあ……たぶん」

彼の答えは要領を得ないものだった。そりゃそうだ。『お変わりない』はずがないのだが、
スフレはにっこり笑って頷《うなず》いた。

「そうですか。それはよかったです。先ほどお見かけしてから、ずっとお顔の色が優れないことを心配していたのですが。お体にも、差し支えないのですね？」

その事実が、全員に染み渡るまで、しばらくかかった。

スフレは、ジアフの健康を心配している。

「スフレ。わかっているのか？　そいつは、おまえに不利な証言をしようとしているんだぞ」

念のため、そう尋ねた幸太郎に、スフレは少し悲しそうな顔で頷いた。

「はい。わかっております。なぜ司教長さまが、そのようなことを仰《おつしや》るのかは、わかりません。でも――」

汗の滲《にじ》んだジアフの顔を、スフレは気遣わしげに見つめる。

「司教長さまは、今年で七十歳というご高齢《こうれい》になられるはず。もしもどこかお悪いのであれば、ご無理をなさらずに休んだほうがいいのではないかと、そう思っただけです」

尋常の相手であれば、皮肉と捉えただろう。なにしろスフレは、今まさにジアフに陥れられようとしているのだから。

だが、『草の国』に住むものは、その全員が知っている。スフリャーレ・シャノ・エ・アルフ・エ・ササラノールは、嫌味も、皮肉も言ったりしない。善良なる魂を持つスフレは、どんな状況にあっても、相手を気遣うことのできる優しさと、そして、愚かさに満ちている。

ジアフもまた、そのことを知っている。

彼は、長年『草の国』の司教長を務めていたのだから。『草の国』における教会の立場が低いとはいえ、一国の信仰を司《つかさど》るものとして、スフレと接したことも多くあるだろう。

そして、スフレに接するものは、彼女を愛さずにはいられない。

「……あ、う……！」

ただでさえ優れなかった顔色から、さらに血の気が引いていく。その表情にくっきりと浮かぶのは、紛れもない、罪悪感だった。

スフレの善良さが、ジアフのかすかに残った良心に、打撃《だげき》を与えていた。ひび割れた心から、彼の魂が本当に大事にしようとしたものが、ぽろぽろとこぼれ落ちている。

ふらついたジアフの身体《からだ》を、スフレは慌てて支えた。

「ジ、ジアフさま⁉　どうなさったのですか？　大丈夫ですか⁉」

幸太郎は、無情にその傷口を広げた。

「ジアフ。質問に答えろ。これは質疑応答で、おまえは参考人だ。……このままで大丈夫か？」

ジアフは苦痛に顔を歪《ゆが》め、幸太郎《こうたろう》のことを見た。幸太郎は揺るがずにその目を見返す。彼の内心に、王女を裏切った聖職者に対する同情はかけらもない。ただ、今が彼の証言を覆《くつがえ》すチャンスだということを知って、それを利用しようとしただけだ。

事態を把握したゴンデルが血相を変えた。

「も、もうよろしいでしょう！　質疑応答はここまでにしていただきたい！」

それに同調したのは、他ならぬスフレだった。

「はい、そうしてください！　一刻も早く、ジアフさまを医務室へ！」

幸太郎は思わず舌打ちをしそうになる。それから、そう思ってしまった自分に、嫌気が差した。スフレの良心を利用しようとしている自分は、ゴンデルと大差ない悪人なのではないかという気がしたのだ。

「……スフレさま、私、私は……」

うわごとのようになにかをつぶやきながら、ジアフは結局、最後の一言まで言えなかった。

彼は衛兵に抱えられて審問場《しんもんじょう》から出て行き、スフレは心配そうにその背中を見送った。

「質疑応答は、以上だな」

ぽつりと、幸太郎はつぶやく。審問場には、なんともいえない空気が満ちている。ジアフの急変は体調の変化と捉えることもできたかもしれないが、それを主張したところで信じるものはどこにもいなかっただろう。

だが、少なくとも、彼はスフレを貶《おとし》める証人として、もう使い物になるまい。

幸太郎はゴンデルを見る。枢機卿《すうききょう》は苦渋に満ちた表情をしていた。その瞳《ひとみ》に浮かぶのは、『後悔』と『怒り』、そして――『決意』か。ジアフの罪悪感がなにを引き起こすか、予想がつかない。未然の危険は処理すべきだと、彼の瞳が物語っていた。

審問場で、それに気づいているのは、幸太郎ひとりだけだろう。

だから、幸太郎は立ち上がった。

その場にいる全員の視線が集中する。幸太郎はその中を悠然と横切り、喚問席に座るスフレの前に立った。王女の輝《かがや》く瞳が、管理人のことを見上げる。絶対の信頼《しんらい》を込めて。

幸太郎は口をへの字に曲げ、それから、朗々とした声を響《ひび》かせた。

「『山の国』側には、証人も証拠も揃《そろ》っている。これを覆《くつがえ》すには、『草の国』の主張はいささか弱いと言わざるを得ない」

『山の国』から喜びの声が、『草の国』から落胆の声が漏れた。

それでも、スフレからの信頼の眼差《まなざ》しに一切の濁《にご》りはない。幸太郎はスフレのことを助け出すと言った。その言葉を、信頼しているのだ。

面映《おもは》ゆい気持ちを抱きながら、幸太郎は続けた。

「だが一方で、『草の国』側の主張にも一理ある。偽造職人がどこかにいるのは事実だし、その身柄を押さえることができていないのも、また事実だ」

「しかし、オー・ヤサン。偽造職人が王女殿下の記名を偽造したなどという根拠は、どこにもありません」

ゴンデルの指摘に、幸太郎《こうたろう》は逆らわない。

「そうだな。根拠はない。先ほどパルメーニャは『王女をハメようとしている何者か』と言ったが、それが誰《だれ》であるのかということさえわかっていない」

幸太郎はゴンデルの目をじっと覗《のぞ》き込んでいる。彼は肥《ふと》った身体《からだ》を落ち着かなそうに揺らした。

「そうですとも。オー・ヤサンの英知には、ただただ感服するばかりで――」

「だが、仮にそれが事実となれば、ゆゆしき事態ということになる」

ゴンデルは、ぴたりと舌を止めた。

「なぜなら、偽造職人とつながりがあると思われているエンロデア枢機卿《すうききょう》は、今は牢獄《ろうごく》にいるからだ。何者かが王女の記名を偽造したとして、それはエンロデアではあり得ない。教会に今もいる、他の何者か、ということになるな」

ざわり、と聖職者たちが騒《さわ》いだ。シャルフィも、目を大きく見開いて、幸太郎のことを見据えている。

「オー・ヤサン。いったい、なにを――」

「仮定の話だ。ゴンデル枢機卿。そんなに慌てることはない」

いっそのんびりとした口調で言って、幸太郎は腕を組む。

「そもそも、最初から不思議だったんだ。今回の事件でバラまかれた偽の『贖宥状《しょくゆうじょう》』は、かなりの総数に上る。一国につき千枚の贖宥状。それを、『星』と『闇《やみ》』を除いた十カ国に配るわけだから一万枚。販売利益が限度の三倍を超えているというのだから、偽物は二万枚以上ということになる。活版印刷も存在しないのに、それだけの枚数を精密に偽造するとなると、かなり大規模な工房や素材が必要となる」

しかし――、と、幸太郎は続ける。

「首謀者《しゅぼうしゃ》を捕らえたというのに、出てきた証拠は染料の素材となるアルフリクト石だけ。厳しい審問《しんもん》を受けても、エンロデアはいまだにほとんどの情報を語っていない」

「審問が遅れていることは、自覚しております。すぐにでも全貌を……」

「教会の内部、それも中枢に、偽造に深く関与しているものがまだ潜《ひそ》んでいるとなれば、話はすんなり通るんだが」

ついに、幸太郎はそう言った。

ゴンデルの呼吸が止まる。肉のついた顔がチアノーゼのような症状を起こしている。彼は幸太郎と、そして、教皇シャルフィニアを見比べた。

シャルフィは、一切の色が消えた顔で、ぽつりとつぶやいた。

「それは、どういう意味でしょう？」

「そのままの意味だ。まだ偽造の犯人は捕まっていない。いや——それどころか、エンロデアは最初から偽造になど関与していなかった。真犯人の陰謀《いんぼう》で、陥れられただけだ」

幸太郎《こうたろう》の静かな言葉は、見えない爆弾《ばくだん》が爆発したかのような効果を及ぼした。

にわかに審問場《しんもんじょう》が騒《さわ》ぎに満ちあふれた。困惑する『草の国』の面々、否定の声をあげる『山の国』の聖職者連中——してみるに、真相を知っているのはゴンデルだけではないのだろう。

血相を変えた司教たちの顔を、幸太郎はどこか楽しげに見守っている。

「静粛に」

シャルフィの声が、その騒ぎを、一瞬《いっしゅん》のうちに静めた。

ゴンデルが微笑《ほほえ》む——強いて、微笑みを作ろうとする。涙ぐましい努力は、しかし、お世辞にも成功しているとは言いがたい。引きつった顔を審問場に向けながら、彼は言う。

「……オ、オー・ヤサンにおかれましては、なにか、重大な錯誤《さくご》があるように存じます。エンロデアが、無実の罪に陥れられていると？　飛躍《ひやく》しすぎなのではないでしょうか？」

「真犯人が捕まっているのに、証拠がほとんど出てこないのは、何者かが証拠を隠しているからではないか。教会が偽造を主導したというのなら、その隠蔽《いんぺい》工作は教会内部で行われている可能性が高い——、ああ、そうそう」

そこで幸太郎は、ふと思いついたように、

「教会内部の犯罪といえば、どうやら『山の国』が関わっている犯罪は、『贖宥状《しょくゆうじょう》』偽造だけではないようだな?」

幸太郎の視線はシャルフィに振れる。敬虔《けいけん》なる教皇の表情は、いまや仮面のように強《こわ》ばっていた。

「……犯罪? 偽造以外に?」

「先日、『海の都』において、ある犯罪組織が摘発を受けた。その犯罪組織は主に闇《やみ》取引に関わっていたが、そこから多くの人間が助け出された。——奴隷《どれい》として売買される予定だった人々だ」

幸太郎は円卓の内側を回りながら資料を配る。資料は二枚。

「黒字で記されたものが、その人々の名前。そして——赤字で記されているほうは、『山の国』に巡礼に訪れて以降、行方不明になっている人々の一覧だ」

ゴンデルの前で一度立ち止まり、彼を悠然と見下ろしながら、もったいぶった動作で資料を置く。その資料の上に、ゴンデルの顎《あご》から滴った汗が一粒、ぽとりと落ちた。

「双方で一致する名前に、わかりやすく印を刻んでおいた。これがなにを意味するか、言わないでもわかるよな?」

「『山の国』への巡礼者が、何者かに拉致され、人身売買の被害者になっているということですね」

応じたのはパルメーニャだ。「しかし」と彼女は続ける。

「失礼ですが、これは今回の審問《しんもん》とは関係がないのではありませんか？」

「直接的にはな。だが、間接的に大きな関係がある。――さて、行方不明といえば、少し前にも同じような事件が起きたな、ゴンデル枢機卿《すうききょう》？」

話を振られても、ゴンデルは汗にまみれた顔をこちらに向けるばかりで、なにを言おうともしない。彼の配下の聖職者たちが、不安そうに枢機卿のことを見つめている。

「あのとき行方不明になったのは、長宮小宵《ながみやこよい》。俺の知り合いだった。それを保護してくれたのは、たしかおまえだったな。改めて礼を言おう」

「……いえ、当然のことを、したまでです」

「当然のことか。なるほど。しかし長宮のほうには、ちょっとした誤解があるようでな。良い機会だから、今、この場でそれを解いてもらいたいんだが」

ゴンデルの瞳《ひとみ》には、いまやあきらかな『憎悪』の炎が宿っている。幸太郎《こうたろう》を敵と見極め、その追求をなんとか躱《かわ》そうと、必死になって思考を巡らせている。

「オー・ヤサン！　その件は、すでに話がついたではありませんか！　あのとき、ナガーミヤさまは錯乱《さくらん》しておったのです！　私は単に、ナガーミヤさまを安堵《あんど》させようと――」

そこでゴンデルは言葉を切り、気づいたように繰《く》り返した。

「今、この場？」

「長宮。出番だぞ」

幸太郎は振り返り、その人物に声をかけた。

パルメーニャの隣《となり》ですっぽり覆《おお》うフードを頭からかぶり、『草の国』外交団のひとりと見せかけていた長宮小宵が、それを跳ね上げて、立ち上がった。

薄《うす》く化粧をした顔に、緊張《きんちょう》と怒りを等しく載せて、小宵は対岸にいるゴンデルを――自分のことを犯そうとした男を、ぎらりとにらみつけた。

「ほんと、待ちくたびれた。なに言ってるかさっぱりわかんないし」

ぶちぶちと文句を口にしながら、小宵は幸太郎に近づいてきて、『調停の神衣』をぎゅっと握った。呆気《あっけ》に取られている審問場を見渡して、幸太郎は尋ねる。

「この中に、おまえのことを拉致し、監禁《かんきん》し、強姦《ごうかん》しようとした男がいるな。それは誰《だれ》だ？」

「あいつ」

小宵はまっすぐに――ゴンデルのことを指さした。

全員の目がゴンデルを見た。中でもシャルフィは、自分の飼っていたネコが、人食いの怪物であったと聞かされた子供のような顔をしていた。

ゴンデルは猛然と反論した。

「ですから！　申し上げましたでしょう！　それは、誤解なのです！　ナガーミヤさまは、あのとき、錯乱していたではありませんか！」

「なぜ彼女を自分の寝室に閉じ込めた？」

「怯《おび》えていたようでしたから、落ち着かせるためにそうしたまでです！　善意をそのように捉えられるなど、心外ですな！」

「つまり、彼女が自分の寝室にいたことは認めるんだな」

幸太郎《こうたろう》の冷静な言葉に、ゴンデルはぴたりと口を噤《つぐ》んだ。

「長宮《ながみや》。頼《たの》む」

促した幸太郎のことを、小宵《こよい》はぎろりと見た。その顔が、さすがに赤くなっているが、幸太郎は知らん顔をする。この計画は事前に話し合ったことで、今さら恨みに思われても困るのだが――

立ち尽くしたまま、顔を真っ赤にして硬直する小宵を、幸太郎は急《せ》かした。

「どうした。早くしろ」

「……ちょっと待ってよ。心の準備がいんの」

「準備する時間はたっぷりあっただろう。ここまで来たんだ、ガバッといっちまえ」

「……あんた、ホント、覚えてなさいよ」

ぼそりとそれだけをつぶやいて、小宵は幸太郎のエプロンから手を離《はな》し、『山の国』陣営へと近づいていく。幸太郎はその背後から声を響《ひび》かせる。

「ずいぶん遠回りをしたが、そろそろ本筋に戻ろう。長宮小宵は『山の国』の警吏によって不法入国の疑いをかけられ、投獄された。そこから――行方不明になった巡礼者と同じように、なぜかゴンデル枢機卿《すうききょう》の屋敷《やしき》に連れられ、その寝室に案内された」

ゴンデルがなにかを言おうとする。だが、開かれた口から言葉が出てくることはなかった。彼の眼前にまで歩み寄った小宵が、それまでゴンデルが食い物にしてきた弱者たちを代弁するかのように、怒りに満ちた目でにらみつけていたからだ。

「そこで、ちょっとした事故が起きた。もみ合いになった長宮は、部屋の中にあった『あるもの』に足をぶつけた。それが――」

そこで言葉を切り、小宵の行動を待つ。小宵はそれでもまだ、しばらく顔を赤らめて逡巡《しゅんじゅん》していたが、やがて手を伸ばし、自らのスカートをまくり上げた。

太ももの上のほう、ショーツのラインが見えるぎりぎりの位置に――天秤《てんびん》のマークが捺《お》されている。

『贖宥状《しょくゆうじょう》』に印されているマークと、まったく同じものだ。

『山の国』の聖職者たちが、ぽかんと口を開いた。

「――『天秤の印璽《いんじ》』の、偽造品だ」

聖職者たちはざわめく。顔を見合わせ、なにかを話し合い、首を伸ばして太もものマークを覗《のぞ》き込んでいる。中には手を伸ばして触れようとして、血相を変えた小宵に叩《たた》き落とされるものまで出てくる始末だ――いやまあ、幸太郎はそれを笑えないのだが。

ガラス玉のような目でそれを観察していたシャルフィが、ぽつりと言った。

「間違いありません。これは、『天秤《てんびん》の印璽《いんじ》』の印にございます」

「アルフリクト石から作る染料は、特殊なものだそうだな。人体に付着すると、水でも油でも一週間は落ちることがない。今回はそれが幸運だった。証拠が消えずに済んだ」

「おかげであたしは、この暑いのにスパッツなんか履《は》かなくちゃいけなかったんだけど」

小宵《こよい》の文句を無視して、幸太郎《こうたろう》は続ける。

「さて、ゴンデル枢機《すうき》卿《きょう》――説明をしてもらおうか。おまえが長宮《ながみや》を閉じ込めた寝室に、なぜ『天秤の印璽』があったのか。まさか、本物の印璽を預かっていた、なんて戯言《たわごと》は言わないよな？　そいつは教皇の手によって、厳重に保管されているんだから」

ゴンデルは、長いあいだ、沈黙《ちんもく》していた。

シャルフィが首をかしげ、そんな彼のことを見る。

「ゴンデル？」

「……それは、それは…………」

「それは？」

ぎっと目を上げ、ゴンデルは吠《ほ》える。

「それは、いっ、言いがかりです！　なにかの――陰謀《いんぼう》だ！　私を陥れようとするための！　そ、それが、それが私の寝室でついた印章であると、どうして言えるのですか!?　そのあいだ、いくらでもでっち上げる機会はあったでしょう!!」

「それはつまり、異世界人である俺と長宮《ながみや》が、『天秤《てんびん》の印璽《いんじ》』の偽物を作った張本人であると言いたいのか?」

パルメーニャが驚《おどろ》いたような声をあげる。

「スフリャーレさまだけでなく、オー・ヤサンにまで罪を着せるつもりとは、見上げた度胸ですね。さすがは枢機《すうき》卿猊下《きょうげいか》にあらせられます」

「………ゴンデル。畏《かしこ》くもオー・ヤサンに、なんという暴言を………」

シャルフィの声には、言いしれぬ怒りが秘められていた。猛禽《もうきん》の眼差《まなざ》しを、ゴンデルは慌てたように振り返る。

「い、いえ、今、今のは、言葉のあやで……!」

「では、認めるんだな。自分の部屋に『天秤の印璽』の偽造品があったと」

ゴンデルは蒼白《そうはく》になった顔で幸太郎《こうたろう》のことを見、それでもまだぼそぼそと、

「な、なにかの……なにかの、間違い……誰《だれ》かが! そう、誰かが、私を陥れるために――」

「そうか。では、おまえの屋敷《やしき》を強制捜査させてもらおう」

領《うなず》いた幸太郎に、ゴンデルは、しゃっくりのような声を出す。

「きょ? う、せいっ」

「もう捜査のための人員は用意させてもらっている。認可さえあれば、今すぐにも踏《ふ》み込める

よう、手配しておいた。これだけ重大な疑いがかかっているのだから、それを晴らすためなら、おまえも断りはしないだろう」

「――、――」

「いや、別におまえの許可を取る必要はないか。――シャルフィ。それでいいか？」

冷たくゴンデルを見据えていた教皇は、幸太郎を振り返り、頷いた。

「はい。オー・ヤサンの、御心《みこころ》のままに」

「そうか。ではパルメーニャ、よろしく頼《たの》む」

「はっ」

強制捜査の人員は、パルメーニャ率いるアギン・カラ氏族――一ヶ月前の係争でも世話になった諜報員《ちょうほういん》、アイオールたちで構成されている。『山の国』審問庁《しんもんちょう》などを組み込んで、証拠の隠滅などをされたらたまらない。ゴンデルの屋敷《やしき》には、彼の個人的な奴隷《どれい》もいると推測している。その命を守るためにも、迅速かつ適切な調査が必要だった。

「ホッ」

立ち上がり、踵《きびす》を返そうとしたパルメーニャの足を止めたのは――追い詰められたゴンデルの、笑い声だった。

「ホホ、ホホホホホホホッ、ホホホホホホホホ!!」

女のような――否、悲鳴のように甲高い笑い声。ゴンデルは肥《ふと》った身体《からだ》を揺らし、こちらの耳が痛くなるほどに笑う。小宵《こよい》は思わず逃げ出し、スフレは息を吞《の》み、幸太郎《こうたろう》は氷のような目でその姿を見つめている。

「ゲラン。ゲラン！　ゲラン‼　いるのだろう？　聞いているのだろう‼」

呼ばわったのは、審問《しんもん》長官の名前だ。彼の配下であり、実質的な犯罪の遂行者――ゴンデルは頭にかぶった聖帽を床に叩《たた》きつけ、それを踏《ふ》みにじりながらまた叫ぶ。

「殺せ！　このものたちを！　ひとり残らず！　もはや、生かしておくことはできぬ！」

「ゴ、ゴンデル枢機《すうき》卿《きょう》⁉　なにを⁉」

「乱心なされたか！」

聖職者たちが輪を描くように、狂乱するゴンデルから距離《きょり》を取った。そのうちの数人が、教皇の前に壁《かべ》を作る。その合間から、シャルフィは猛禽《もうきん》の瞳《ひとみ》でゴンデルを見据える。

「ゴンデル。おまえも背教者であったか」

「背教？　ホホホホホッ――黙《だま》れ、頭がお花畑の小娘がッ‼」

いまやゴンデルは、憎しみを剝《む》き出しにしてシャルフィのことを指さしていた。猛禽の瞳にも、もう恐れることはない。恐れる必要がないのだ。彼が恐れていたのは教皇という肩書きだけであり、それを無視していいとなれば、シャルフィは非力な小娘でしかない。

「貴様がその大仰な法衣を着ていられるのは、誰《だれ》のおかげだと思っている？　私だッ！　私が、ともすればバラバラになってしまう教会内の意見を束ね、利権をむさぼろうとする国家を牽制《けんせい》し、愚鈍な民衆の行く先を統制していたからではないか‼　世のことになにひとつ関わろうとせぬ夢想家の教皇が、私を非難するというのか？　ホホホホホホッ――笑わせるなッ！」

ゴンデルは憎むべき敵であり、ドス黒く汚れた犯罪者である。

だが、その言葉は、ある意味では真実だったのだろう。シャルフィに政治的な能力が皆無であることは、彼女がこの審問会で、ほとんど意味のある発言をしなかったことからも見て取れる。実際の執務はゴンデルが行っていたのであろうし、その意味では、この国の実質的な指導者はゴンデルなのだ。

だが、烈火のような信仰を持つシャルフィに、そのような言葉は通じなかった。

「衛兵」

シャルフィがつぶやいた。

「ゴンデルを処刑せよ。このものは、生きているだけでヤクタの恥である」

その命令に、周囲の聖職者たちが身をすくませた。

幸太郎は、唇を真一文字に引き結び、相食《あいは》む教皇と枢機卿を見つめていた。

あれが、教皇シャルフィニアの真実だ。

たとえ実際の政務を行っているものであろうと、信仰に違《たが》えば即座に取り除く。エンロデア枢機卿もそのようにして失脚した。そして今、ゴンデルも同じ道を辿《たど》ろうとしている。

シャルフィには、ゴンデルを取り除いたあと、どのように国の舵《かじ》を取っていくか、明確なビジョンは存在しないだろう。彼女にあるのはただ信仰、それだけだ。信仰に適《かな》うものを受け入れ、背くものを取り除く。そのことしか頭にない。結果、国家が混乱に陥ろうと、そんなものは知ったことではないのだ。

それは、国家の指導者としての資質を、著しく欠いているということだ。

幸太郎《こうたろう》は息を吸い込む。胸のうちにぐつぐつと煮えたぎるものがあった。それは、おそらく、怒りと呼ばれるものだ。ゴンデルに対して抱いたものとは、また異なる種類の怒りを、幸太郎は、教皇シャルフィニアに向けていた。

シャルフィの命令に従って、衛兵たちがゴンデルを取り囲もうとしていた。さすがにその場で処刑を行おうとはしないが、その身柄を拘束するために、じりじりと間合いを詰めている。

ゲランの姿は——どこにもない。

ゴンデルは血走った目を見開く。狼狽《ろうばい》して周囲を見渡し、あらん限りの声で叫んだ。

「ゲラン？　ゲラン！　な、なにをしている！　私を！　この場から、助けろっ！」

その願いは、五秒後に叶《かな》えられた。

◆

「よろしいのですか、ゲランさま？」

配下から、そんな質問が来たのは、国外への隧道《すいどう》を通っているときだった。

「なにがだ？」

「今回の計画には、だいぶ長い時間をかけたというのに。このような結末では、上も納得しますまい」

馬を並べた配下のことを、ゲランは皮肉な顔で見返した。相手の顔も自分の顔も、覆《おお》いによって隠されている。この国に入ってから、ずっと使用していた覆面《ふくめん》だが、もうそろそろ脱いでもいい頃合いだろう。

「仕方がないさ。向こうのほうが上手だったというだけだ」

「しかし――」

「他にどんな方法があった？　あそこからゴンデルを救う手立てはない。『天秤《てんびん》の印璽《いんじ》』だけならまだしも、あの屋敷《やしき》には少し、見られてはいけないものが多すぎる」

『海の都』で取引のあった商会が壊滅《かいめつ》してから、ゲランはこうなることが予想できていた。そこから流れる筋道は、今回の審問会《しんもんかい》とゴンデルの破滅に結びついていたが、その流れをせき止めることも、また筋を変えることもできなかった。

それをするには、あまりにゴンデルは身が重すぎる。

のんびりと馬を駆りながら、ゲランはフードをあげる。

「それを私の能力不足というのなら勝手だがね。代案も用意せずに非難だけされるのは困る」

「いえ、そんなつもりは」

配下の声に、焦りの色はない。上司とのやり取りで狼狽《ろうばい》をあらわにするほど、ゲランの配下は無能ではない。彼はただ疑問を口にしているに過ぎないし、自分もただそれに答えているに過ぎない。

すると、別の配下が口を開いた。

「しかし、ずいぶん思い切ったことをしましたね。これで消えるのは、ゴンデルにシャルフィニア、スフリャーレに——管理人ですか」

「ある意味では大金星だろう。まあ、成功すればの話だ」

くつくつと、ゲランは笑った。

「あの闇《やみ》取引はゴンデルの欲望を満たすためだけのものだったが、最後の最後で私の役に立ってくれたな。『星の国』の新兵器の威力は凄《すさ》まじい。見られないのが残念だ」

そのとき、地震《じしん》のような震動と地鳴りが、頭上から伝わってきた。天井を見上げ、ゲランはもう一度笑った。

◆

爆音《ばくおん》と共に、足下が揺れた。

「きゃっ⁉」

悲鳴をあげて倒れかける小宵《こよい》のことを、幸太郎《こうたろう》は手を差し伸べて支えた。が、他人を支える余裕があったのもそこまでで、連鎖的《れんさてき》に響《ひび》き渡る轟音《ごうおん》と衝撃《しょうげき》は、すぐに立っていられないほど大きなものとなった。

「な、なんだこれは⁉」

禿頭《とくとう》を振り回しながら、ゴンデルが狼狽の叫びをあげた瞬間《しゅんかん》、ひときわ大きな爆発音が、審問場《しんもんじょう》を揺るがした。

「くっ――！」

閃光《せんこう》と、粉塵《ふんじん》が、視界を潰《つぶ》す。喚問席の手すりにしがみつきながら、衝撃に耐えようとする幸太郎は、やがてそのことに気づいた。

床が、斜めに傾きはじめている。

再びの爆発音。審問場を囲むガラス張りの壁《かべ》が、次々と砕け散っていく。高山の冷たい風が審問場に流れ込み、幸太郎の前髪をなぶった。

――冗談だろ。

自らの目の前に展開されている光景を見て、幸太郎は舌打ちをした。

斜めに傾いた床の先には、なにもない。砕けたガラス片は重力に引かれ、眼下に広がる光景――積層都市であるエルゼの都へと吸い込まれていった。ここは『天秤宮《てんびんきゅう》』の最上層だ。生身の人間が落下すれば、生存の可能性は、皆無だ。

事態をくみ取って、最初に反応したのはパルメーニャだった。いち早く立ち上がると、いまだに事態が飲み込めていないトックボロスの手首を掴《つか》み、引き立たせる。彼女は外交使節団を見回し、大声で叫んだ。

「侯爵《こうしゃく》をお守りしろ！　階段を下りて、安全な場所まで逃げるんだ！」

その怒号に、弾《はじ》かれたように人々が反応した。

『草の国』も『山の国』も、同じ行動を取ろうとしていた。パニックを起こしたかのように床を蹴《け》り、全員で出口に殺到する。かろうじて冷静さを保っていられたひと握りの聖職者たちだけが、教皇を守りながらその場を離《はな》れようとしていた。

次の爆発《ばくはつ》は、今までで一番大きなものだった。

幸太郎《こうたろう》の身体《からだ》が一瞬《いっしゅん》浮き上がるほど——それは、審問場《しんもんじょう》全体に、致命的な影響《えいきょう》を及ぼした。

傾きはじめていた床がさらにその傾斜を増し、天井の一部が崩れ落ちてきたのだ。

ゴンデルを包囲していた衛兵のひとりが、その下敷《したじ》きになって潰《つぶ》れた。

しかし、ゴンデルが悲鳴をあげたのは、衛兵の無残な死に様を見たからではない。震動《しんどう》に足を取られて転び——そのまま、傾斜のついた床を転げ落ちていったからだ。

「ひっ、ひいいいいいいいっ!!」

もはや審問場の床には、『急な坂』としか表現できないほどの傾斜がついていた。なにかに摑まっていなければ立つこともできない。幸太郎と小宵《こよい》とスフレは喚問席にしがみつき、シャルフィと彼女を守る聖職者たちは備え付けられている円卓に引っかかっている。

ゴンデルの周囲に、摑まることのできるものは、なにもなかった。

滑る。落ちていく。巨体を押しとどめるものはなにもない。ゴンデルは必死に腕を振り回し、つるつる滑る床に爪を立てた。あっという間に爪がはげ落ち、痛々しい血の跡が床に刻まれる。それを痛がっている時間さえゴンデルにはない。その隣《となり》を、足を滑らせた聖職者や貴族たちが、悲鳴をあげながら落下していくのだから。

ようやくゴンデルが、その手に摑むことができたのは——壁際《かべぎわ》にわずかに残った、鋭利《えいり》なガラス片だけだった。その足を支えるものは、なにもない。空中にぶらぶらと遊ぶばかりだ。

「ぐぎっ、いっ、あああああっ……！」

女のように白い手が切り裂かれ、赤い血が垂れてゴンデルの禿頭《とくとう》を濡《ぬ》らした。もはや、権謀《けんぼう》術数《じゅつすう》を駆使した大枢機卿《だいすうききょう》の権威はどこにもない。激痛と死の恐怖に耐える、哀れな男の姿がそこにあった。

「——シャ、シャルフィニアさま——教皇猊下《げいか》！　た、助けてください！　なにとぞ、なにとぞ、わ、私めを——」

無理だ。幸太郎は反射的にそう思う。円卓にしがみついているシャルフィと、ゴンデルのあいだには、五メートル以上の距離《きょり》が開いている。そもそもゴンデルのところに行くことさえできないし、できたとしても、シャルフィの細腕でゴンデルの巨体を支えるのは、到底不可能だ。

それでも、ゴンデルは哀れを誘う表情で、必死に片手を伸ばしていた。

シャルフィは、ゴンデルのことを見下ろしていた。

アンバーイエローの瞳《ひとみ》に、激しい動揺が浮かぶのを、幸太郎《こうたろう》は確かに見た。

「ゴンデル――」

シャルフィがぽつりと言って、その手を伸ばそうとした、そのとき。

最後の爆発《ばくはつ》が、響《ひび》き渡った。

「ッ……………!」

幸太郎は歯を食いしばって衝撃《しょうげき》に耐える。びしりと致命的な音が響いて、喚問席の手すりの一本にヒビが入るのを、幸太郎は見た。

そして、ゴンデルが握りしめたガラス片が、根元から折れた。

「――――――――」

ゴンデルの断末魔《だんまつま》は、不意に吹き込んできた強風に掻《か》き消され、聞き取ることさえできなかった。丸く見開かれた目を、傾いた『天秤宮《てんびんきゅう》』に向けながら、ゴンデルの肥《ふと》った身体《からだ》はあっという間に豆粒のように小さくなり、そして、見えなくなった。

それが、『山の国』の教皇になるため、自らの欲望を満たすため、あらゆる犯罪に手を染めたゴンデル・アミア・エ・バラッダ・アネスの、最期だった。

「…………」

小宵《こよい》は血の気の引いた顔で、それを見つめていた。あれだけゴンデルに対して悪態をついていたものの、実際にその死を目の当たりにして、平然としていられる女子高生はいない。

「……長宮《ながみや》。大丈夫か？」

幸太郎が声をかけると、小宵はぎらりと幸太郎をにらみつけ、喚《わめ》いた。

「大丈夫なワケ、ないでしょ！　あんた、絶対安全だからって言ったじゃん！」

そう言われるとぐうの音も出ない。『山の国』に証人として来てくれ、と頼《たの》んだとき、小宵は相当に渋ったのだ。囚《とら》われたのだから当然だが、今度はそんなことはさせない、と幸太郎は胸を張って保証したのである。

今、彼らは囚われるどころか、命の危機に瀕《ひん》している。

幸太郎は頭上を見上げた。階下に通じる階段は、まだ塞がってはいないようだ。何人かの聖職者が這《は》いずりながら近づき、命からがら脱出していくさまが見えた。

「――オー・ヤサン。お任せください。わたしなら、人を抱えても脱出できます！」

ぐっと気合いを入れたのは、近くにいたスフレだ。小宵は懐疑的《かいぎてき》な表情を浮かべたが、彼女の身体能力をよく知っている幸太郎は、救われたようにスフレを見て、頷《うなず》いた。

「頼む。長宮が先だ」

「承知いたしました！」

スフレは異論を差し挟ませる時間を与えなかった。小宵《こよい》の脇の下に片腕を回し、もう片手で器用に靴を脱ぐ。裸足《はだし》となったスフレは、そのまま崖のような角度になっている床を、一息に上っていく。「ひあああっ」という情けない声が聞こえてきたが、二人はあっという間に階段までたどり着き、安全な場所へと脱出した。

「……ふう」

幸太郎《こうたろう》は息をつく。いや、まだ安心できるわけではない。手すりのヒビが大きくならない保証はどこにもないし、さらなる爆発《ばくはつ》が続くかもしれない。だが、少なくとも今は小康状態を保っている。このあいだに、スフレが戻ってきてくれれば――

そこで、幸太郎は、シャルフィが落下しかけていることに気づいた。

「…………！」

幸太郎は顔を歪《ゆが》める。彼女を守っていた聖職者たちの姿は、すでにない。

――全員、落ちたのか。さっきの衝撃《しょうげき》で。

最後に残ったシャルフィも、今はもう、細い指を円卓の端に引っかけているだけだった。つま先が宙を掻《か》き、美しい表情が苦痛に歪んでいる。重厚な法衣がその痛みを加速させる。薄桃《うすもも》色《いろ》の髪が汗で肌に張り付き、あえぐような呼吸は嗚咽《おえつ》にも似ていた。

シャルフィの目が、幸太郎のことを見た。

琥珀《こはく》の目が細められる。可憐《かれん》な唇がなにかを言おうとする。だが、幸太郎のところにまでは届いてこなかった。なにを言ったのか、それを確かめる前に――

シャルフィの手は、円卓から離《はな》れていた。

教皇の小さな身体《からだ》は、一瞬《いっしゅん》だけ落下して、すぐに止まった。

幸太郎が、止めたのだ。

「ぐっ……！」

腕がぴんと伸びている。汗が全身から噴《ふ》き出す。重さを支えているためというより、シャルフィの元にたどり着くために、喚問席から飛び降りた自分の行為に恐怖したためだ。半身はかろうじて円卓に引っかかっている。

「オー・ヤサン」

信じがたいものを見る目で、シャルフィは幸太郎のことを見上げた。

「お離しください」

「っ……、ダメだ……！」

「私の命よりも、オー・ヤサンのお命のほうが、はるかに尊いのです。お願い申し上げます。どうか、正しい判断を――」

幸太郎は、シャルフィの言葉をせせら笑った。

「俺の判断は、常に正しいんじゃねえのかよ」

「――」

「くだらないことを言ってるヒマがあったら、助かる道を少しでも考えろ。教皇シャルフィニア。おまえを助けようとしてるのは、おまえのためじゃない。これから、この件のために起きる、莫大《ばくだい》な量の後始末を、おまえにやってもらうためだ」

シャルフィの瞳《ひとみ》が、驚《おどろ》きに見開かれた。神の言葉としては、あまりにも明け透けだったからだろう。だが、もはや体裁を取り繕《つくろ》う余裕など、逆さにしても出てこなかった。シャルフィの手を強く握りしめ、幸太郎《こうたろう》は吐き捨てる。

「ゴンデルは死んだが、あいつの行ったことは明るみに出た。これから教会は、今までの比ではないほど各国から責められる。おまえには、その矢面に立ってもらう。おまえにはその義務がある。なぜなら、おまえはこの国の指導者だからだ」

「も、もちろん、それは、そのとおりですが……しかし、そのためにオー・ヤサンの御身を危険に晒《さら》すようなことがあっては……」

「俺の命なんかどうだっていいんだよ!!」

ついに、幸太郎は怒鳴りつけた。

シャルフィはびくりと身をすくませる。恐怖に満ちた彼女の表情に、同情することはできなかった。怒りが後から湧いてきて収まらなかった。その原因がどこにあるのか、幸太郎にはすでにわかっていた。

「おまえは、『山の国』の教皇だろう! 王様みたいなもんだろう! だったらもう少し、下の人間のことを気にかけたらどうなんだ⁉　上ばっか見てんじゃねえよ！」

『山の心室』で、シャルフィは、救ってください、と言った。

尖塔《せんとう》の幽閉室で、スフレは、助けてください、と言った。

たぶん、その差なのだろう。

スフレは一国の王女として、オー・ヤサンに助けを求めた。国家が危機に晒されている、自分はそれをなんとかしなくてはいけないから、手助けしてくださいと言ってきた。それこそが管理人の、幸太郎《こうたろう》の職務である。務めを果たすことに、幸太郎はなんの異存もない。

だが、シャルフィが救って欲しいと言ったのは、自分のことだけだ。

敬虔《けいけん》なる教皇の信仰心は、しょせんは、彼女の中だけで完結するものに過ぎない。自分だけの救済、自分だけの信仰――それだけを見つめていたからこそ、ゴンデルのような人間の暗躍《あんやく》を許したのだ。

『山の国』が引き起こした数々の事件は、教皇の狂信に端を発している。

「私の。信仰を。否定するのですか」

シャルフィの瞳に炎が燃える。琥珀色《こはくいろ》の炎は、信仰を否定するものを強く拒絶する。それが神であっても、彼女は自らの信仰を穢《けが》すものを許さないだろう。

その炎を、幸太郎は踏《ふ》みにじった。

「おまえは、信仰者である前に教皇だ。人の上に立つものだ！　その自覚がないってことを言ってんだよ！　神さまだけ見て、民衆を見ない指導者なんているだけ害悪だ！　そんなに信仰だけしていたいなら、教皇なんてさっさとやめて、修道院にでも引きこもって一生天秤《てんびん》でオナニーしてろ!!」

シャルフィの顔色が青ざめる。怒りのために。その怒りは、彼女が生まれてからずっと抱いていた信仰と、真正面からかち合った。ぎり、と唇を噛《か》みしめる。赤い血が唇から吹き出した。

幸太郎《こうたろう》はそれを見て、へっと笑った。

「人形でも、血は赤いのか？」

「…………っ！」

「命令だ。教皇シャルフィニア。俺を傷つけろ」

矢継ぎ早の幸太郎の言葉に、シャルフィは息を呑《の》んだ。

「で、できません、そんなこと——！」

「オー・ヤサンの命令は絶対じゃなかったのか？　おまえも背教者だったのか」

シャルフィの頬《ほお》が、怒りで震《ふる》えた。

今、幸太郎は、シャルフィがずっと大事に抱えていたものを穢《けが》そうとしていた。

オー・ヤサンを傷つけることは罪である。だが、オー・ヤサンの命令に背くことも、また罪である。

幸太郎はその矛盾をシャルフィに行わせようとしていた。どちらの道を選んだとしても、シ

ャルフィは、自らの信仰を裏切ることになる。逃れることは、できない。

シャルフィの目に、琥珀色《こはくいろ》の涙が浮かんだ。今やはっきりと、『恨み』を浮かべた教皇の瞳《ひとみ》から、涙が盛り上がり、ぽろぽろとこぼれ落ちていく。震《ふる》える唇から、血と共に囁《ささや》き声が漏れていく。

「オー・ヤサン、それは、あまりに、酷ではございませんか……！」

「そんなの、俺の知ったことか」

冷たく言い放った、幸太郎《こうたろう》に——

シャルフィは、大きく腕を振り上げた。

痛みが幸太郎の手首に走り、彼は顔をしかめた。シャルフィの左手に握りしめられた、天秤《てんびん》を模したペンダントが、彼の皮膚《ひふ》を傷つけ、血を流していた。

シャルフィは涙を流しながら幸太郎のことをにらみつけている。命令に従い、神を傷つけた教皇は——その罪に耐えかねるかのように、自ら手を離《はな》し、空中に身を躍《おど》らせていた。

幸太郎の行動は、素早かった。腰元からハタキを抜き放つと、朗々とした声で宣言した。

「管理人権限に基づき、ここに『強制退去』を命ずる！　執行せよ、『裁定の錫杖《しやくじよう》』‼」

ハタキは一瞬《いつしゆん》のうちに成長し、鎖《くさり》の巻き付いた錫杖へと変化した。

凄《すさ》まじい速度で落下していくシャルフィの身体《からだ》に、鎖が巻き付いた。どこからか——影《かげ》の扉から伸びる鎖は、『古《いにしえ》の盟約』に違反するものを捉える獄吏の鎖だ。幸太郎を傷つけることは、

『古の盟約』に確実に違反する。だからこそ、捕らえることができる。

落下するシャルフィは、その勢いのほとんどを鎖に殺されていた。彼女の身体は影の扉を支点として大きな弧を描き、そして、その中へと吸い込まれていった。

今度こそ、幸太郎は、大きく息をついた。

あえて『古の盟約』に違反させ、その身体が落ちる前に、牢獄《ろうごく》に収容する。

一瞬のうちに組み立てた計画に難点があるとすれば、シャルフィが盟約違反など起こすはずがないということだ。彼女の心にある、もっとも柔らかい箇所を踏《ふ》みにじらなければ、そうさせることはできなかっただろう。

幸太郎は、人の目を見て、その弱みを突くことに特化した人間性をしている。あれくらいは、朝飯前だ――

そのとき、幸太郎が腰かけていた円卓が、びしりと音を立ててひび割れた。

「――――」

悲鳴をあげることもできない。ひび割れは一瞬のうちに大きくなり、幸太郎の腰かける部分が、ぽっきりと欠け落ちた。その身体が、床の上を滑ろうとして――

首根っこを、スフレの手が摑《つか》んだ。

「ぐえっ」

舌を出し、無様に鳴く。涙目で見上げると、腰に命綱を巻き付け、間一髪で手を伸ばしたスフレが、「ふう」と額の汗を拭いていた。

「前から思っていましたけど――無茶しますね！　オー・ヤサン！」

おまえもな。

そう言いたかったが、首が絞まっていたから無理だった。

終　少女が見た世界

その部屋は漆黒に満ちている。

暗闇《くらやみ》があるわけではない。むしろ、明るいほうだろう。漆黒に塗りたくられているのは部屋の内装だった。壁《かべ》も床も天井も、なにもかもを吸い込む黒に染められている。

その中で、白と金色の法衣をまとうシャルフィニアの姿は、鮮《あざ》やかなコントラストを描いていた。

001号室。ここは、『裁定の錫杖《しやくじよう》』によって強制退去を受けたものが囚《とら》われる、黒い牢《ろう》獄《ごく》だった。

「…………」

部屋に入ってきた幸太郎《こうたろう》のことを、シャルフィはじろりと見た。乾いた血のこびりついた唇と、赤く泣きはらした目元。アンバーイエローの瞳《ひとみ》は、凄烈な光を宿している。あらゆる感情が――『思慕』、『憧憬《しようけい》』、『悔恨』、『怨嗟《えんさ》』、そして『憤怒《ふんぬ》』が混ざり合い、ひとつのものとなって幸太郎にぶつけられていた。

しかし、そこに、信仰の色は、どこにもなかった。

思ったことを、そのまま口にした。

「多少はマシな目をするようになった」

「……なんの、ご用でしょうか」

シャルフィの声は低く、そして、震《ふる》えていた。目の前にいる存在をどう処理していいかわからない、とでも言うように。ほんの数時間前なら、物思うことさえなかった事柄に、苦悩しているのだ。

幸太郎《こうたろう》は、淀《よど》んだ目で笑った。

「なぜそんなことを聞く。神さまのご用命は、なんでも果たすのがおまえの使命だろ？」

からかうような口ぶりに、『憤怒《ふんぬ》』の色合いが濃《こ》くなった。

「あなたは――――、神さまでは、ありません」

幸太郎を責める眼差《まなざ》しは、かんしゃくを起こした子供にも似ていた。

「あなたのような神さまが、いるはずがありません」

「おまえにとって神ってなんだ？」

幸太郎は笑みを消し、真顔になって尋ねた。

シャルフィは困惑を浮かべて、たじろいだ。幸太郎の、メガネの奥から注がれる視線から、顔を背けてしまう。

「異世界の管理人、オー・ヤサンのことか？　違うだろ。おまえにとっての神さまは、そんな具体的なものじゃない。なんでもいいから自分のことを救ってくれる相手を、おまえは、神さまと崇《あが》めていただけだ」

教皇になるべく育てられたトッカミア族の少女。生まれながらに生きる道を定められ、血の繋《つな》がらぬ同族から、洗脳に近い手法で信仰を植え付けられた。信仰に違うことをすれば首を絞められ、同族がいなくなったあとも、自らを痛めつけながらこう言い聞かせた。

神を信じなさい。

そうすれば、救われます。

「迷うこと、悩むこと、苦しいこと、辛《つら》いこと——考えること。そういったものから、おまえ自身を切り離《はな》してくれるものが、おまえにとっての神なんだろ。なにも考えなくて済むよう、おまえの代わりにすべてをやってくれる奴隷《どれい》のことだ」

シャルフィの顔から血の気が引いた。愕然《がくぜん》と見開かれた目に猛禽《もうきん》の気配が漂う。震える唇が開かれて、けれどそこから、反論が出てくることはついになかった。

幸太郎は、ゆっくりと首を振る。

「残念だがそんなものはおまえの妄想の中にしかいない。俺は、ただの管理人だ。国と国が争いを起こしたというなら調停をしよう。国土になにかおかしなことが起きるというなら修繕《しゅうぜん》をしよう。だが、おまえの人生の管理は、俺の仕事じゃない。——俺は」

そこでいったん言葉を切って、幸太郎《こうたろう》は、はっきりと告げた。

「おまえのことを、救えない。それは自分でやれ」

シャルフィは、その場に崩れ落ちた。

金色の法衣、その重みに耐えかねるように、黒い牢獄《ろうごく》の床に膝《ひざ》から落ち、両手で顔を覆《おお》った。

ねじれた嗚咽《おえつ》がその奥から響《ひび》いてくる。幸太郎はそれを無情に見下ろす。

「私は、どうすれば、いいのですか」

さめざめと泣きながら、シャルフィは声を絞り出した。

「信仰。信仰。それだけが、私にあるすべてのものだったのに。なぜ、それを取り上げたりするのですか、オー・ヤサン。私に——他に、なにができるというのですか」

自分で考えろ。

と、喉まで出かかった言葉を口にしなかったのは、なぜだろう。かつて無神経なことを言って、小宵《こよい》にぼこぼこに殴られた経験があるからかもしれない。

泣いている女の子を慰《なぐさ》めることほど不得意なことはないと思う。だから幸太郎はシャルフィから目をそらし、現状だけを報告する。

「今、『山の国』は未曾有《みぞう》の混乱が起きている。爆破《ばくは》テロの影響《えいきょう》もあったからな、民衆は不安を抱いているようだ。内政干渉かとは思ったが、エンロデアを牢獄から解放して、対処に当たらせている。なかなかの手際だ。さすがは元国政庁長官だな」

「…………」

「おまえが顔を見せれば、混乱も収まるだろう、とエンロデアは言っている」

シャルフィは、おずおずと顔をあげた。

そこに浮かんでいるのは——『罪悪感』だ。正しいものを疑い、悪《あ》しきものを信じていたと知ったときの、拭いがたい罪の意識。彼女はこの牢獄に捕らえられたことを、ある意味では当然と思っているかもしれない。

神を傷つけたからではない。

国を過ったからだ。

「おまえ、あのとき、ゴンデルを助けようとしただろ」

幸太郎はぽつりと言う。シャルフィは目を瞬《しばた》かせ、幸太郎を見つめた。

「死刑を宣告した相手のことを、助けようとした。あのまま放っておけば、処刑する手間も省けたっていうのに、おまえはゴンデルに手を差し伸べようとしたじゃないか。なぜだ？」

「……なぜ、って」

シャルフィの声は、自身に問いかけているかのようだった。涙に濡《ぬ》れた両手を見下ろして、彼女はじっと考え、それから、小さく答えた。

「花を」

「……花？」

「花を、くれたことがあったのです。ゴンデルが」

シャルフィの口ぶりは、あどけない幼児のようだ。手のひらの中に、その思い出があるかのように、彼女は訥々《とつとつ》と読み上げる。

「私が、子供の頃です。お母様が、はじめて私を、ゴンデルに引き合わせてくれたときのこと。ゴンデルは——抱えきれないほどいっぱいの花を、私に、贈《おく》ってくれました。私の目と同じ色だって。きれいな色だって、笑って」

次期教皇との、初対面だ。ゴンデルにとっては、シャルフィの歓心《かんしん》を買うための行為に過ぎなかっただろうが、子供のシャルフィには、もちろんそんなことはわからない。

「私は、それが……、うれしかった。だから」

だから、助けようとした。

かつてゴンデルから贈られたという、きれいな花と同じ色をした涙を、ぽろぽろとこぼしながら、シャルフィニアは、初めて悪徳の枢機卿《すうききょう》の死を思い知った。

「そうか」

幸太郎《こうたろう》は短く答え、付け加えた。

「だったら、なにもないわけじゃない」

シャルフィは幸太郎のことを見る。夢から覚めたかのように。

「ここから出たくなったらいつでも言え。また来るから」

その視線に答える術《すべ》はなく、また、もはや口にすべき言葉もなかった。幸太郎はそれだけを告げて踵《きびす》を返し、扉を開いた。

彼の背中に、制止の声がかかることはなかった。

◆

「それで？」

アイスをくわえ、両脚を畳の上に放り出しながら、小宵《こよい》は尋ねた。

「昨日、ようやく出てきたよ。今はエンロデア枢機卿と一緒に、『山の国』の立て直しをしようとしている。それが、自分ができる罪滅ぼしなんだと」

冷たいお茶を飲みながら、幸太郎はうろんな目を小宵に向けている。

「なによりのことです！　わたしたちも『贖宥状《しょくゆうじょう》』偽造の疑いが晴れましたし、これにて一件落着というわけですね！」

たまごかけごはんをかき混ぜながら、スフレはにこにことした顔でそう言った。

あけぼの荘、管理人室。

なぜか小宵は、またここを訪れていた。

なぜかもなにも、ここ最近では三日に一度は管理人室を訪ねるようになっていた。放課後だけでなく学校でも積極的に幸太郎《こうたろう》に話しかけるようになったため、小宵《こよい》の周囲では「いよいよマジなのかあの女」という不穏《ふおん》な空気が漂っていたが、彼女としてはどこ吹く風だ。むしろ、リコやミナも巻き込んで、幸太郎と会話するようになった。二人の親友は最初こそ戸惑っていたが、実際に話してみれば、幸太郎は頭が良くて着眼点がおもしろく、歯に衣《きぬ》着せずに物を言う魅力的《みりょくてき》な少年だった。今ではすっかり友人のひとりとして認めている。まったく現金なものだ――いや、自分が言うことでもないか。

重いため息をついた新たな友人を、小宵は楽しげに見つめる。

「でも、もちろん一件落着じゃないんでしょ？」

「……当たり前だ……！　ゴンデルの屋敷《やしき》に監禁《かんきん》されていた人たちが助かったのはいいことだが、おかげで今度は被害者への賠償《ばいしょう》問題まで持ち上がってきやがった。拉致被害者、および『贖宥状《しょくゆうじょう》』偽造を掴《つか》まされた詐欺被害者による集団訴訟だ。俺は管理人であって、弁護士じゃないんだぞ！」

「で、でもまあ、それも外交問題ですし――」

「なんでもかんでも外交問題を俺のとこに持ってくるんじゃねーよ！　たまには自分たちの外交官でなんとかしろ！」

メガネの奥の目元には、死相のように黒いクマが浮き上がって、彼の疲労を物語っていた。

小宵は同情するようにそれを見つめながら、アイスを噛《か》み砕いた。

「バイト、たいへんだねー。でもしょうがないよね、関わっちゃったんだから」

「他人事《ひとごと》だと思って……！」

「だって他人事だもーん」

けらけら笑う。幸太郎は恨みがましい目つきで小宵のことをにらみつける。小宵は親しげに幸太郎の背中をばしばし叩《たた》きながら、

「まあまあ、プリントやノートの写しは助けてあげるから。ちゃんとありがたく思いなさいよ、コータ」

「……まあ、それは、助かってる」

「ん？　そう？　なら、言うべきことがあるんじゃない？　ほら、『あ』ではじまって『う』で終わる五文字の言葉」

「言いたくねえ……！」

ぎりりと歯を軋《きし》らせて黙《だま》り込む幸太郎を、スフレがきょとんとして見つめている。ほっぺたにごはんつぶがついている。彼女はルビーレッドの瞳《ひとみ》を小宵に向け、首をかしげた。

「コター、って、なんですか？」

この子の発音、ときどきおかしいことがあるよね——と思いつつ、小宵はあっけらかんと答える。

「こいつの愛称。友達には愛称が必要でしょ？」

「……あいしょう」

「あたしのこともヨイって呼んでいいよって言ってるのに、全然呼ばないの。照れちゃって！」

「照れてねえよ」

幸太郎《こうたろう》は不機嫌に言う。が、スフレは聞いていなかった。ぼんやりした眼差《まなざ》しを天井の隅に向け、なにかを考えている。

「――ところで、クドさま」

不意にそう言ったスフレに、小宵《こよい》はひそかに目を見はった。

「なんだ？」

「あのとき、『天秤宮《てんびんきゅう》』が崩れてしまったのは、なぜだったのでしょう」

さすがに小宵は表情を引き締《し》める。あのときは――マジで、死ぬかと思った。人が死ぬところも目の当たりにしてしまった。ゴンデルの最期の表情は、しばらく夢に出てきたものだ。

「パルメーニャたちの調査では、あれは、ゴンデルさまの屋敷《やしき》にあったなんらかの兵器だろう、ということになっているらしいのですが」

「『星の国』の兵器のようだな」

スフレの表情に警戒心が浮かんだ。

「実際に、あの国がどういう場所なのか、俺もよく知らないが――ほとんどの国家と国交を断絶し、独自の技術研究を進めている国なんだってな。そこから、ごく稀《まれ》に『星の国』の技術を使った道具が流出することがあるのだという。あのあと、一度だけ『天秤宮』の破壊跡《はかい》を見たが、あれはどうやら、爆薬《ばくやく》のようだな」

「バク・ヤック……？」

「そういう名前の兵器があるんだ。こっちには」

スフレは緊張《きんちょう》した面持ちで頷《うなず》く。幸太郎は顎《あご》に手を当てて考える。

「審問《しんもん》長官であるゲランの行方は、今も不明だ。前後の状況から考えて、あの爆破はゴンデルを見限ったゲランがまとめて口封じするために起こしたものだと考えるのが自然だろう。——しかし、あいつは結局、何者だったんだ？　パルメーニャたちの追跡調査にもまったく引っかからないし、目的もよくわからん」

幸太郎は目を細め、熟考に入る。小宵はスフレと顔を見合わせる。幸太郎が考えてわからないことが、自分たちにわかるはずがない。

そのとき、ちゃぶ台の上にある時計がアラームを鳴らした。午後五時の表示が点滅している。

「ああ。もうこんな時間か」

幸太郎は物思いから戻り、アラームを止めた。そのまま立ち上がる。小宵は目をぱちくりさせ、幸太郎に尋ねる。

「なに？　なんか予定あんの？」

「スーパーの特売が始まる。急いで行かないと、なくなるからな」

「せせこまっ！　主婦かよ！」

「みたいなもんだ。つーか、おまえら、まだここにいるのか？」

幸太郎《こうたろう》の表情はあきらかに『迷惑です』と物語っていたが、こいつの事情なんて知ったことではない。それよりも、問題なのは――

小宵《こよい》はスフレのことを見た。スフレもまた、小宵のことを見ていた。

「スフレさんは？　ここに残るの？」

「へっ!?　……え、あ、は、はい」

「あっそ。じゃ、あたしもそうしよっと」

幸太郎はちっと舌打ちをした。ここまで邪険にされるといっそ清々しいというか、意地でも帰ってやらねーという気になってくる。幸太郎はエプロンを脱ぎ、それを小宵のほうに放ってよこした。「破くなよ」という余計なお世話を言い置いて、彼は部屋から出て行った。

あとには、小宵とスフレだけが残された。

先手必勝である。

小宵はにっこりとスフレに笑いかけた。スフレも、ぎこちない微笑《ほほえ》みを小宵に返す。その笑みのまま、小宵は質問する。

「クドさま、って呼んでるの？　あいつのこと」

「……はい、あの、そう、です」

「ふうん」

どうも、スフレはこういう話し合いに慣れていないようだ。小宵とて歴戦の戦士とは言いがたいが、それでも初心者を相手に、必要以上ににこにこする自分を発見した。

「仲良いんだね、あいつと」

「……………そ、そうです。あの」

「うん？」

「あ」

「あ？」

「愛の、告白を、受けましたから」

小宵は一度だけ瞬《まばた》きをした。

「誰《だれ》から？」

スフレは答えなかった。真っ赤になった顔で、じっと小宵の手にあるエプロンを見つめている。その瞳《ひとみ》が小宵のことを見上げた。いくばくかの罪悪感が滲《にじ》んでいる。

スフレの幼い瞳に、小宵はいくつかのことを思う。

牽制《けんせい》ってことかな。かわいいことしちゃって。うん、なんか全然ムカつかない。むしろこの子かわいい。でも、あのコータが愛の告白？　いやいや。ないない。絶対なんか勘違いしてるだけだって。つーか無神経なのはいいとして鈍感なのはどうよ？　あとでシメないと。

ふいっと小宵《こよい》は視線をそらし、独り言のように、

「今日、泊まってこっかなー」

「ッ」

スフレは哀れなほど狼狽《ろうばい》し、腰を浮かしかけた。ルビーレッドの瞳《ひとみ》が動揺に潤《うる》み、小宵はなんだかぞくぞくとした快感が背筋を駆け抜けるのを感じた。こういうシュミがあったのか、自分は。

「だ、だめです！　あっ、いえ、ごめんなさい——で、でも、でもでも！　だ、だめなんです！」

「んー？　どうしてー？　そこんとこ、詳しく教えてくんない？」

「そ、それは、ですから、あの……ど、どうしても！　だめ！　です！」

わたわたと両手を動かして、必死に言いつのるスフレのことを、頬杖《ほおづえ》をついてにやにや眺めながら、小宵はこう思った。

この分なら、あたしにも、ちょっとはメがあるかな？

おわり

あとがき

おつかれさまです。鈴木鈴《すずきすず》です。

『異世界管理人・久藤幸太郎《くどうこうたろう》』第二巻、楽しんでいただけましたでしょうか？

さて、今回のシリーズでは、あとがきで出てきた国家の社会制度を解説する、ということを行っております。ので、今回のあとがきは作中に出てくる宗教国家『山の国』の社会制度を解説させていただきます。

『山の国』は、トッカミア族を支配者とする官僚制国家です。

長いな！

一言で表す概念がないかなーと思いつつウィキペディアなどを調べますと、『家産官僚制』というものがそれらしく思えます。国家の所有者たる王様がいて、その下に大量の官僚（役人）がいて、その官僚たちが国家の運営を行っている、という体制ですね。

ここで言う『王様』とはヤクタ教の教皇のことであり、さらに言うなら少数民族であるトッカミア族の王朝『トッカノール皇家』の家長のことであります。教皇は国家・教会のシンボルとしての意味合いが強く、他の国の王様と違って積極的に政治に関わろうとすることはあまりありません。作中に出てくるシャルフィニアさんはちょっと政治に興味なさすぎですが、素人がごりごり親政しようとしてもそれはそれで迷惑なので、まあバランスは大事ですよねってところです。

官僚団のトップには、ヤクタ教会の運営を主として行う内務庁長官と、『山の国』の運営を主として行う国務庁長官という二つの地位があり、いずれもヤクタ教の（教皇を除いて）最高位聖職者である枢機卿《すうききょう》が務めることになっています。聖職者官僚というヤツですね。

『山の国』の官僚になることはヤクタ教の聖職者なら誰《だれ》もが一度は夢見る花道ですが、そのためには気が遠くなるような倍率の試験に合格せねばならず、わりとそこで聖職者人生の岐路に立たされます。中央のトップ官僚といえばエリート中のエリートでありまして、ゴンデルさんはああ見えてとても有能な人なのです。それ以上に欲望が強い人ですが。

『山の国』は領土の大半が山脈であるため、鉱石や貴金属、あるいはそれを原料とした鉄鋼製品・宝飾品などを多く生み出す国であります。それらの採取・制作・販売を主導して行っているのもヤクタ教会であり、それによって得られた利益、および各国の信徒からの寄付金によって国が運営されております。国というより会社に近い組織ですね。商業国家である『海の都』との繋《つな》がりも、その辺りで濃《こ》いようです。

というわけで、作中ではたぶん出てこない、アラシュ・カラド国家の社会構造パートでした。

それでは今回はこの辺で、ごきげんよう、さようなら。

鈴木鈴

◉鈴木　鈴著作リスト

「吸血鬼のおしごと　The Style of Vampires」（電撃文庫）
「吸血鬼のおしごと2　The Style of Servants」（同）
「吸血鬼のおしごと3　The Style of Specters」（同）
「吸血鬼のおしごと4　The Style of Mistress」（同）
「吸血鬼のおしごと5　The Style of Master」（同）
「吸血鬼のおしごと6　The Style of Association」（同）
「吸血鬼のおしごと7　The Style of Mortals」（同）
「吸血鬼のおしごとSP　The Days Gone By」（同）
「吸血鬼のひめごと　The Secret of Vampires」（同）
「吸血鬼のひめごと2　The Secret of the Past」（同）
「吸血鬼のひめごと3　The Secret of the Wish」（同）
「海辺のウサギ」（同）
「サンダーガール！」（同）
「サンダーガール！2　牙ノ鳥」（同）

「サンダーガール！3　闇ノ宮」（同）
「あんでっど★ばにすた！」（同）
「あんでっど★ばにすた2！」（同）
「白山さんと黒い鞄」（同）
「白山さんと黒い鞄2」（同）
「白山さんと黒い鞄3」（同）
「白山さんと黒い鞄4」（同）
「ウチの姫さまにはがっかりです…。」（同）
「ウチの姫さまにはがっかりです…。②」（同）
「ウチの姫さまにはがっかりです…。③」（同）
「ウチの姫さまにはがっかりです…。④」（同）
「ベッドルームで召し上がれ」（同）
「ベッドルームで召し上がれ2」（同）
「放課後の魔法戦争《アフタースクール・ブラックアーツ》」（同）
「放課後の魔法戦争《アフタースクール・ブラックアーツ》2」（同）
「放課後の魔法戦争《アフタースクール・ブラックアーツ》3」（同）
「異世界管理人・久藤幸太郎」（同）
「異世界管理人・久藤幸太郎2」（同）

本書に対するご意見、ご感想をお寄せください。

電撃文庫公式ホームページ 読者アンケートフォーム
http://dengekibunko.dengeki.com/
※メニューの「読者アンケート」よりお進みください。

ファンレターあて先
〒102-8584 東京都千代田区富士見1-8-19
アスキー・メディアワークス電撃文庫編集部
「鈴木 鈴先生」係
「とよた瑣織先生」係

本書は書き下ろしです。

電撃文庫

異《い》世《せ》界《かい》管《かん》理《り》人《にん》・久《く》藤《どう》幸《こう》太《た》郎《ろう》2

鈴《すず》木《き》 鈴《すず》

発　行　　2015年2月10日　初版発行

発行者　塚田正晃
発行所　株式会社KADOKAWA
〒102-8177　東京都千代田区富士見2-13-3
プロデュース　アスキー・メディアワークス
〒102-8584　東京都千代田区富士見1-8-19
03-5216-8399（編集）
03-3238-1854（営業）
装丁者　荻窪裕司（META＋MANIERA）
印刷　株式会社暁印刷
製本　株式会社ビルディング・ブックセンター

ISBN978-4-04-869253-3　C0193　Printed in Japan

電撃文庫　http://dengekibunko.dengeki.com/
株式会社 KADOKAWA　http://www.kadokawa.co.jp/

電撃文庫創刊に際して

文庫は、我が国にとどまらず、世界の書籍の流れのなかで〝小さな巨人〟としての地位を築いてきた。古今東西の名著を、廉価で手に入りやすい形で提供してきたからこそ、人は文庫を自分の師として、また青春の想い出として、語りついできたのである。

その源を、文化的にはドイツのレクラム文庫に求めるにせよ、規模の上でイギリスのペンギンブックスに求めるにせよ、いま文庫は知識人の層の多様化に従って、ますますその意義を大きくしていると言ってよい。

文庫出版の意味するものは、激動の現代のみならず将来にわたって、大きくなることはあっても、小さくなることはないだろう。

「電撃文庫」は、そのように多様化した対象に応え、歴史に耐えうる作品を収録するのはもちろん、新しい世紀を迎えるにあたって、既成の枠をこえる新鮮で強烈なアイ・オープナーたりたい。

その特異さ故に、この存在は、かつて文庫がはじめて出版世界に登場したときと、同じ戸惑いを読書人に与えるかもしれない。

しかし、〈Changing Times,Changing Publishing〉時代は変わって、出版も変わる。時を重ねるなかで、精神の糧として、心の一隅を占めるものとして、次なる文化の担い手の若者たちに確かな評価を得られると信じて、ここに「電撃文庫」を出版する。

1993年6月10日
角川歴彦

電撃文庫

はたらく魔王さま！
和ケ原聡司
イラスト／029

世界征服間近だった魔王が、勇者に敗れて辿り着いた先は、異世界〝東京〟だった!? 六畳一間のアパートを仮の魔王城に、フリーターとして働く魔王の明日はどっちだ!?

わ-6-1　2078

はたらく魔王さま！2
和ケ原聡司
イラスト／029

店長代理に昇進し、ますます張り切る魔王。そんなある日、魔王城（築60年の六畳一間）の隣に、女の子が引っ越してきた！ 心穏やかでいられない千穂と勇者だったが!?

わ-6-2　2141

はたらく魔王さま！3
和ケ原聡司
イラスト／029

東京・笹塚の六畳一間の魔王城に、異世界からのゲートが開く。そこから現れた幼い少女は、魔王をパパ、勇者をママと呼んで――!? 波乱必至の第3弾登場！

わ-6-3　2213

はたらく魔王さま！4
和ケ原聡司
イラスト／029

バイト先の休業により職を失った魔王。しかもアパートも修理のため一時退去となる。職と魔王城を一気に失い失意の魔王は、なぜか〝海の家〟ではたらくことに!?

わ-6-4　2281

はたらく魔王さま！5
和ケ原聡司
イラスト／029

無職生活続行中の魔王が、まさかの薄型テレビ購入を決断！ 異世界の聖職者・鈴乃もそれに便乗することに。そんな中、恋する女子高生・千穂に危機が迫っていた。

わ-6-5　2348

電撃文庫

はたらく魔王さま！6

和ケ原聡司
イラスト／029

マグロナルドに復帰した魔王は、心機一転新たな資格を取ることに。そんな中、千穂が概念送受《イデアリンク》を覚えたいと言い出す。鈴乃が修行の場に選んだのはなぜか銭湯で!?

わ-6-6　2423

はたらく魔王さま！7

和ケ原聡司
イラスト／029

真奥と恵美がアラス・ラムスのお布団を買いに3人でお出かけ!? 千穂が真奥と初めて出会った頃のエピソードなど、第7巻は他2編を加えた特別編でお届け！

わ-6-7　2490

はたらく魔王さま！8

和ケ原聡司
イラスト／029

恵美がエンテ・イスラに帰省することになり、羽を伸ばす芦屋、心配する千穂。一方真奥はマッグの新業態のために免許試験を受けるが、試験場で思わぬ出会いが!?

わ-6-8　2519

はたらく魔王さま！9

和ケ原聡司
イラスト／029

恵美と芦屋を救出に向かう魔王達は何を持っていくかで大騒ぎ。日本の生活に慣れた恵美はエンテ・イスラでの旅路に大苦戦。庶民派ファンタジーは異世界でも相変わらずです！

わ-6-9　2587

はたらく魔王さま！10

和ケ原聡司
イラスト／029

窮地の恵美に芦屋から手紙が届く。魔王が異世界に来ることを知った恵美は、再び立ち上がる。一方魔王は、お土産を求めてアシエスと街をブラついていた！

わ-6-10　2657

電撃文庫

GENESISシリーズ
境界線上のホライゾンⅢ〈中〉
川上 稔
イラスト／さとやす（TENKY）

仏蘭西領のIZUMOにて動き出す各国と個人の複雑な関係。その中で武蔵が取る選択とは？　そして彼らが向かう先に、それぞれ待っているものとは？

か-5-35　1972

GENESISシリーズ
境界線上のホライゾンⅢ〈下〉
川上 稔
イラスト／さとやす（TENKY）

IZUMOでの六護式仏蘭西との戦闘。その先にあるものは？　そして誰が何処へ向かうことになるのか!?　それぞれが己の覚悟を胸に抱き、第三話、完結！

か-5-36　2001

GENESISシリーズ
境界線上のホライゾンⅣ〈上〉
川上 稔
イラスト／さとやす（TENKY）

三方ケ原の戦いで敗北した武蔵は、関東IZUMOの浮きドック〝有明〟で大改修を受けていた。だが奥州列強との協働を模索する武蔵に、各勢力が動き始め……。

か-5-37　2189

GENESISシリーズ
境界線上のホライゾンⅣ〈中〉
川上 稔
イラスト／さとやす（TENKY）

奥州列強との協働を模索する武蔵。伊達、最上、上越露西亜、そしてその他の勢力は、果たして武蔵に対してどう動いていくのか!?　トーリ達の進むべき道は!?

か-5-38　2211

GENESISシリーズ
境界線上のホライゾンⅣ〈下〉
川上 稔
イラスト／さとやす（TENKY）

羽柴の出現により、トーリやホライゾンを始めとした外交官を送る奥州列強三国への外交作戦はどうなるのか!?　そして、武蔵が内部に抱えた問題の行方は!?

か-5-39　2243

電撃文庫

GENESISシリーズ
境界線上のホライゾンⅤ〈上〉
川上 稔
イラスト／さとやす（TENKY）

奥州三国の支持を得て、柴田勢を退けた武蔵。だが、専用ドック・有明で賑やかな夏の朝を迎えていた武蔵のもとに、羽柴勢が毛利領内に侵攻との一報が届く！

か-5-40 2382

GENESISシリーズ
境界線上のホライゾンⅤ〈下〉
川上 稔
イラスト／さとやす（TENKY）

毛利領に侵攻した羽柴勢と、それを迎え撃つ六護式仏蘭西。この状況に呼応して関東では、北条、滝川、真田勢が動き出した。二箇所で起きた歴史再現の行方は!?

か-5-41 2425

GENESISシリーズ
境界線上のホライゾンⅥ〈上〉
川上 稔
イラスト／さとやす（TENKY）

同時に歴史再現されることとなった、毛利の備中高松城戦と、北条の小田原征伐。その準備の中で、各陣営の集合と再配置、勝利とその先を見据えた策謀が動き出す！

か-5-44 2536

GENESISシリーズ
境界線上のホライゾンⅥ〈中〉
川上 稔
イラスト／さとやす（TENKY）

関東の地で行われる毛利の備中高松城戦と北条の小田原征伐。この二つの歴史再現を前に、〝移動教室〟最終日にトーリ達が確認した武蔵勢の今後の方針とは!?

か-5-45 2574

GENESISシリーズ
境界線上のホライゾンⅥ〈下〉
川上 稔
イラスト／さとやす（TENKY）

ついに始まった小田原征伐。北条、毛利、武蔵＋東北勢入り乱れての相対戦――世界各国がその行く末を見守る中、トーリ達の選んだ選択とは？ 第六話、終盤戦！

か-5-46 2603

電撃文庫

GENESISシリーズ
境界線上のホライゾンⅦ〈上〉
川上 稔
イラスト／さとやす（TENKY）
小田原征伐を乗り切った武蔵は、続く関東解放を前にしばし休息の時を得ていた。そんな中、毛利や羽柴はある歴史再現を動かし始め……。第七話、開幕！
か-5-47　2692

GENESISシリーズ
境界線上のホライゾンⅦ〈中〉
川上 稔
イラスト／さとやす（TENKY）
小田原征伐に続いて関東解放の歴史再現が始まり、各国の情勢は大きく変化しつつあった。この動きに対してトーリ達武蔵勢はどのように関わっていくのか？
か-5-48　2720

GENESISシリーズ
境界線上のホライゾンⅦ〈下〉
川上 稔
イラスト／さとやす（TENKY）
羽柴VS毛利の直接対決が始まり、白熱する関東解放戦。里見家復興を目指す里見・義康、夫人救出を願う長岡・忠興。それぞれが迎える結末は――!?
か-5-49　2752

GENESISシリーズ
境界線上のホライゾンⅧ〈上〉
川上 稔
イラスト／さとやす（TENKY）
ヴェストファーレン会議に向けた重要案件〝本能寺の変〟。武蔵はその介入のため、羽柴勢への本格的な嫌がらせを行う事を決定した!?　人気シリーズ、新展開!!
か-5-51　2888

GENESISシリーズ　境界線上のホライゾン
ガールズトーク　狼と魂
川上 稔
イラスト／さとやす（TENKY）
人気シリーズ『境界線上のホライゾン』にサイドストーリーが登場！　中等部時代を、捏造含みの記録をしながら女衆がガヤガヤ振り返って事件を追う追憶編!!
か-5-50　2834

天使の3P《スリーピース》！

蒼山サグ
イラスト／てぃんくる

過去のトラウマから不登校気味の貫井響は、密かに歌唱ソフトで曲を制作するのが趣味だった。そんな彼にメールしてきたのは、三人の個性的な小学生で——!?

あ-28-11　2347

天使の3P《スリーピース》！×2

蒼山サグ
イラスト／てぃんくる

とある事情によりキャンプで動画を撮ることになった『リトルウイング』の五年生三人娘。なぜか響も一緒にお泊まりすることになり、何かが起きないわけがない!?

あ-28-15　2626

天使の3P《スリーピース》！×3

蒼山サグ
イラスト／てぃんくる

小学生三人娘と迎える初めての夏休み。響たちの許に届いたのは島おこしイベントの出演依頼だった。海遊びに興味津々な三人だが、依頼先に待っていたのは——!?

あ-28-17　2750

天使の3P《スリーピース》！×4

蒼山サグ
イラスト／てぃんくる

小学生たちと過ごす夏休みは終わらない！　島から来た女の子とのデート疑惑により、三人とも強要される響。まずは自由研究の課題探しも兼ねて潤とデートするのだが——!?

あ-28-18　2822

天使の3P《スリーピース》！×5

蒼山サグ
イラスト／てぃんくる

「あたしにもまだチャンスあるかな……」思わずこぼれた一言で少しお互いを意識し始めた響と桜花。そんな中、潤たちもさらなる成長を目指し動き始めたが——。

あ-28-19　2891

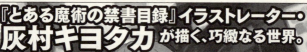